A MILD NOBLE'S VACATION SUGGESTION

優雅貴族的休假指南。

5

著 岬 圖 さんど
譯 簡捷

◆ Contents ◆

A MILD NOBLE'S VACATION SUGGESTION

CHARACTERS

人物介紹

利瑟爾

本來是為某國王效命的貴族，不知為何掉到了與原本世界十分相似的另一個世界，正在全力享受假期。試著當上了冒險者，不過常常有人不敢置信地多看他一眼。

劫爾

傳聞中的最強冒險者，可能真的是最強。興趣是攻略迷宮。

伊雷文

原本是足以威脅國家的盜賊團的首領。蛇族獸人。別看他這樣，親近利瑟爾之後作風已經比先前收斂許多了。

賈吉

商人，擁有自己的店舖，擅長鑑定。看起來很懦弱，其實交涉的時候頗有魄力。

史塔德

冒險者公會的職員，面無表情就是他的一號表情。人稱「絕對零度」。

雷伊

負責統領憲兵的王都貴族，位階為子爵。比較明朗的中年美男。

沙德

城市「馬凱德」的領主，位階為伯爵。比較陰鬱的中年美男。

西翠

隸屬於最高階隊伍的冒險者。朋友募集中。

59

王都周邊大部分的迷宮，劫爾都已經攻略完畢了。

能夠搭乘馬車往來的範圍自然不用說，即使是中途下車步行一天左右的距離，他也會毫不在意地前往。他也常常在迷宮裡過夜，花費幾天直接殺到最深層。一般冒險者花費一整天攻略迷宮，能夠抵達下一個魔法陣就已經很滿足了，可見遇到利瑟爾之前，劫爾攻略迷宮的步調相當驚人。

與其說遇見利瑟爾之後他的攻略步調趨緩，倒不如說只是迷宮都攻略完了而已。儘管如此，王都附近還是有一座迷宮他從來不曾造訪。

「總覺得好懷念哦。」

「你明明沒來過。」

「是沒有錯啦……」

那就是在二人開始共同行動之後才被人發現的新迷宮，也就是艾恩他們成功達成首次通關，後來被命名為「智慧之塔」的那座迷宮。

利瑟爾完成了史塔德的護衛委託回到王都，將伴手禮送給劫爾的那天，雖然他不能喝酒，晚上還是在劫爾喝酒時陪他聊天。那時聊到劫爾也還沒攻略這座迷宮，所以他們今天才會來到這裡。

「好像都沒有人呢。」

利瑟爾觸碰那扇草木繁茂的石門，納悶地回頭望向身後，那裡空無一人。

「我之前聽說，新迷宮應該會很擁擠才對……」

「有人攻略過之後差不多就像現在這樣啦。」伊雷文說。

即使如此，這座迷宮還是特別乏人問津，或許是因為迷宮本身的特徵使然。那就是讓艾恩他們也飽受折磨的，不解開謎題就無法前進的麻煩機制。而不只是艾恩他們，冒險者多半都是再怎麼恭維都很難說是擅長動腦的人。

反正迷宮也不止這一座，若沒有條件特別優渥的委託，沒有人會特別跑到這裡來。

「大哥，你為啥還沒攻略過這裡啊？」

「太麻煩了，要不是有這傢伙我也不會來。」

「我會加油的。」

劫爾也不是不擅長動腦，但他不喜歡為了戰鬥以外的因素停下腳步。

如果只出現一、兩道機關，不論陷阱或暗號他都願意解謎前進，但整座迷宮都這樣，他就嫌麻煩了。更別說傳聞這座迷宮沒有棘手的魔物，對於劫爾而言，並不是說什麼都想攻略的迷宮。

「即使如此，還是會想跟頭目交手一次吧？」

「算是吧。」

「剛好有這裡的委託，我也想在迷宮中過一夜，所以就挑了這座迷宮。」

「就算要過夜也只過一夜，太有隊長的風格啦。」

「咦？」

至今為止，利瑟爾從來沒有從迷宮第一層攻略到最深層的經驗。毫不遲疑地猜測僅花一、兩天就能夠攻略整座迷宮，完全是因為受到了劫爾的影響。

不過，也不是辦不到啦。伊雷文笑著說了句「沒什麼」，搖了搖頭。

「是說隊長……」

「怎麼了？」

他動動指尖，招呼利瑟爾過來，就這麼抓著利瑟爾的手臂，往旁邊走了幾步，沒理會一旁劫爾詫異的目光，逕自湊過臉去。

「你還在討好大哥喔？」

他說悄悄話般壓低了音量，就連劫爾也聽不見。

「不，撇開這點不談，我也會選擇到這座迷宮來呀。但是……」

「但是？」

「我確實是無法否認。」

聽見利瑟爾苦笑著這麼說，伊雷文意想不到地挑起了一邊眉毛。

這次惹劫爾不高興，對於利瑟爾來說就是如此出乎意料。基本上，利瑟爾在人際關係上鮮少失敗，而且這次還是他自己主動採取行動，可以說失敗根本是天方夜譚。

「既然在意到想去討好他，那你一開始幹嘛這樣做啦？」

在交際上無往不利的利瑟爾，為什麼錯估了連伊雷文都能輕易想像的結局？

「不，我完全沒想到他會感到不滿……」

利瑟爾不可思議地開口。

「倒不如說，還以為他會有點高興呢。」

「嗄──？」

聽見這出人意表的答案，伊雷文忍不住發出怪叫。太扯了，他內心大受衝擊。跟利瑟爾分開怎麼可能會高興？

確實，平常他們也會兩、三天不見面，但這一次，利瑟爾竟然是出於善意，把劫爾丟在王都。

「（這也難怪大哥會不爽……）」

注意到伊雷文由衷同情的目光，利瑟爾繼續說了下去。

「遇到我之前，劫爾一直都是單獨行動，對吧？他獨自生活了十年以上，而且是自願選擇的。」

「嗯，在宴會上聽到的確實是這樣沒有錯啦……」

「既然如此，他也需要獨處的時間喘息一下吧。」

隊長竟然這麼想喔，伊雷文嘴角抽搐。他說得有道理，太符合邏輯了，伊雷文發自內心這麼覺得。但為什麼結論會變成這樣？他喪氣地垂下頭，由下往上看著利瑟爾。

利瑟爾本來是貴族，一定鮮少擁有獨處的時間。或許是因為這樣，他才特別明白那段時間有多重要。以他的立場，有人隨侍在側是理所當然，他卻能夠體貼隨從的想法，這實在很符合利瑟爾的作風……雖然劫爾並不是他的隨從。

「是啦，如果一起相處的不是你的話……」

「伊雷文？」

伊雷文瞄了劫爾一眼，看見他正玩弄著劍柄打發時間。

「呃……隊長，你和那個國王一直待在一起，會覺得有壓力嗎？」

「怎麼可能。」

利瑟爾理所當然地否定了，接著忽然注意到什麼似地將手抵在唇邊。他稍事思索，好像下了什麼結論似地露出苦笑。伊雷文見狀，無奈地聳了聳肩膀。

「……對等的關係真難。」

該如何體恤服從自己的對象，以及自己服從的對象，利瑟爾早已得心應手。但這是他首次結交完全無關乎身分、地位對等的對象，他還在嘗試摸索。

劫爾並不覺得和自己共處是個負擔，對此也沒有不滿，這些利瑟爾當然都知道。他是考量過這些，才安排讓他獨處的，沒想到完全失敗了。雖然劫爾也沒猜到自己被利瑟爾丟下會感到不滿，而這也是導致利瑟爾誤判的原因之一。

「理所當然地讓你們待在身邊，好像在使喚你們一樣，我本來以為偶爾讓你們透透氣也不錯的。」

「這是我們自願的啊，不用在意啦。而且我們也知道隊長又沒想過要使喚我們。」

不然我們就不會待在你身邊了，伊雷文笑著瞇細狹長的瞳孔。那道笑容顯得成熟了些，利瑟爾見狀也瞇起眼睛，露出微笑。

「謝謝你。」

「不客氣啦。隊長哪天是不是也要整我啊？」

「嗯，那我努力看看。我會想個辦法積極把你弄哭的。」

「啥？欸……等……」

自己身上究竟會發生什麼事？伊雷文開始大吵大鬧，不過利瑟爾沒有搭理他，逕自轉向劫爾，對上他那彷彿在說「你們到底在搞什麼」的視線。但利瑟爾不以為意，仍然凝視著那雙眼睛。

劫爾的態度一如往常，早已沒有任何不滿。以劫爾的個性，他本來就不會一直在意這種事。雖然每一次注意到利瑟爾不著痕跡的討好，他總是一副興味盎然的模樣，不過做得太過火的時候劫爾也會排斥。

「你願意原諒我嗎？」

利瑟爾面帶微笑這麼說。聽見這句話，劫爾也猜到他們剛才談的是什麼了，於是無奈地嘆了口氣，平淡無奇地開口。

「我什麼時候沒原諒過你？」

他總說愛怎麼做隨利瑟爾高興，這句話絕無虛假。

劫爾也知道利瑟爾並不是真的為了好玩才把他留在王都，只是就算知道，他還是不高興，這也沒辦法。

「進去了。」

「好的。」

利瑟爾露出高興的微笑。這傢伙就是做不慣這種事，還硬要體恤別人才會這樣，劫爾看了也吊起唇角。伊雷文則是抱頭蹲在一旁，懊悔自己說了多餘的話。

剛穿過迷宮大門的那一瞬間，眼前一片黑暗，三人都早已習慣。緊接著，他們眼前看見的是一間石砌的小房間。

確認三人都到齊了，利瑟爾環視周遭。除了他們剛才走進來的大門之外，房內還有另一個出入口。腳邊隱約有個黯淡無光的魔法陣，一不小心就會忽略。原來無法使用的魔法陣就是這個模樣，利瑟爾第一次看見。

「這還是第一次來到我們所有人都第一次造訪的迷宮呢。」

利瑟爾一副興致高昂的模樣。這感想怪怪的，伊雷文邊想邊點點頭。

「大哥沒來過是真的很難得欸。」

「你之前不也常潛入迷宮？」

「我沒有攻略到那種地步嘛。」

從前伊雷文也會接些委託，以免被公會盯上，每次委託也都會潛入迷宮。

只不過，要攻略到他能夠享受作戰過程的階層實在太費事了，而且他也沒有到過那麼多迷宮。

「這次就努力以突破迷宮為目標吧，攻略的過程中自然就能達成委託了。」

「嗯。」劫爾和伊雷文點點頭，回想起利瑟爾挑選的那個除了古怪之外不知該如何形容的委託。

【取得「智慧之塔」的謎題】

階級：D～
委託人：謎題愛好者
報酬：第10～20層的謎題↓每題五十枚銅幣，第20～30層的謎題↓每題一枚銀幣
委託內容：我想知道「智慧之塔」第十層到第三十層的謎題內容，題目配上正解計為一題。

每個謎題使用規定用紙一張，正解請與題目分開寫在另一張紙上。

「世界上什麼樣的人都有呢。」

「……你選了這委託也好不到哪去。」

二人看他的眼神彷彿看見了某種完全無法理解的東西，利瑟爾回了一句「真失禮」，走到唯一一扇門扉前。這就是先前聽說過的，打開一次就不再闔上的那扇門吧。

門扉呈左右對開，厚重的兩扇門板上各鑲著一片石板，上頭繪著似曾相識的暗號。

「這就是所有挑戰者共通的第一道暗號吧。」

「喔？暗號？」

伊雷文也並肩站到利瑟爾身邊，湊過去看著石板。這道暗號在這座迷宮當中屬於初階中的初階，伊雷文不太可能解不開，但是……

「哇靠，這也太麻煩了吧。」

他只說了這麼一句便失去興趣，看來打從一開始就不打算解謎。劫爾也一樣，他看也沒看石板一眼，對謎題的興趣不言而喻。

「我想快點往前推進欸，今天解謎能不能全部丟給隊長啊？」
「你不用在意魔物。」
「好的，我知道了。」
艾恩他們是普普通通的C階級，就連他們都能夠突破這座迷宮，可見到了深層也不會有太強的魔物。即使利瑟爾杵在原地不動，以劫爾他們的實力也能輕而易舉應付。
本來進到這座迷宮，可是要絞盡腦汁苦思暗號，像無頭蒼蠅一樣東奔西跑，還得一邊應付魔物，即使戰力本身沒有問題，還是會累得氣喘吁吁。艾恩他們趁早和利瑟爾這位軍師聯手，得以全力對付魔物，攻略過程一定相當順利。
「總覺得這次一反常態，我很有隊長的架式呢。」
利瑟爾在左邊的門板上敲了三下，握住右半邊的門把一拉，理應鎖住的門扉便輕易打開了。在利瑟爾帶領下，三人邁出步伐。
「這種時候都是怎麼說的……『兄弟跟我上』？」
「省省吧。」
「隊長別這樣。」
二人馬上制止利瑟爾。是我記錯了嗎？利瑟爾偏著頭這麼想道，順著筆直的通道往前走去。
「哎呀，好輕鬆喔，超輕鬆的欸。」
「因為不用停下腳步啊。」劫爾說。

這座迷宮總共有三十層。利瑟爾他們突破了三分之二的階層，正好來到第二十層的時候，時間也差不多了，一行人於是在這裡悠哉地吃起了午餐。

他們找了個有高低差的地方，鋪上坐墊，打開女主人幫他們準備的便當。便當全都由女主人親手製作，連湯都附上了，就像一般的餐點一樣。考量到今天出發的時間很早，他們原本請女主人不必準備便當，她卻不由分說地把這些餐點塞了過來，真是太感謝了。

「謎題的難度再高一些也沒問題的……」

「隊長解題都沒卡住嘛，根本想都沒想就解開了。」

「深層會比較難吧。」

謎題並不只有暗號，有時也會出現機關，或是牽扯上魔物。

但利瑟爾仍然照樣前進。往前走，碰上新的謎題，解開，然後繼續前進。表面上看起來輕而易舉，但其中也有伊雷文看了正解還是搞不懂的題目。歸根究柢，由於利瑟爾實在通過得太過自然，導致另外兩人根本沒注意到某些謎題。

攻略過程簡直順利過頭了，對於劫爾他們而言就像散步一樣。

「按照這個步調攻略下去，過夜的計畫可能會告吹呢。」

「那樣比較好吧。」

「就是說啊！是說昨天晚上我在外面閒晃的時候，賈吉不知道從哪邊冒出來，拿著野營用具組就往我的包包裡塞欸……那是怎樣？」

伊雷文坐在泥土地上，把便當猛往嘴裡塞，表情嚴肅地說。

劫爾一臉莫名其妙，利瑟爾卻心裡有數。他回想了一下，這麼說來自己確實跟他提過這件事，不過只是在閒談中稍微提及，而賈吉也笑著說「祝你玩得開心」。

「前天見到賈吉的時候，我好像跟他說過有可能在迷宮裡過夜的事。」

「他全速衝過來，把一堆東西用力塞進包包，又全速衝回去了欸，那傢伙真的怕我嗎？是物極必反喔？」

遠處有魔物現身，利瑟爾以飄浮在身邊的魔銃將之擊殺，喝了一口溫熱的湯。晚上出外閒蕩，對賈吉來說太危險了……不對，伊雷文是危險人物之首，和他待在一起反倒算是安全嗎？

不過，下次還是委婉提醒他一下吧。利瑟爾點點頭，感覺到溫暖的湯流過喉嚨，他滿足地呼了一口氣。

「話說回來，委託沒問題？」

劫爾本來在一旁默默用餐，忽然想起什麼似地問道。

「我打算回去之後再一起抄寫。我跟史塔德說我們預計從頭攻略到擊敗頭目，他一聽就給了我很多指定用紙。」

「我想也是。」

這句通關宣言說得輕鬆隨意，不過說話的是利瑟爾他們，因此史塔德毫不存疑。以利瑟爾的作風，可以拿到手的報酬他不會錯過，因此他想必會將此行看見的謎題全數提出。史塔德預想到這一點，才給了他們大量的用紙。

「說到那根冰棒啊……」

看見伊雷文伸手來拿他的炸雞塊，利瑟爾也順勢遞了出去，反正還有很多。伊雷文一口吃掉那塊炸雞，心滿意足的表情都寫在臉上。

「他都沒變欸，跟以前比起來。」

「他變了喲。」

「哪有啊？」伊雷文一副興味索然的樣子，利瑟爾見狀，有趣地笑了出來。

「史塔德變得比較從容了。他從前太過拚命了一點，這是不錯的改變。」

「那個面具臉欸？」

利瑟爾能夠讀出他微小的情緒波動，甚至將之增幅，對他來說，史塔德並不是情感那麼淡漠的人。但是從旁看來，史塔德仍然是面無表情的冷淡男子，因此二人互動的情景看起來相當突兀。

首度引起史塔德興趣的人，正是利瑟爾。也可以說，遇見他讓史塔德學會了「追求」。他不斷給予史塔德所追求的事物，直到史塔德心中萌生了難以放手的渴望。

史塔德真正想要的是什麼，只有他自己明白。但那一天，他終於捉住了自己所渴求的，利瑟爾也給予了他所要的。史塔德多出來的從容，是因為一直以來追求的東西終於掌握在自己手中了吧。

「看著優秀的年輕人成長，真的很有樂趣呢。」

「你這句話的前提是『自己人』吧。」

利瑟爾聽了只回以一個微笑。這傢伙就是這種人，劫爾心領神會。

貴為宰相，他應該追求的是整個王國的成長，但利瑟爾現在只是一介冒險者。看來他還是老樣子，享受著這段假期，也挑戰從前做不來的事情，真是再好不過了。

「隊長，你是說冰棒為了什麼東西那麼拚命啊？」

「祕密。」

聽伊雷文的語氣，一副就是想拿這件事嘲弄史塔德的樣子。利瑟爾乾脆地閃躲掉這個提問，低頭看向自己還沒吃完的便當。不是不能勉強吃完，只是再吃下去，晚點長途步行的時候感覺會肚子痛。

正當他這麼想，身旁的劫爾就伸手過來了，利瑟爾也不再客氣，直接把便當交給他。

「話說回來，我們上次都特地練習過了，但這次沒看到陷阱呢。」

「走錯路的話會有吧。」

「原來如此。」

這傢伙該不會想故意走錯路吧？雖然劫爾稍微產生了一點這種想法，但即使利瑟爾真的這麼做也沒什麼問題，因此他也沒有多加追究。等到劫爾吃完最後一口，三人收拾好吃完的便當，便站起身來。

一行人即將抵達最深層，來到第二十九層的時候。

出現在他們眼前的是三扇門，以及一面看板。怎麼了嗎？難得看見利瑟爾停下腳步，沒有採取下一步行動，劫爾他們都朝他望去。

「從這邊開始，三個人好像必須分開行動。」

「啊？」

「真假？」

嗯……利瑟爾邊想邊沉吟，聽見他接下來說的話，劫爾他們嫌惡地皺起臉來。

「一扇門只限一人進入，不可離開後重新進入，限制時間是一小時。」

「上面是這樣寫的喔？」

「是的。」

「喔……」伊雷文望著看板上陌生的文字，點了點頭。迷宮以見機行事聞名，假如利瑟爾他們的隊伍裡一共有五人，這裡就會出現五扇門吧。

「選哪一扇門都一樣喔？」

「這倒是沒有寫……不過，只要其中一個人沒有在時限內突破關卡，所有人都會回到這個地方來。所以無論情況再怎麼糟糕，都不至於被關在裡面才對。」

「那煩惱該選哪個門也沒用囉。啊，隊長還是走正中間吧！」

「比較保險。」

伊雷文乾脆地走向左邊那扇門，劫爾則是走向右邊那一扇。

二人將正中間那扇門留給利瑟爾，正是因為假如隊友在內部可以互相幫助，正中央的位置最有利於他們伸出援手，畢竟再怎麼說，這裡都是迷宮深層。不過，這一層的關卡強制冒險者獨自闖關，不太可能再派來棘手的魔物落井下石，而且假如門的另一端是鋪天蓋地的謎題，那反而是利瑟爾最為有利。

「有點緊張呢，這是我第一次一個人進入迷宮。」

「哇靠，聽你這樣講我一下子好擔心喔……但要是有什麼暗號就換我卡關了說。」

利瑟爾理解了他的意思，心領神會地站到正中間的門扉前方。在解謎方面，這也是自己最能夠幫助他們二人的最佳位置。

「唉，好想要小抄喔——」

「你自己想辦法。」

「希望內部是連通在一起的。」

三人握上門把，踏入門內。

映入三人眼簾的，是完全相同的光景。

眼前是一片寬敞的圓形空間，頂部挑空，一看就知道是高塔的內部。一道螺旋階梯沿著牆面緩緩爬升，由於內部空間寬廣的關係，繞一圈得走上相當的距離。抬頭望去，階梯描繪出無數的螺旋，不斷往高處延伸，不曉得有多長。

「這個隊長會很慘吧……」

「雖然他說體力慢慢培養起來了……爬這個大概有點勉強。」

「這迷宮明明叫做『智慧之塔』，為什麼會安排這種關卡？」

儘管三個人見不到彼此，利瑟爾一行人忍不住脫口而出的感想卻大同小異。

總而言之，利瑟爾開始爬上螺旋階梯。攀登途中，他將手伸到扶手外側，感覺到一面透明的牆壁擋在外圍。看來不必擔心失足墜落，同時也代表這一關只能乖乖爬上階梯，不可能玩其他花招了。

「（都來到了這裡，不可能完全沒有謎題才對。）」

利瑟爾這麼想著，大約沿著階梯走了半圈的時候，忽然看見熟悉的石板鑲在扶手另一側的牆壁上。
「拼圖……？」
滑動上面排列的正方形板塊，將四散的圖案拼湊回一幅完整畫面的拼圖。原來如此，迷宮在這裡安排謎題，是意圖消耗挑戰者的時間吧。利瑟爾毫不遲疑地滑動板塊，以最少的步驟完成拼圖。最後一塊板子歸位的瞬間，石板也隨之亮了起來。
響起玻璃碎裂的哐啷聲，利瑟爾一回頭，看見一道階梯橫越中央挑空的空間伸展出去，往上連接到上方幾段的螺旋階梯。
「原來如此，看來我走這一邊比較好。」
階梯相當陡峭，但縮短了不少距離，登上這道階梯頂端，大概還有一道新的謎題等在那裡吧。解開那道謎題，就會有另一道階梯出現。
比起繞圈攀登長長的階梯好太多了，利瑟爾邊想邊抓緊階梯的扶手，確認不會掉下去之後，一步步爬上樓梯。
利瑟爾解題的同時，劫爾他們也在挑戰拼圖。反正這是第一題，總得試試看。
利瑟爾以最少步驟完成拼圖之後，過了一小段時間，劫爾也順利解開了謎題。他將眉頭蹙到極限，死瞪著拼圖的模樣，說是窮凶惡極也不為過，若是正面迎視這張臉，別說是小孩了，連大人都要哭出來。
聽見玻璃破碎的聲音，劫爾回過頭，毫不遲疑地爬上剛出現的階梯，一邊抬頭望向還看不見盡頭的天花板。

「看來走這邊比較輕鬆。」

劫爾嘴上這麼說，心裡已經想著還不如不要解謎，直接爬上螺旋階梯比較快，可見他這句話應該不是對自己說的。但這樓梯還真陡——他默默邁著步伐，在心裡低語。

又過了一會兒，伊雷文不停喀嚓喀嚓、喀嚓喀嚓地撥動拼圖，才終於解開了第一題。爬上出現的階梯，看見第二道謎題，他皺起臉來。

「遊戲性質的題目我是解得出來啦，但這種真的要考驗智慧實在是無法……」

謎題下方有幾個刻著數字的按鈕，應該是暗號吧。不愧是深層，伊雷文放棄閱讀那些莫名其妙的暗號，隨便按了幾下按鈕。緊接著響起熟悉的玻璃破裂聲，幾隻狀似蝙蝠的魔物從扶手外側飛了過來。

還來不及嫌牠們巨大的振翅聲擾人，伊雷文已經迅速將魔物斬落在地，一揚手揮落劍刃沾上的血跡。瞥了一眼掉落地面的屍骸，他跨出步伐。

「原來答錯會這樣喔。不過，反正隊長又不會答錯。」

這點程度的話他應付得來吧。伊雷文點點頭，一邊碎念著麻煩死了、麻煩死了，踏著輕盈的腳步爬上螺旋階梯。

「啊，找到門啦，所以這裡就是終點……」

最靠邊的門扉熱熱鬧鬧地打了開來，坐在附近階梯上的劫爾嫌吵似地蹙起眉頭。伊雷文甩著一頭紅髮現身，看見劫爾的身影，他一臉不甘心地跟著皺起眉毛。

「哇靠，被大哥搶先了喔。」

「順序又無所謂。」

「是沒錯啦……已經過多久了？」

「快四十分鐘。解得開的題目我都解了。」

「啊，裡面的關卡果然是一樣的喔。」

二人途中都完全沒有減速，一路爬上頂點，不過劫爾抄了幾次捷徑，果然還是略勝一籌。伊雷文大約比劫爾慢了十分鐘，這二人爬了一連串的階梯，居然大氣也不喘一下，只能說不愧是實力過人的冒險者。

「這個樓梯是通往下一層喔？」

「大概吧。」

剛才的關卡，大概就是這一層的全部了。劫爾坐在那道通往最深層的樓梯上，伊雷文瞥了階梯一眼，又立刻望向還沒打開的那一扇門。

「爬樓梯還是太勉強了嗎？」

「畢竟也滿陡峭的。」

劫爾和伊雷文一點也不覺得利瑟爾有可能解不開謎題，也不覺得他會陷入苦戰。既然如此，問題就只有階梯而已。但只走捷徑的話，到這個時間也該抵達終點了。

「如果每一題都答對，也不可能出現魔物才對啊……」

「你答錯了？」

「我——故——意——的——不能去接隊長喔……」

排列在面前的三扇門當中，伊雷文伸手握住正中間那一扇的門把。不論用拉的、用推的它都文風不動，用踹的還是用砍的都無法傷它分毫。迷宮無法破壞，一扇門僅限一人進入——迷宮訂下的規矩執行得滴水不漏。

最後，伊雷文使盡全力將鞋底砸到門板上，小聲咋舌。

「大哥動手也沒用喔？」

「沒用。」

「（啊，他已經試過了喔。）」

那就只能等了，伊雷文下了和劫爾同樣的結論。就在這時，他身後傳來了開門的喀嚓聲。

「啊，太好——」

「呼……」

「……哇喔，我從來沒看過隊長這麼不從容的樣子欸。」

伊雷文回過頭，喘得上氣不接下氣的利瑟爾正站在那裡。

「呼……我還以為……趕不及了……」

利瑟爾大口喘著氣，手放在伊雷文肩上整頓呼吸，看來趕路趕得相當匆忙。他將貼在頰邊的頭髮撥到耳後，髮際露出的側頸流下一道汗水。

「我以為自己比較有體力了……」

「辛苦啦——」

伊雷文伸手為他撥開落在眼前的瀏海，利瑟爾向他道了謝，呼了一口氣，挺直背脊。眼見劫爾指了指階梯，他感激地在階梯上坐了下來。二人都叫他好好休息，利瑟爾也恭敬不如從命，放鬆了緊繃的肩膀。

「你要是每一題都答對，即使中間休息一下也不怕來不及吧。」

「就是因為休息，結果我必須從最底下重新爬一遍。若不是這樣的話──大約二十分鐘可以抵達吧。」

一直爬著陡峭的階梯實在累人，利瑟爾來到中段，悠哉地坐下來休息。

差不多坐了五分鐘的時候，他就這麼唐突地被傳送回螺旋階梯的最底端了。利瑟爾冰雪聰明的頭腦一瞬間就明白發生了什麼事，但現實實在太難以接受，他不禁愣了一下。

後來他沒再休息，連續爬了三十分鐘，以一般人的水準來說，體力耗盡也是理所當然的。

「唉，果然還是需要再增強一下體力……」

「還好啦，你也不算沒體力啊，雖然在冒險者裡面應該算是體力比較差沒錯啦。」

「果然如此嗎？」

「在迷宮裡走久了，體力自然就培養起來了。」

「魔法師差不多都是這樣喲！」

他最熟悉的兩位冒險者各方面都是最高水準，因此即使伊雷文提到魔法師，利瑟爾還是有點難以想像。以他心目中對冒險者的印象，即使是魔法師，也能夠臉不紅氣不喘地爬上千級階梯。

「不過，其他魔法師的體格都滿好的耶。」

「身邊的人都在練身體，多少會在意吧。」

「被人家說是弱雞感覺就很不好啊！」

「原來如此。」
利瑟爾也是男人，明白那種心情。
在這之前，利瑟爾自己從來沒有在意過體力問題。即使他沒有在時間之內爬完螺旋階梯，劫爾他們也只覺得「果然沒辦法」，不會多加計較，而且彌補彼此的弱項才是隊伍存在的意義。不過，冒險者基本上以體力、蠻力決勝負，以自己現在的體力，真的能抬頭挺胸說自己是冒險者嗎？
利瑟爾認真地思考著。這傢伙一定又在想什麼蠢事了，劫爾望著他那副模樣心想。這時，利瑟爾下定決心似地抬起頭。
「跑步練體力如何？」
「省省吧。」
「不要這樣啦隊長。」
被否決了。
順帶一提，當然也有些冒險者的體力比利瑟爾還要差，是他想太多了。
「不說這個了啦，接下來就是頭目了欸。」
自己在劫爾他們心目中到底是什麼形象？不過，既然二人不希望他這麼做，那還是算了吧。利瑟爾坦然接受了這件事，回頭望向伊雷文手指的方向。登上現在坐著的這道階梯，就是迷宮的最深層，看來今天也沒有機會在迷宮裡過夜了。
「這麼說來，我還沒有向你們解釋頭目的關卡呢。」
「你怎麼會知道？」

「艾恩告訴我的。」

先前見面的時候，一提到他們打算潛入這座迷宮，艾恩便興高采烈地告訴了利瑟爾這項情報。

真要說起來，事前不知道頭目的情報，劫爾和伊雷文才能玩得比較開心；但這次還是先告訴他們比較好，有了這些情報他們一定能打得更盡興。

「聽說，頭目一開始會先提出一道謎題，回答時限應該是三十秒。答對的話牠的強度會下降一階，答錯則會上升。原始強度是B階。」

魔物的強度也是以階級劃分，B階的魔物，代表階級B的隊伍可以在五分鐘左右擊敗的強度。話雖如此，各個隊伍與魔物本身的適性也各不相同，因此階級只能做為參考而已。

「那些小鬼是C階吧。」

劫爾收起原本隨意伸展的雙腿，站起身來訝異地說道。畢竟說得委婉一些，艾恩他們的強項大概只有活力充沛這點而已，劫爾絲毫不覺得他們有可能說出正解。利瑟爾見狀有趣地笑了，抬頭望向他。

「如果不回答，頭目好像會維持B階的強度。」

「對他們來說還是太勉強了。」

「根據艾恩的說法，『牠一開始不知道在碎碎念什麼，動也不動，我們一群人就直接衝上去打爛了牠的兩條腿』。」

雖然說明得很有頭目的架式，但總之牠會親自講解謎題的規則。這段期間牠都不會發動攻勢，答題時限內也一樣。即使是艾恩他們也足以在這段時間發動充分的攻擊，使得雙方達到對等的作戰條件。

「他們攻擊的時候不知道這件事吧。」

「畢竟是第一個通關的隊伍呀。」

「要是頭目反擊，他們馬上就全滅了咧。」

說到底，挑戰者既然能夠來到這座迷宮的最深層，一定會率先選擇挑戰解謎。答對能夠弱化頭目，萬一答不出來也只要保持沉默就好，完全沒有損失。

但是，艾恩他們想都沒想就立刻放棄了思考。他們仰賴利瑟爾的頭腦一路攻略至此，謎題早就與他們無緣，因此聽到頭目開口，他們的反應是「囉嗦死了誰管你啊」，二話不說打了過去。即使是B階強度的魔物，一旦腿部受了重傷，輸給拚上老命的C階冒險者也不奇怪。可憐的頭目。

結果，由於頭目直到時限之前都沒有動手反擊，艾恩他們才得以贏得勝利。

「年輕真好。」

「他們只是太笨吧。」

「明明是群雜魚，運氣真好欸。」

艾恩應該也想不到自己會被這樣批評吧。

「那我們只要答錯就能玩得更開心囉？」

「可以走了？」

「嗯。」

經過充分休息，利瑟爾也站起身來，三人一同爬上比剛才短了許多的階梯。

伊雷文意氣風發地打開了通往頭目面前的門，劫爾拔劍出鞘。他們這麼期待真是太好了，利瑟爾看著二人的背影，微微一笑。

從迷宮回來之後，利瑟爾直接坐在公會的桌子旁邊，一道道寫下剛才解開的謎題。偶然看見熟悉的人物從桌前經過，利瑟爾停筆叫住了對方。

「艾恩。」

「啊，利瑟爾大哥！辛苦了！」

「之前謝謝你告訴我迷宮的情報。」

伊雷文說他肚子餓，所以先回去了，這裡只有利瑟爾和劫爾二人。艾恩發揮了他只用在這二人身上，僅有的一點點禮貌，低頭打了個招呼。

他的嘴角一瞬間抽搐了一下，應該是看見劫爾的關係吧。艾恩已經跟劫爾說過好幾次話，也知道他不是傳聞中那麼危險的人物，但心裡仍然殘存著一點敬畏。

「有幫上你們的忙就太好了！」

「我們今天去了那座迷宮一趟。一答錯頭目出的謎題，牠突然雙腳站立襲擊過來，嚇了我一跳。」

「那隻長得像獅子的頭目雙腳站立喔？哇……………」

艾恩佩服地說完，接著僵在原地。

「今天，頭目——怎麼可能答錯，一定是故意的……不對，為啥??」

他口中念念有詞，還好利瑟爾他們都沒聽見。

現在確實已經過了冒險者回到公會的尖峰時間，天色也已經暗了……但是不會吧怎麼可能？即使再怎麼愕然，艾恩還是不得不相信。

「（他們只花一天就攻略完了……!!）」

艾恩知道，利瑟爾他們確實辦得到。

他大受衝擊，同時又有點想拿這件事四處炫耀一番。剛才是不是別告訴他比較好？看見艾恩那副百感交集的模樣，利瑟爾露出苦笑，伸手往腰包裡翻找東西。

艾恩這項情報貴重又有意思，他可不能白白收下。

「我想送點東西向你致謝，但實在沒什麼你會喜歡的東西……」

「咦？啊，不用啦！也不是什麼大不了的情報……！」

「那可不行，有了成果，我就必須給你『相應的報酬』才行。」

聽見與當時相同的臺詞，艾恩只得噤聲。

利瑟爾見狀微微一笑，開始思考該拿什麼東西給他。頭目的強度受到謎題影響，這一點只要在公會裡查閱資料即可得知，但頭目尚未採取行動的時候不會反擊可是相當貴重的情報。

因為艾恩他們不希望旁人認為自己不是靠實力打贏頭目的，所以並沒有把這項情報提供給公會。儘管如此，他卻二話不說、理所當然地把這件事告訴了利瑟爾。

「那就給你這個吧。」

既然如此，謝禮還是豪華一點比較好吧。利瑟爾拿出了一件迷宮品，輕輕放在雙眼閃閃發亮的艾恩手上。

「……」

「我拿去鑑定過了，可以賣到五十枚銀幣，是不錯的東西喲。」

這是利瑟爾大哥給他的東西，在這層意義上，艾恩原本既緊張又期待地等待禮物揭曉，現在他目不轉睛地低頭看著自己手掌上的「智慧之塔」頭目迷你玩偶。

寶箱裡偶爾會開出魔物的模型玩偶，其中頭目的玩偶相當稀有，價值也高。價值五十枚銀幣的迷宮品，已經是迷宮深層才開得出來的貴重物品了，比艾恩他們平時活動的階層所開出的迷宮品還要高級太多了……價格上來說。

「謝、謝謝利瑟爾大哥……」

艾恩勉強道了謝，離開了公會，心裡想著「應該要更……那個一點啊……」那道背影散發著淡淡的哀愁，彷彿表達了他一言難盡的心境。

「你還真愛捉弄年輕人。」

「哪有，那可是賈吉掛保證的珍品哦。」

利瑟爾目送那道背影走遠，露出溫暖的微笑，劫爾見狀無奈地嘆了口氣。

「拿去賣可以換到一筆不小的數目呢。」

「前提是他得拿去賣。」

恩人利瑟爾親自送給他的東西，艾恩真的會隨手賣掉嗎？太令人惶恐了，艾恩不可能這麼做，他現在大概在公會外頭喃喃自語：「這到底叫我怎麼辦……」

劫爾百無聊賴地撐著臉頰，望著利瑟爾再度動起來的筆尖。在眾目睽睽之下，確實也不好把一看就知道很高級的迷宮品輕易送給艾恩，但是……

「總有正經一點的東西吧。」

「我就是沒有啊。」

利瑟爾的語氣帶著點賭氣意味。這麼說來也是，劫爾聽了點點頭，唇邊帶著幾許笑意。

60

某天早晨，利瑟爾的旅店房間。

「這是送你的，我們隊長說，看來他可以順利離開冒險者的崗位了。畢竟接受了你的幫助，他本來想當面向你致謝，但知道你不希望這樣，所以就換我過來了。不過你們的情報也未免太少了吧？為了送禮我去探聽了你們喜歡的東西，結果只查到酒啊肉啊這種基本的飲食偏好而已。嗯，還打聽到你喜歡書。這些拿來送禮都太微薄了，但是對你們來說金錢上的價值感覺也沒什麼意義，所以我帶了最高級的白銀牛肉和羅曼尼葡萄酒，還有王都首屈一指的超知名甜點禮盒過來。」

「謝謝你。」

那頭翡翠色的髮絲反射著窗邊照進房內的日光，西翠一開口就連珠砲似地說了一大串，臉上還帶著心滿意足的笑容，平時不服氣的表情不曉得忘到哪裡去了。看來敬愛的隊長能夠順利組織家庭，他真的非常高興，才會表現得如此興奮。

利瑟爾坐在他對面，有趣地笑著向他道了謝，低頭看向排列在桌上的各種禮品。劫爾不論再怎麼掙扎，好像都逃不過收到生肉的命運，利瑟爾悄悄想道。

「不過，我還沒有聽說他離開的消息呢。」

階級S的冒險者退出公會，沒有引發任何話題是不可能的。聽見利瑟爾不可思議地這麼說，西翠聳了聳肩，看起來心情還是相當愉快。

「他還沒有正式退出，只是公會不再堅持挽留了。退出也不過是繳回公會卡而已，他應該是打算把離開之前該做的事情全部完成吧？」

「指的是作為一位冒險者，最後該做的事情嗎？」

「是啊。要是在公會還不同意退出的時候著手做那些事，公會很可能會有意見。」

「沒想到冒險者公會也有許多內情呢。不過組織大到這個地步，這也是沒有辦法的事。」

話雖如此，利瑟爾也不打算特別為公會顧慮什麼。當然，身為受到公會照顧的一員，他絕不會刻意造成公會的困擾，但也不會特別跟公會客氣。

利瑟爾他們還是適合這種作風。西翠也點點頭，接著重新低頭行了一禮。

「這一次多虧有你幫忙，真的非常感謝。」

「請抬起頭來吧。我們也在遇襲的時候受到各位幫忙，這麼一來就扯平囉。」

利瑟爾說完，抱歉地垂下眉頭，露出苦笑。

「先前也說過了……我當時的行為，實際上也不過是將匪徒硬推給各位處置而已。」

「可是，那是因為……」

「各位原諒了這種行為，所以我們扯平了。」

「……既然你這麼說，那就算是這樣吧。」

眼見利瑟爾毫不退讓，西翠讓步了。他不情願地抬起頭，看起來欲言又止。但互不相欠是雙方最好的折衷點，領悟到這件事，西翠還是老實閉上了嘴。

「但是，那真的不算是硬推給我們。」

西翠注意到了，對於利瑟爾來說，這一連串的事態發展並沒有什麼大不了。他只是遇襲時偶然發現西翠在附近，便把握這個機會找他幫忙。

說到底，即使西翠沒有行動，利瑟爾他們也能自己想辦法。他們會不費吹灰之力地殲滅匪徒，若無其事地回到王都；見到沒有搭弓相助的西翠，利瑟爾一樣會沉穩地與他交談，沒有怨恨、沒有芥蒂，態度一如往常。

換言之，那對他來說，不過是如此不值一提的小插曲而已。正因如此，西翠那時候才會搭弓放箭。

「全力倚賴我們的人，我是不會出手幫忙的，也不會因為對方是認識的人就伸出援手。是我一開始就知道你一定有什麼打算，所以才助你一臂之力，並不是被你強迫的。」

「你不覺得那個『打算』有可能是惡意？」

「你會做那種四處造成旁人損失的蠢事？別開玩笑了。」

西翠無畏地笑了。他擁有身為階級S隊伍成員的自負，雖然不打算與利瑟爾他們的隊伍——應該說是與劫爾比較雙方純粹的實力，但他們的隊伍好歹也站在階級頂端，是眾多冒險者的目標。

與他們敵對有什麼下場？若非必要，利瑟爾不可能主動選擇這種百害而無一益的舉動。

「哎，我是真的發自內心感謝你。至少接受我這句道謝吧，我會很高興的哦？」

「那我就感激地收下了。」

聽見利瑟爾微笑這麼說，西翠微微恢復了平時眉心的皺摺，滿意地點點頭。

「話說回來，你還特地調查了我們喜歡的東西嗎？」

利瑟爾這麼問道，興味盎然地看著桌上的禮品。在他原本的世界也存在同樣的東西，有些名稱不同，有些則不知為何連名稱都一模一樣，相當有意思。

「說是調查，其實也沒做什麼大不了的事。你們在很多地方都是話題人物啊，像在路邊攤，或是媽媽們在街上聊八卦也會聊到你們，還有冒險者之間的傳言。」

「會提到我們愛吃的東西？」

「對啊，不過也只是提到『常常看見你們在吃某些東西』而已。」

倒不如說，正式的調查管道反而查不到這些訊息，西翠說。

「啊，不過你的情報確實有點少。」

「我吃東西不挑嘴的關係吧。」

「哦，真不簡單。還是該說一刀和獸人的吃法太一目瞭然了？」

「有可能哦。」

劫爾總是吃肉，凡是甜的東西完全不碰。

伊雷文則是愛恨分明，老是一個勁吃著喜歡的東西。他一口接一口狂吃甜食的模樣相當壯觀，要是桌上有蛋料理，他一定先從那裡下手。這二人的偏好都相當明顯。

利瑟爾什麼都吃，但時常陪著伊雷文一起吃甜食。也許是這方面印象比較強烈的關係，雖然甜點不像是一般送禮給冒險者的選擇，西翠還是準備了甜點禮盒。

「我會好好品嘗的，肉品今天就請女主人調理吧。」

「現在說這個太遲了一點，但你們如果比較想要金幣的話可以直說哦？我會準備的。」

「不，收到這些禮品比較高興呀。」

「我想也是。」看著利瑟爾高興的神情，西翠也點點頭。雖然他也覺得這些禮物太過微薄，但利瑟爾他們看起來一點也不缺錢。幸好他選了沒有管道就難以入手的高級品，這份苦心總算沒有白費。

「一大早也不好在這邊打擾太久，我差不多該走了。」

眼見利瑟爾作勢起身送客，西翠伸手制止他，一邊站起身來。

「利瑟爾，你今天沒有委託？」

「不，只是從下午開始。」

「這樣啊。」

冒險者不會深入詢問委託內容，儘管西翠有點好奇，但沒有問出口，沒想到利瑟爾卻主動說出了這方面的情報。

「是騎士學校的冒險者講習。西翠先生，你有沒有什麼建議呢？」

「……是公會的指名委託？」

「啊，你果然知道呀？我想見識一次看看，所以就答應了。」

「你還真好事。除了『最好不要去』以外，我給不出其他建議了。」

聞言，利瑟爾有趣地笑了出來。看他這副模樣，應該是知道了所有內情，仍然決定接受吧。一年一度，公會會向選中的冒險者提出這項委託，儘管報酬優渥，願意接受的冒險者卻屈指可數，公會甚至得貼錢增加酬勞，是究極的地雷委託。

「你聽一刀說過了？」

「是的，各方面。」

「那就好，你們加油哦。」

劫爾近幾年都在王都活動，不可能不知道這件事。既然明知如此還選擇接下這項委託，利瑟爾一定會巧妙達成任務吧。西翠這麼想著，離開了利瑟爾的房間。

提起王都的騎士學校，那可是聞名周邊各國的名校。

在那裡就讀的學生都是貴族子弟，也有極少數的貴族千金。校方確實重視出身門第，但最看重的仍然是學生的實力，因此才造就了這所學校的名聲。

對於無法繼承爵位的次男、三男而言，當上名譽崇高的騎士，成為國家的劍戟、國家的盾牌，正是他們最高的榮耀。而子弟當上騎士能夠提升家族名聲，因此出身家族也會傾盡全力支持他們。也是因為這樣，騎士學校裡全是些自幼訓練劍術、禮儀、知識的貴族子弟，入學的時候往往已經具備了基礎能力。

考量到這一點，不難理解為什麼騎士學校並未拒絕平民入學，卻鮮少見到不具貴族身分的孩子通過入學考試。不過，也存在非常罕見的例外：有些貴族膝下無子，為了替家門培養出騎士，他們會找來志願成為騎士的孩子，以監護人的身分施以教育。

騎士是王國的榮光，而騎士學校的學生都是以此為目標的孩子，這裡可說是人才薈萃的寶庫。從十歲至十六歲的貴族子弟，都在這裡切磋砥礪、自我精進。

「話雖如此，果然不可能所有學生都是好孩子嗎？」

即使騎士學校如此優秀……不，應該說正因為這裡是騎士學校，有些事情反而力不從心。為了替校方完成這些事，利瑟爾一行人現在正坐在車廂裡，身體隨著馬車的行進搖晃。

「總之打斷那些囂張小鬼的鼻梁就對了？」

「這次講習名目上是『與冒險者交流，拓展視野的教育活動』，畢竟騎士與冒險者在出狀況的時候勢必合作呀。」

「很拐彎抹角欸。」

三人搭上前來迎接的馬車，正在前往騎士學校的路上。

由於利瑟爾感覺會有興趣，所以史塔德向他們提出了這次委託，當然，是以他們一行人具備完成委託的能力為前提。冒險者自然也有權拒絕，不過利瑟爾一副興味盎然的模樣，二話不說便接受了。公會對此真是大喜過望，不然他們每年都為了尋找適任人選奔波個不停。

「據說報酬非常優渥，卻沒有人想接這項委託呢。」

「因為不划算。」

「一聽到你要接，所有公會職員都當場擺出勝利動作欸。」

從公會方面狂喜亂舞的反應，看得出這項例行事務每年都教他們傷透腦筋。

不過這也不奇怪，考量到委託內容，稱之為地雷委託確實相當貼切。

「萬一遭到貴族的小鬼怨恨，那就不只是倒楣而已了。」

某種意義上，伊雷文剛剛並沒有說錯。他們這次的目的，是與撐過騎士學校長年的訓練、幾乎培育完成的學生見面，以實力摧折他們的傲氣。

學校一向教導他們忠於任務，培訓過程容易有所偏頗。一流的教育、本人臥薪嘗膽的努力，導致他們以身為騎士為榮，但同時也相當自傲。

「放著不要管啊，反正他們會成為很體面的騎士大人嘛？」

「驕傲會限縮他們的視野吧。但騎士本身又應該以這份矜持為傲，所以無法加以否定。」

「啊，所以才叫我們去喔？」

「還真亂來。」

「沒想到校方的想法這麼開明。」

讓素昧平生的冒險者摧折他們的傲氣，效果才最為卓越吧。利瑟爾他們沒有接受過應對貴族的講習，仍然可以接受這項委託，正是因為校方要求的只有實力而已。傲慢不遜的態度效果更好，校方反而非常歡迎。

「話雖如此，公會看上的冒險者好像還是以A階或S階居多。」

「畢竟打輸他們就不像話了。」

「再怎麼說都是即將成為騎士的孩子，實力應該無庸置疑吧。」

「是啦，所以很多人都不想接啊。」

冒險者晉升高階之後，擁有貴族人脈的大有人在。沒有人想因此冒犯貴族，眼睜睜和提出高額委託的金主說再見，所以就更不願意接下騎士學校的委託了。

「隊長竟然接了這種委託。」

「機會難得呀，平常可沒有辦法隨意進入騎士學校呢。」

只憑著一股好奇心就打算接下委託，這倒是很符合利瑟爾的作風，劫爾將手肘撐到窗框上，嘆了口氣。倒不如說，利瑟爾在原本的世界總是小心斡旋，從不樹敵，對他來說遭人怨恨或許也是樂趣的一部分。這享樂方式還真是奇特，不過想必他還有其他目的。

「你們一定沒有問題，唯一不確定的就是我打不打得贏他們了。」

「論實戰是你的經驗比較豐富吧。」

「實戰經驗有那麼重要嗎？」

「我不覺得你會輸給只打過比試的傢伙。」

劫爾講這種話沒什麼說服力。打從還沒有實戰經驗的時候開始，他肯定已經能夠輾壓普通的冒險者了。

「是說打鬥方法用學習的喔……我不太懂這種感覺欸。」

「對你來說是這樣沒錯。」劫爾附和。

嘲諷似地在千鈞一髮之際躲過對方的攻擊，以薄如紙片的刀刃割開對方的要害。伊雷文的這種動作、這種作戰方式，又有誰能夠教導他？

在賭上性命的廝殺當中磨練出來的劍技，充分展現出了他原本的個性。劫爾說，伊雷文作戰的時候不重視自保，特別強化了扼殺對方的技術。這方面利瑟爾不太瞭解。

「話說啊，大哥沒有進過學校喔？」

「嗯。」

「也是啦，要是你上過學我還比較驚訝。」

那幹嘛問？劫爾看向他，但伊雷文光明正大地裝作沒發現。

「只要接受過充分的教育，即使不進入騎士學校就讀也可以成為騎士吧。」

「靠人脈喔？」

「不是……我想是有了必要的素養就沒有問題。」

當然，學習這些必要知識最快的捷徑就是騎士學校，而且無法與其他騎士候補生交流可是重大損失，沒有人會刻意選擇不就學。

話雖如此，侯爵家是騎士的大本營，劫爾接受的教育與訓練，肯定具有高人一等的水準。

「你的兄長以前在騎士學校念書嗎？」

「誰知道。」

利瑟爾最近覺得，這對斷絕關係的兄弟實在太缺乏往來，跟一般的「感情不好」好像又不太一樣。

「所以大哥，你就自己一個人對著桌子念書喔？」

「我是不愛念書，只念到不會被罵的程度。」

「大哥在奇怪的地方做事很有竅門嘛。」

歐洛德或許也看他這方面不順眼，回想起劫爾那位血緣上的兄長，總覺得他做事有點不得要領。利瑟爾想著，從馬車的車窗向外一望。

馬車進入了中心街，繼續往深處前進。他們的目的地是中心街北區，距離利瑟爾他們平常活動的王都南側稍微有點遠。

「萬一對方的態度很不客氣怎麼辦？」

「畢竟是究極的地雷，有可能啊。」

「如果他們用那種超正經的態度迎接，我反而覺得很不自在欸。」

三人和睦地閒聊，完全不介意這輛馬車是騎士學校的所有物。當然，這段對話馬車夫聽得一清二楚。

每年被迫接下這項委託的冒險者，在這段車程中總是散發出半放棄抵抗、半自暴自棄的氣氛。馬車夫也想叫他們「別抱著好玩的心態跑來」，但一刀的名聲太過響亮，他對於公會的決定不敢有異議。

騎士候補生背負著王國的未來，能夠讓他們體驗與一刀交手的經驗是校方運氣好。

「所以咧，可以把他們殺到半死不活嗎？」

「抵達學校之後應該會有相關說明……不過回復藥也準備齊全了，只要控制在治得好的範圍內都沒有關係吧？」

上級回復藥就連完全折斷的骨頭都可以接回去，內臟稍微外露的傷口也能治療得不留痕跡。聽見這番氣氛和煦，卻毫不留情提高難度的發言，馬車夫戰戰兢兢地想：今年真的能平安結束這場講習嗎？

騎士學校裡最高學年的學生大約有二十名。

經過六年間勤奮不懈的努力，他們每一個人都充滿自信。現在，他們最關心的事情就是今天午後即將舉行的冒險者講習了。這場一年一度的講習，唯有最高學年的學生具有參加資格，所有人都知道，從來沒有哪一年是以騎士方的勝利收場。

但是，與往年同樣，這些學生也確信自己勝券在握。他們下定了決心，一定要為大意敗北的前輩們報一箭之仇。

他們並不知道這次講習真正的意義，如果用嘴巴說明就能理解，校方也不必特地請冒險者幫忙了。經歷過這場洗禮的學生，全都正確理解了背後的意涵，不約而同地噤口不談這件事。縱使屈辱難耐，他們也不可能拿著摧折殆盡的矜持四處吹噓，只得保持沉默。

「聽說這次要來的是階級B的冒險者。」

一位騎士候補生這麼說。

竟然不是S、A這種上位階級，許多人對此表示不滿。校方該不會低估了他們的實力吧，每個人聽了都不是滋味。儘管沒有大聲抗議，周遭的氣氛卻逐漸險惡起來。

「並不是看不起我們，我想，應該正好相反。」

察覺這一點，剛才開口的那位候補生搖搖頭表示否定。

「什麼意思？」

「今天要過來的是『一刀』，傳聞他是最強的冒險者。」

在場聽過一刀與沒聽過的學生大約各佔一半。一刀的名號在冒險者之間幾乎無人不知、無人不曉，不過在冒險者的圈子之外，他的知名度也比較低一些。

話雖如此，貴族總是難免想掌握實力高強的戰士名單，以備不時之需，在場有半數學生聽過一刀已經算多了。

「這是我們一雪往年之恥的好機會。」

學生們相視點頭，同窗六年對彼此的信任一覽無遺。

「而且，今年我們的陣營還有他在。」

室內所有人的視線，全都集中到其中一位男子候補生身上。他毫不介意眾人的目光，面朝著桌子，正用手上的撲克牌疊起高塔。

有傳聞說，他或許是騎士學校史上最優秀的劍士。由於缺乏社會性，他在性格方面有些缺陷，但劍技方面，他甚至能夠擊敗真正的騎士。他總是一臉昏沉想睡的表情，表現得心不在焉，也看不出情緒起伏，一旦到了對戰的時候，渾身卻散發出一股凌厲的氣勢。

「即使一刀擁有『最強』的名號，那也只限於冒險者之間而已。我們遲早要背負起這個王國，不可能輸給他。」

「我們要證明真正的力量出自於忠誠！」

眾人紛紛出聲應和，他們於是繼續等待冒險者的到來。

利瑟爾一行人下了馬車，一位壯年男性前來迎接，他應該是這裡的教師了。

「歡迎來到騎士學校，今天麻煩各位多多指教了。」

「您好，我們也要請您多指教了。」

據說常駐於騎士學校的教師，全都是由於某些原因退下崗位的騎士。雖然現任的騎士也會頻繁造訪學校進行訓練等等，不過眼前的男人一隻眼睛上留有傷痕，可以看出他應該是位退休的騎士。

雖說離開了崗位，這位教師給人的印象纖細，原本可能是專精魔法的騎士吧，利瑟爾面帶微笑，回應了他的招呼。教師眼中一瞬間閃過困惑，不過並沒有多談，只是繼續說下去。

「從這裡到校舍要稍微走一段路，沿路上我會向各位說明今天的流程。」

教師邁開腳步，利瑟爾他們也跟了上去。

一行人穿過印象嚴肅的大門，來到校區內的庭園，從這裡可以看見遠方的校舍。四周看不見任何學生，不曉得平時就是如此，還是因為冒險者來訪的關係限制了學生的活動。

「公會那邊應該向各位說明過概要了？」
「你說踐踏那些小鬼的自尊嗎？」
「伊雷文。」
被他說得好像公會真的這樣說明似的，假如雙方因此產生誤會就不好了，利瑟爾責備地喊了他的名字。「我又沒說錯。」伊雷文聽了嘟起嘴唇回道，立刻被劫爾揍了一拳，閉上了嘴。
「沒關係的，這位先生說得對。」
令人意外的是，走在他們前頭的教師卻面帶苦笑，表示同意。
在成為騎士之前，他一定也有過同樣的講習經驗吧，懷念的眼神中甚至帶著一點策畫方的玩心。
「校方對各位的要求是，請不要讓候補生受到阻礙騎士生涯的重傷。當然，我們指的是以使用回復藥的情況做判斷。」
「只要遵守這一點，其餘不必手下留情？」
「是的，請各位盡情打垮他們吧。」
「這兩位隊友的言行舉止也不太高雅哦。」
「倒不如說，完全以鄙視的態度應對敝校學生也沒有問題，這樣效果比較好吧。」
豈止效果好，這裡還有個人喜歡傷得別人再也無法振作，還引以為樂呢。利瑟爾瞄了伊雷文一眼，只見他露出了一道親切討喜得看起來很假的笑容。
不過，既然校方同意，那就沒有問題了。為了避免他做得太過火，還是留意一下吧，利瑟爾點點頭，劫爾則狐疑地看著心情愉悅的伊雷文。
接著，一行人聊著騎士學校的話題，終於踏入了校舍。
「校舍真優美。」
「您這麼想真是榮幸。」
不愧是貴族公子、千金就讀的學校。由於是培訓騎士的場所，這裡並沒有絢爛豪華的裝潢，卻仍然整頓得相當優美。
「如果能獲得校方許可的話，委託結束後我希望能參觀一下校內。」
原則上，騎士學校絕不會同意相關人員以外的外人出入。利瑟爾不抱希望地徵詢道，沒想到教師卻手抵著下巴思考了一下。
「敝校校區對於各位冒險者而言應該沒有什麼好看的……」
「只是我的好奇心而已，畢竟是平常無法拜訪的地方，也算是做個紀念。」
「紀念……」
聽見這充滿冒險者風格的理由，教師忍不住笑了出來，騎士們絕對想不到這種原因。他原本因為不曉得這些冒險者是不是想刺探什麼而浮現的一點戒心，在聽了這個答案後，全都一掃而空。利瑟爾看起來一點也不像冒險者，真沒想到會從他口中說出這種答案。
不過，騎士學校確實備受平民嚮往，單純想參觀看看的人也不少，這也不是什麼奇特的理由。
「我沒有許可的權限，晚點我會請示一下校長的意見。」
「謝謝您。」

利瑟爾道了謝，話中帶著純粹的期待。希望校長會同意，教師聽了也邊想邊邁開步伐。

「那我們繼續說明委託的相關事項。一開始的三十分鐘會在教室裡進行問答，由候補生們向冒險者提出問題。接下來則是在演習場展開實戰。」

「問答時間我們也可以提問嗎？」

「咦？這個嘛……之前接受委託的冒險者們大部分都比較排斥這段問答時間，所以以往都是由校方事先準備好問題……」

這也是當然的，劫爾和伊雷文心想。

冒險者們基本上與禮儀規矩無緣，面對端坐在座位上的騎士候補生們正經八百的提問，怎麼可能不排斥？因此面對學生的提問，冒險者往往只是給個無關痛癢的答案，教室裡的氣氛總是相當尷尬。

「不過，名目上這場講習的目的是『交流』，雙方努力瞭解彼此是最理想的，我想應該沒有問題。」

「謝謝您。」

一行人來到一間教室前，停下腳步。

「唉唷，如果只有實戰就好了。」

「這種機會難能可貴喲，好好享受吧。」

「你大概很享受吧。」

利瑟爾他們的對話一點緊張感也沒有。實力高強的冒險者果然膽識過人，教師點點頭，打開教室的門扉。這所學校最高學年的學生，已經全都坐在教室裡了。

教室內部相當寬敞。扇形的座位區以講臺為中心，呈階梯狀鋪展開來，越往後方的座位越高，所有候補生的臉孔一覽無遺。

利瑟爾一行人跟在教師身後踏進教室，學生們的視線紛紛匯聚在他們身上。

「你們聽好了，這是負責今天這場講習的冒險者，隊伍階級是B。按照事前的說明，講習從問答時間開始。」

原來他對學生們不會使用敬語，利瑟爾悠然望著這一幕。教師在他們面前結束了簡單的介紹，接著立刻走向門口，準備退出教室。「參觀的事，我晚點再告訴您結果。」離開前，教師補充了這麼一句，表示他會去為利瑟爾徵求同意吧。

利瑟爾向他道了謝，聽著門板闔上的聲音，環視了教室一圈。面對學生們螫人的視線，他毫不退縮地點了個頭。

「太好了，萬一老師也一起參加座談，我會很緊張的。」

「這些小鬼都十六歲啦，老師沒那麼過度保護吧！」

「這是給我們用的椅子？」

三人從容地交談，在講臺前並排的三張椅子上坐下。看見他們的態度，候補生們一瞬間困惑了一下。

即使是以自由見長的冒險者，面對貴族的時候還是難免畏縮，但眼前這些人的舉止卻太過自然了。候補生們身邊只有如同長官的教師、規矩有禮的學弟妹，利瑟爾他們的態度已經足以教他們不知所措。

「那就開始吧，請你們多多指教。」

利瑟爾坐在三張椅子正中間的那一張，眼中帶著笑意，宣告講習開始。

「自我介紹就省略吧，剛才老師已經為我們介紹過了。補充一下，隊長是我。」

看起來最不像強者，甚至也不像冒險者的人物，竟然是這個隊伍的隊長。這項情報想必讓候補生們腦中一片混亂，但沒有人表現出來。不愧是貴族子弟，不過還差得遠呢。利瑟爾想著，一個個打量學生們的面孔。

「有幾位在宴會上見過呢。」

他彷彿注意到什麼似地，對上了其中一位候補生的視線。

「好久不見。沒錯，就是你。」

「咦……」

「你出席宴會也是為了這場講習做準備嗎？」

聽見利瑟爾若無其事地這麼問，被他點名的候補生倒抽了一口氣。他沒有跟這人說過半句話，就連眼神也不曾對上，壓根沒想到對方會記得自己。

不過，候補生立刻回過神來，精神抖擻地開口回答。

「不是的，當時我是陪伴家父出席，但確實也認為其中幾位冒險者很有可能負責這次的講習。」

由不繼承爵位的騎士候補生陪同出席，是為了預防會場有人動粗吧。冒險者也不會隨便鬧場呀，利瑟爾有趣地笑著問：

「你一定沒想到來的是我們吧？」

「不，我絕對沒有這麼想……」

「請你老實說吧，別擔心，我們不會介意的。」

「……確實是覺得有點意外……」

對方吞吞吐吐地表示肯定。這孩子真誠實，利瑟爾點點頭，接著望向氣氛微妙的候補生們。教室裡已經沒有了剛才一觸即發的緊張感，儘管算不上和睦，但已經轉變為比較容易對談的氛圍了。

「哪一位是你們的代表呢？」

「是我。」

「那就先請教你吧。」

利瑟爾僅以眼神回應舉手的學生，候補生們一瞬間產生了錯覺，彷彿現在跟他們互動的是教師，或是他們應該尊敬的貴族。這種錯覺只持續了一瞬間，是因為坐在利瑟爾兩旁的人物使然。一刀看起來比傳聞中更加兇惡，獸人則掛著氣質獨特的笑容，相當令人印象深刻。

「接下來的問答時間，我們採取一問一答的形式進行吧。」

「意思是交互提問嗎，各位問一題，然後我們學生再問一題？」

「是的。我想你們應該事先準備了問題，不過我也想聽聽看你們怎麼說。」

利瑟爾接著說，這件事已經徵求過教師同意了。代表全班的候補生一聽，便毫不質疑地點了頭。教師對他們而言等同於長官，既然長官已經許可，他們就不會有任何異議。

不過，利瑟爾還是察覺了學生們訝異的視線，好像在懷疑「這些人究竟想問什麼」。利瑟爾將頭髮撥到耳後，對他們微微一笑。

「讓我們雙方一起度過有意義的時間吧，請不要提出調查一下就知道答案的問題。」

「這麼一來，針對各位個人的問題也許會增加……」
「嗯，請問吧，不必客氣。」
利瑟爾乾脆地答應了，接著又打趣地補上一句。
「想問風流情史也沒問題喲。」
「你不是不說這個？」
「啥，隊長竟然會和大哥聊這種話題喔?!」
聽見劫爾無奈地這麼說，伊雷文開始死纏爛打地吵著說「我也要聽、我也要聽」，但利瑟爾果然還是行使了緘默權。
「不想談論的事我們也許不會透露，不過大致上我想都能夠回答。各位也一樣，如果我們問到了你們不想回答的問題，那就不必回答沒關係。」
伊雷文鬧起脾氣來，手肘撐在椅子的扶手上，把頭髮往利瑟爾那邊湊了過去。利瑟爾伸手為他梳理頭髮，一邊緩緩環視了學生們一圈。看來沒有人反對。
「那麼，就由你們開始提問吧……啊，當第一個提問的人可能有點壓力吧。負責代表的同學，你有沒有問題想問我們呢？」
利瑟爾敦促對方回答似地偏了偏頭。面臨一連串意想不到的事態發展，那位學生努力平復紊亂的心情，一邊思考了起來。當然，校方事前已經準備好了問題，但大半都是利瑟爾口中「調查一下就知道答案、無關痛癢的問題」。每年準備的問題都大同小異，例如公會的運作機制，接取委託應有的態度等等，對於不擅長應付問答時間的冒險者來說，真是謝天謝地。

騎士候補生對於冒險者並不熟悉，不太清楚哪些屬於「調查一下就有答案」的問題。不過他們正處於好奇心旺盛的年紀，既然不必有任何顧慮，想知道的事情自然一個接一個從腦海中浮現。

「那麼，我想請教各位成為冒險者的原因。」

「很普通的問題呢。」

「真普通。」

「這樣沒意思嘛。」

負責代表的候補生聽了稍微有點沮喪。

利瑟爾毫不介意他的心情變化，逕自開了口。

「那就從我開始說吧。我是因為對這一行有興趣，還有為了取得身分證明。」

「為了賺錢。」

「兼顧興趣和實際收益！」

「……謝謝回答。」

候補生們原以為會聽見冒險者的模範答案，例如「受到自由的風氣吸引」、「感受到未知迷宮的魅力」之類的正經解答。聽見三人太過直白的說法，全場都不禁脫力。冒險者都是這樣嗎？還是這三個人比較特別呢？貴族階級也時常向冒險者提出委託，如果所有冒險者都是這副德行，總覺得心情有點複雜。

「那麼，接下來換我們提問。啊，劫爾和伊雷文有什麼想問的嗎？」

「沒。」

「啊，有有，我有問題！」

伊雷文輕快地舉起手，利瑟爾訝異地看了他一眼，請他提問。劫爾彷彿只有不好的預感，整張臉都皺了起來。

「覺得有的老師真的煩死人的小鬼請舉手——」

「伊雷文。」

「拜託，要是對方不是你自己選擇的人，又對你擺出一副很了不起的樣子，你不會很想殺了他嗎？所以——」

鈍重的「叩」一聲，伊雷文雙手按著頭被擊沉了。是劫爾修長的手臂從利瑟爾身後伸了過去，將整把大劍連著劍鞘砸到他頭上。

為什麼馬上問了這種最難回答的問題？對於伊雷文本人而言，沒有把問題範圍指定為「這間教室裡」已經算是相當讓步了，但這種讓步根本沒有意義。全場充斥著「這人怎麼回事」的氛圍，利瑟爾揮了揮手。

「大家別怕，冒險者不可怕喲。性格這麼扭曲的孩子是很少見的，大家別誤會了。」

「隊長好過分……」

「重新由我提問吧，那邊那位黑色頭髮的同學。」

利瑟爾對於哀嚎的伊雷文視而不見，這次是他自作自受。

「你們也有假日吧，放假的時候都做什麼呢？」

「我們每個月只放一天的假，有些人會在假日進行訓練，也會外出採買缺少的用品。」

「謝謝你。」

雖然學生沒有明說，這代表他們會趁著外出的時候順便休息吧。若是不把握機會巧妙紓解壓力，不可能度過緊繃的學校生活。

「那麼現在開始，想要提問的同學請舉手……啊，沒想到大家這麼踴躍。」

利瑟爾問了這道平凡無奇的問題之後，提問的門檻降低了，教室各處都有人舉手。看來成功激起了學生們的興趣，太好了。利瑟爾點點頭，看向一位眼中帶著好奇色彩的青年。

「那邊那位坐在角落的同學，請說。」

「我想要請教各位，聽說迷宮品當中有一些用途不明的東西，請問各位有沒有取得過類似的迷宮品呢？」

劫爾和伊雷文不著痕跡地撇過臉，顯然在憋笑。

利瑟爾坐在他們二人中間，維持著一貫的笑容，從腰包裡拿出一個迷宮品。它看起來像個盆栽，一朵大片花瓣的花直挺挺種在花盆裡。仔細一看，花盆、土壤、花朵全都是假的。

「像這種東西。」

「……是擺飾嗎？」

「拍手它會動哦。」

利瑟爾將迷宮品放在正後方的講桌上，拍了一下手。那朵花扭動了幾下花莖，接著又唐突地停止動作，教室裡留下一股尷尬的氣氛。

「作為提問的紀念，這個就送給你吧。我會把它放在這裡，請你晚點過來拿。」

「……好的。」

完全不需要。但是看見利瑟爾臉上閃亮的微笑，候補生硬是把剛到嘴邊的話吞了回去。

這個迷宮品沒有價值也沒有任何用處，簡直是模範解答，身為提問者，他不可能拒絕。

「接下來換我們提問了。」

不曉得氣氛是否算是比往年更加和睦，總之問答時間就這麼順利地進行下去。

利瑟爾提出的問題也完全不牽涉騎士的核心機制，沒有攸關機密的問題，問的都是無傷大雅的內幕消息。對於利瑟爾而言，這是再怎麼調查也查不到的貴重情報，不過受到他的影響，學生的提問也漸漸多了些私人色彩。

「聽說冒險者在同一個據點會停留好幾年，請問為什麼大家都住在旅店，不租房子呢？」

「劫爾，麻煩你回答。」

「回到據點只是為了睡覺，不需要什麼豪華住宅吧。冒險者隨時可能送命，誰會安排好幾年後的事？」

「而且又沒有人會把房子租給冒險者。」

「我想請教各位，至今打得最辛苦的魔物是什麼？」

「辛苦嗎？」

「……」

「小時候的算嗎？」

「……失禮了，請告訴我目前為止印象最深刻的魔物。」

「地底龍，雖然我只是在旁邊觀戰而已。」
「某個S階。」
「大哥。」
「你們兩位，同學問的是魔物喲，魔物。」

「不好意思，我想請教一個有點冒失的問題。聽說高階冒險者的資金雄厚，甚至超越了低階貴族，這是真的嗎？」
「這個問題不錯，大家應該都很好奇吧。這個嘛……S階的報酬確實是以數十、數百枚金幣計算，委託過程中獲得的迷宮品和魔物素材出售之後，也能賺到比報酬更豐富的收入。」
「說是這麼說，但錢剛賺到就拿去花了。」
「冒險者沒有存錢的想法欸。」
「那請問各位也是……？」
「我們只是B階隊伍，所以沒有那麼誇張哦。」
「隊長這身裝備，從頭到腳湊齊就要花掉一百枚以上的金幣啦。」
「……謝謝回答。」
「如果造成各位不愉快的話非常抱歉，請問各位是在幾歲的時候第一次殺人？」
「直接的話是十八歲的時候，間接的話大概是十二歲左右吧。」

「十四或十五。」

「十二歲——隊長那個問接是什麼意思啊，命令人家動手喔？」

「祕密。」

除此之外，還有各式各樣的疑問。利瑟爾偶爾拋出破天荒的問題，把學生們耍得團團轉，不過這段問答時間還是過得相當充實。提問和回答一直持續到教師走進教室的時候還沒有停止，若非教師一臉意外地宣布問答時間結束，雙方說不定還會繼續問下去吧。

不過，和睦的氣氛也到此為止了。

「按照原本的安排，接下來開始演習，所有同學到演習場集合。」

話聲剛落，全場氣氛霎時間緊繃起來，候補生們視線中難以掩藏的好奇心，瞬間轉變為競爭意識。儘管不至於帶有敵意，但那眼神顯然將他們定義成了必須打倒的對手。

「也請各位移駕，麻煩跟我來。」

學生們不久前還在跟他們說話，卻能夠立刻轉換態度，證明這些候補生受到了扎實的訓練。利瑟爾佩服地想道，跟在領路的教師身後走去。

對於利瑟爾他們而言也一樣，這次的委託現在才真正開始。萬一學生們跟他們太過親近，一時心軟而沒有使出全力作戰，這次的委託就不可能達成了。看來這些孩子很有鍛鍊的價值。

「散發出那麼露骨的殺氣，還差得遠啊。」

「這表示他們幹勁十足呀，否則就傷腦筋了。」

利瑟爾望著學生們走在前方的背影，有趣地笑了。

「這些孩子沉浸在只有憧憬的忠誠當中……真可愛。」

言下之意，就像看見貓咪作勢威嚇，反而可愛得引人微笑一樣。既然利瑟爾這麼說，他究竟打算展現出什麼樣貌？劫爾和伊雷文也一同走向演習場，一人感到無奈，另一人則是滿心期待。

演習場位於校區當中，占地卻相當寬廣。場地周邊有觀眾席般的座椅環繞，構造像一座沒有屋頂的競技場。從演習場的用途看來，那些座位應該是供訓練時觀戰之用吧。

當然，現在除了利瑟爾他們以外，觀眾席上一個人也沒有。沒想到連負責監視、預防突發狀況的教職員都沒有，這點讓他們有點意外，不過有負責帶路的那位教師在場也足夠了吧。冒險者公會不可能派出容易失控的人選，學生們也會聽從教師的指示，因此就算真的出了什麼事，狀況也能立刻控制下來。

「不愧是騎士學校的學生，只是稍微比劃一下就這麼有氣勢。」

劍戟聲連坐在觀眾席上都聽得見，順著利瑟爾他們的視線望去，候補生們正三三兩兩在演習場上過招。

「明明是實戰還要熱身，真的是喔……」

「這是為了不讓他們找藉口吧。」

伊雷文把腿蹺在前排的椅背上，百無聊賴地望著演習場說道，同樣環抱雙臂看著他們練習的劫爾開口回答。說得直白一點，這次的目的是挫折學生們的傲氣，不能留下任何一線希望，讓候補生們推說打輸只是因為身體活動得不夠。

看見三人泰然自若的態度，候補生們的鬥志愈發高昂。

「嗯……要是只有我一個人迎戰，可能有點勉強呢。」

「萬一被包圍的話。」

「隊長喔……我是不覺得你會輸啦。」

伊雷文雙手交叉放在後腦杓，哈哈笑出聲來。不過利瑟爾沒放在心上，反而沒想到伊雷文這麼肯定自己的實力。

從候補生過招的模樣也看得出他們的實力，公會為求確實，將委託對象限定為高階的冒險者也相當合理。若是與魔法師交手自然另當別論，但萬一遭到數名劍士圍攻，利瑟爾也沒有自信能戰勝。利用魔銃出其不意倒是有勝算。

「劫爾和伊雷文呢？你們怎麼看？」

「你以為你在跟誰說話？」

「三兩下就收拾掉啦，輕鬆簡單。」

「那真是太可靠了。」

我想也是，利瑟爾露出微笑尋思。

光是與他們二人交戰，想必已經足以擊潰學生們的自信。但戰況若是太過一面倒，反而給了候補生們正當化這次敗仗的藉口，讓他們以為「只是對手太強大而已」。難得接到來自公會的指名委託，利瑟爾也想做到盡善盡美。

最確實、也最簡單的方法，大概是不派劫爾出場，讓伊雷文一個人和學生們比試吧。不，這好像太惡質了，總不能害他們挫敗得再也無法振作。

「畢竟也沒看見適合的孩子……」

「什麼？」

「不，沒什麼。」

看見劫爾詫異的眼神，利瑟爾搖搖頭，隨即重新看向底下眾多的候補生。

必須讓他們捨棄多餘的自我，只留下為國效命的心，力道還真難拿捏。利瑟爾這麼想著，目光掃過分散在演習場各處，專精魔法的幾位學生。為了這一天，他們想必已經準備許久。

「總之，為了回應他們的期待，我們就按照常態迎戰吧。」

利瑟爾點了一下頭，望向劫爾他們。

「專精魔法的孩子由我負責，其他人就拜託你們了。」

「你不是不打算用槍？應付得來？」

「如果攻過來的只有魔法，我沒有問題的。」

「聽你這樣講，還不如我們兩個直接應付所有人還比較放心欸。」

「我都說沒問題了。」

世界之間的差異太小了，這一點時常被他們遺忘，不過戰鬥相關的魔法其實是利瑟爾那一邊的世界發展得比較興盛。只是利瑟爾總是仰賴魔銃作戰，僅使用最小限度的魔法，所以劫爾他們難以判斷利瑟爾的魔法是否有效，而且利瑟爾本人也常說自己的魔力量並不算特別豐富。

「嗯，既然這傢伙這麼說，那就沒問題吧。」

「可是喔……」

劫爾他們明白，利瑟爾凡事以自保為優先，既然說沒問題，那就表示他辦得到。那就好，劫爾於是點了頭。但伊雷文不一樣，即使知道利瑟爾說的不會錯，他還是難免擔心，看見劫爾的反應，他鬧起彆扭來。利瑟爾見狀苦笑，從位子上站起身。

在教師的號令之下，學生們已經開始在下方整隊，看來暖身結束了。

「我們走吧。」

「嗯。」

「好喔！」

在候補生們銳利的目光當中，利瑟爾一行人走下觀眾席，踏上演習場。

同時，教師則轉而走向觀眾席。「請各位不要忘記了。」經過他們身邊時，他特地再叮囑了一句，指的是一行人抵達騎士學校時提及的條件吧。不讓學生受到斷絕騎士生涯的傷害，除此之外沒有限制。

利瑟爾朝他微微一笑以示答應，接著站到候補生們面前，緩緩偏了偏頭。

「我們即將成為各位的敵手，你們面對敵人卻連手都沒有放到武器上，真是有禮貌的好孩子呢。但我想以各位的實力，還不足以正大光明決戰才對。」

氣氛瞬間緊繃。

鮮少看見利瑟爾這樣挑釁小朋友，劫爾詫異地蹙起眉頭，伊雷文則興味盎然地吊起唇角。話雖如此，若是學生們沒有使出全力，這場演習就失去意義了，也難怪利瑟爾要出言挑釁。

這群候補生的眼神裡透露出些微憤怒，但他們面對劫爾依然毫不退縮，這點令人敬佩。

利瑟爾這麼想道，豎起了三根手指頭。

「不設限制的話各位太可憐了，我們先訂下規則吧。請各位選擇要跟我們之中的哪一個人交手。」

他收起一根手指。

「我只和專精魔法的同學交手，專研魔法，又不打算選擇其他兩人的話請便。這裡最有勝算，推薦各位選擇哦。」

推薦人家來打自己做什麼，劫爾嘆了口氣。利瑟爾不以為意，又收起第二隻手指。

「如果想體驗遭人貶低到前所未有的地步是什麼感覺，請選擇這邊的伊雷文，對於鍛鍊精神強度非常有幫助……如果你沒有挫折到一蹶不振的話。難度也比劫爾低。」

伊雷文喜歡逼迫故作從容、裝腔作勢的人屈服，而且樂在其中，面對這群自尊高傲的候補生，不可能以劍技擊敗他們就算了。正因為察覺這一點，利瑟爾才會如此說明。

他並沒有要求伊雷文該怎麼做，這句話反而允許他為所欲為，伊雷文的雙眼極其愉悅地彎成兩道月牙就是最好的證明。

「最後……」

利瑟爾收起最後一隻手指頭，靜靜放下手臂。

「如果想要看見再怎麼努力都無法超越的高牆，推薦選擇劫爾。別擔心，他只會使用木刀，而且很懂得拿捏力道，會是很好的經驗哦。」

氣氛頓時劍拔弩張，對於候補生而言，利瑟爾這席話除了嘲弄之外什麼也不是。

以他們不可能獲勝為前提，連奮鬥都不允許，還沒交手就一口咬定他們會徹底落敗。而且學生們以真劍應戰，劫爾卻用木刀，這評價實在太瞧不起他們了，在場所有人的表情都多了幾分險惡。

「大哥，你的木刀是啥，迷宮品喔？」

「普通的木刀。太輕了，認真揮下去會折斷。」

「啊……」

二人毫不在意候補生們的反應，逕自閒談起來，利瑟爾露出苦笑。

將木刀交到他手上的時候，劫爾表情微妙，心裡當然不太情願吧。不是因為要他讓步，而是因為他對於劍一向特別講究。

順帶一提，劫爾現在手上握的已經是第三把木刀了。第一把他正準備揮下去的瞬間刀柄就碎掉了，第二把則是在剛揮完的時候從根部折斷。這都是騎士學校的所有物，他們也已經賠償完畢。

「多少人同時攻過來都沒有關係，不論各位利用什麼手段，我們都不會有任何怨言。要挑戰幾次都是你們的自由。」

不顧劫爾他們在一旁悠哉交談，利瑟爾俐落地完成了必要說明。

他將頭髮撥到耳後，思考有沒有漏掉什麼事情。不過想到的時候再提就可以了吧，他點點頭。專精魔法的學生們一直盯著這裡瞧，似乎在集中精神，利瑟爾朝他們露出微笑，抬起雙手。

「好，開始吧。」

他拍響雙手，演習隨之揭開了序幕。

拍手的同時，一陣業火朝他襲來，利瑟爾眨了眨眼睛。

劫爾和伊雷文朝左右散開，從他們的位置立刻開始響起劍戟相擊的聲音，利瑟爾在周遭的火焰包圍之下，豎起耳朵靜靜傾聽。熊熊烈火發出轟鳴，被擋在結晶拼湊成的透明圓頂之外。

雖然無法擋下龍的火息，不過擋住這點程度的魔法簡直是輕而易舉。沒想到火焰其實相當美麗呢，利瑟爾心想，指尖輕彈其中一片結晶。下一秒，席捲周遭的焰火瞬間散逸無蹤，留下飛散的火粉。同時，光之結晶有如雪花般飄落，利瑟爾佇立其中，髮絲輕輕飄揚，目光追著結晶的光輝望去。

「雖然比起她們的魔法遜色不少，但還算成功吧。」

回想起住在某座森林裡的美麗女子，他喃喃說道，這句低語沒有傳到候補生耳中。從來沒見過的魔法、神祕的光景，學生們仍然保持警戒，卻看得入迷。

「（所有人都來了吧。）」

利瑟爾看向包圍自己的那五位候補生。專精魔法的候補生屬於少數，看來他們全都選擇與利瑟爾交手，是認為有機會取勝，還是……？

「開戰的瞬間已經完成了詠唱，看來有的同學相當精明呢。」

「你也一樣吧。」

「我是冒險者呀。只是覺得一個口令一個動作的孩子居然能做到這樣，令人有點意外而已。」

隨後，火焰箭矢從利瑟爾正後方襲來，他以一陣風將之抵銷，點點頭心想，原來如此。候補生們的攻勢雖然毫不間斷，卻不曾全體同時發動攻擊。看來這不是出於戰略上的考量，而是在背地裡悄悄準備些什麼。

這是值得嘉許的策略，反過來利用了利瑟爾不會積極發動攻擊這一點。他們的合作攻勢連續不斷，不僅不留給敵方任何思考的空檔，還能同時構築其他魔法，技巧相當優秀。

「（雖然我注意到了。）」

他們碰上的對手太不湊巧了。利瑟爾不必探測魔力，便能從他人情緒微妙的變化看出背後的企圖，就連某位人稱魔法師巔峰的魔物使構築的魔法，利瑟爾都能夠解析，他不可能沒注意到學生們的計謀。話雖如此，他也只能預測那是大規模的魔法，無法得知詳情。

「（一瞬間看見的魔法陣應該是指定範圍……不，指定對象？隱藏得真巧妙。）」

一隻土塊構成的手臂從利瑟爾腳邊伸出，抓住了他的腳。下一秒，那道理應被抓住的身影卻消失不見，一支水長槍由上往下貫穿了那隻手臂。幾步之外，彷彿光線扭曲一般，利瑟爾的身影一晃，悠悠浮現。

「……之前就聽說冒險者常常使用獨創的魔法……」

「但這根本不只獨創而已……」

候補生們皺著眉頭小聲說道。不得不承認，在此之前他們的確看輕了對方，認為他不過是個區區的冒險者。沒想到這個人居然創造了如此高超的魔法。

「你為什麼不主動攻擊？」

這是什麼意思？學生們高聲問他。魔力構築不受打擾自然是求之不得，但他們不可能甘於受人蔑視。

「我在等你們呀。」

「什麼……？」

「你們一直在策畫著什麼吧？既然都要交手了，我等著見識各位的全力呢。」

關於候補生們正著手準備的魔法，利瑟爾沒有指出細節。萬一說得太明確，導致他們中止魔法，那就太無趣了。利瑟爾還沒有注意到魔法本身，而他一旦發現，魔法被他解除就糟糕了——他必須引導學生們這麼想。

「（沒錯，你們得動作快點才行。）」

要施展這種大規模的魔法，所有候補生肯定都是共犯，萬一人數減少，魔法無法發動就傷腦筋了。利瑟爾一邊擋下牽制他的魔法，觀望了一下一段距離之外迎戰的劫爾和伊雷文。

「我也忘了交代他們別把候補生全數擊倒……」

希望他們不要做得太過火。利瑟爾露出苦笑，重新面對眼前的候補生。

伊雷文笑了，眼瞳中帶著毫不掩飾的愉悅與侮蔑。

「輸成這樣，以為自己是世界中心的小鬼也差不多該學乖了吧？」

他頭也不回地擋下背後揮來的劍刃，順勢將劍柄往背後那名候補生的肚子捅去。強烈的衝擊令人窒息，對方的動作停止了一瞬，伊雷文這才終於回過頭，鮮艷的紅髮在半空一晃。他煩悶地以手背撥開慣性之下朝這邊揮來的劍，往對方那隻痛得按在腹部的手上狠狠一踹。

那名學生被踢倒在地，這才恢復了止住的呼吸，激烈地咳了起來。伊雷文看也沒看他一眼，躲過立即朝自己刺來的劍，抓起對方的襟口。

「對於其他人來講，你們的價值就是垃圾啦，雜魚。」

「什麼……！」

另一個方向又有劍刃砍來，伊雷文提起手中那名學生，往那個方向擋住攻擊。看見自己的同學突然出現在眼前，揮劍的候補生瞠大眼睛，連忙停止攻勢。伊雷文大笑出聲，被他抓住的那名候補生情急之下踏穩腳步，揮劍反攻，伊雷文一揚手將他扔出去，阻止他回擊。

「你是有什麼意見喔？」

候補生倒臥在地，憎惡的目光往上直盯著他。伊雷文耍弄著手中的劍，輕佻地問道。

「——冒險者就只會做出這種卑鄙的勾當嗎！」

「這跟你們實力太弱有啥關係？是沒差啦，你們就去跟那邊那個老師哭訴啊，『討厭啦人家輸了，都是因為對手太卑鄙了啦』，去啊。」

五名候補生圍在他周遭，伊雷文挑釁地抬起下巴。

「叫你們去啊，還不去？你那句話不就是這個意思？喂，我在問你們話欸，回答啊？」

他瞇細了狹長的瞳孔，滿是嗜虐色彩的目光一個個掃過候補生們。一股惡寒遍及全身，但是面臨此等羞辱，候補生們仍然憤怒地咬緊了牙關。他們應該懷著正義感面對奸佞之人，但心中湧上的排斥感卻足以凌駕這種堅持，他們差點別開視線。

眼前這名獸人，與自己的目標處於完全相反的極端——所有學生都切身感受到這件事，踩穩腳步抑制退後的衝動，使勁握住劍柄。

「我們的確比你弱小……但沒有人會因為這樣，就原諒你那些卑鄙的行為！」

「不愧是貴族欸，最擅長正當化自己的行為了。我看那把劍你們也用不來，乾脆把它丟了，靠一張嘴活下去就好啦？」

伊雷文手中仍然拿著劍，靈巧地拍起手來，候補生們見狀怒吼。

「這不是正當化！貫徹正義是我們的榮耀！」

學生們彷彿忘了這是演習，奮力朝伊雷文砍去。眼前這個人不是擁有「最強冒險者」別名的一刀，他們不可能輸給一個區區的階級B冒險者。

面臨氣勢高昂的吶喊、席捲而來的攻勢，伊雷文沒有舉劍便直接避開。眾多候補生雖然同時揮劍，卻合作無間，彼此互不干擾，可見他們下了多少苦功練習。要是普通的冒險者，已經吃了他們好幾刀也不奇怪。

但伊雷文不是普通的冒險者。他奇蹟似地避開斬擊，俐落得甚至教旁人誤以為那是輕而易舉的行為。攻擊對象從眼前消失，候補生們一時間有所動搖，伊雷文鑽過劍刃之間的縫隙，舉劍砍向其中一人。

「啊，好像不能做得太過火喔？不然隊長會生氣。」

「……！」

劍尖倏地靜止在眼前，候補生不敢動彈。劍刃幾乎碰到肌膚，不允許他輕舉妄動。

伊雷文瞄了利瑟爾一眼，確認他沒有看著這裡，才笑著說了聲「好險」，伸腿掃過僵在原地的候補生腳邊。儘管體型纖瘦，伊雷文的踢擊卻相當強勁，候補生承受不住攻擊，被踢倒在地。

「雜魚不管說什麼都只是滑稽而已啦，好啦好啦你們說的都對喔？」

雙岔的舌頭舔過帶笑的嘴唇，伊雷文狠狠踩上倒地學生的肩膀，將他整個身體踏在地面充作人質，周遭的其他候補生於是不敢出手。

竟敢踐踏未來的騎士，這是何等暴舉。候補生們因屈辱而顫抖，被踩在地上的候補生也痛得表情扭曲，凌厲的視線瞪著上方睥睨自己的對手。

鮮艷的赤紅晃過半空，他手中咻咻耍弄著其中一把雙劍，劍刃沒反射出半點光芒，彷彿由暗夜凝聚而成。

「來啊，你說說看啊。」

伊雷文開口，那嗓音蘊著蠱惑的色彩，彷彿將人緊緊綑縛。

「動不了卑鄙的我一根寒毛，你就被踩在腳底下瞧不起，說說看啊，剛剛那個不是正當化，是什麼？」

「榮……」

「你認真的喔，真的要說自己貫徹正義，結果在人前暴露出這麼難看的樣子？你好意思喔？在你應該守護的國民面前抬頭挺胸這樣宣告，把正義貶得一文不值……」

他彎下身子，凝視著躺在地面的候補生，雙唇勾勒出深深的笑意。

「……然後讓所有人對騎士幻滅？」

伊雷文咯咯笑著這麼說，候補生聽了錯愕得啞口無言。

不可能，他們多想立刻這麼否認。這些候補生以成為騎士為目標，無論面臨什麼樣的狀況，他們胸中的榮耀與正義都不會改變。這才是騎士的存在之道，他們一直如此相信，學校也是這麼教導他們的。

結果，人民卻因此對騎士幻滅、失望透頂？自己應該沒有做錯才對，但是一介被冒險者踩在腳下的騎士所宣揚的正義，真的能夠打動萬民嗎？有人會對這樣的騎士產生憧憬嗎？自己這麼做，難道不是一種玷汙榮耀的行為？

「唉呀。」

伊雷文無趣地嘆了一聲，但原本確信不疑的信念在候補生們心中逐漸崩毀，他們沒有聽見。學生們呆立原地，甚至忘了舉劍攻擊，伊雷文抬起頭，準備再來個落井下石。

「哇靠……」

這時，他卻突然對上了利瑟爾的視線。伊雷文粉飾太平似地放開了踩在候補生身上的那隻腳。

「這也不算做得太過火吧，好戲現在才開始咧。隊長太寵小朋友了啦。」

彷彿沒了興致似的，伊雷文反芻著視野中那雙唇瓣所道出的話語。

看見利瑟爾安穩擋下了魔法攻勢，他一邊佩服，一邊舉起一隻手道歉，利瑟爾這才移開目光。真是的，隊長就是太溺愛小孩子了，伊雷文在他視野之外嘟起了嘴唇。面對對手突如其來的變化，候補生們啞然窺探著這裡，但伊雷文完全失去了對他們的興趣，靈巧地將手中的短劍又轉了一圈。

「少熱中於這種隨隨便便就會動搖的信念了，雜魚。」

儘管是劍技之戰，劫爾周遭卻聽不見任何劍刃相擊的聲音。這是當然的，因為遭受攻擊的一方用的是木刀，一般在交手的瞬間，他的武器就該斷成兩截了。

但奇蹟似地，持木刀的那一方卻占了壓倒性的優勢。木刀確實承受了斬擊，卻沒有被斬斷，反而將對方的劍刃滑開，下一瞬間猛力朝著手持真劍的對手揮下。

那人幾乎沒有從原地移動半步，淡然應戰，一一擋下攻來的候補生，姿態如此從容。

「……這就是一刀的實力嗎……」

劫爾平時容易給人靠蠻力作戰的印象，但他的劍技其實相當高超，眼前的光景將這一點展現得一清二楚。他甚至消去了學生們放出的魔法，而木刀卻毫髮無傷，那些魔法縱然無法成為攻擊中的主力，也已經擁有相當的威力了，足以證明他的技巧。

也許是木刀用得煩了，劫爾偶爾也會抓起候補生扔到一邊，每個人看了那飛行距離都不寒而慄。

「對了，那傢伙在做什麼！」

一位候補生高聲喊道，他已經受了劫爾一擊，正按著發麻的手臂。另一位同樣按著側腹，痛得說不出話的候補生伸手指了個方向。

「該不會又跑到哪裡發呆……」

據傳那位候補生是騎士學校史上最優秀的劍士，身懷絕技，甚至足以打贏現役的騎士。

「嗚……我要回家……」

那名候補生正倒在劫爾腳邊嚎啕大哭。

原本老是一副睡眼惺忪的表情，從來不表露情緒的他已經消失無蹤。原來那傢伙還會哭、我反而安心了……同學們各種一言難盡的視線紛紛匯聚過來。

「（真礙事……）」

劫爾低頭看著腳邊筋疲力盡的候補生，一邊滑開旁人揮下的斬擊，接著木刀順勢打在對方肩上。那位學生手中的劍被打落在地，急忙退後。

在劫爾看來，剛才那位候補生和地上大哭的候補生都差不了多少。他們都還年輕，以這年紀來說已經算相當努力，不過也就僅此而已。他不可能知道躺在腳邊的是百戰百勝的天才劍士，因為吃了他一擊就敗下陣來而大受打擊。

「（看來他應戰得比想像中從容。）」

劫爾沒有停下手邊的動作，側眼打量著利瑟爾的狀況。

這也不奇怪，看著他悠然擊潰襲來的魔法，劫爾在內心點頭。足以預測對方攻擊的思考力、不須詠唱即可連續構築魔法的集中力，還有他暴力的魔力展開方式，能夠將構築完畢的魔法囤積起來，留到使用時機再施放。利瑟爾懂得針對實戰場合運用這些技術，而眼前這些孩子只會施放自己學過的魔法，他不可能陷入苦戰。

「（沒有主動攻擊，表示他在拖延時間。沒跟我們說，表示他在等的是對方。難道是學生在構築什麼魔法？）」

既然如此，還是別太早分出勝負比較好。不論如何，劫爾目前為止下手很輕，疼痛消退之後候補生都能再次揮劍攻來。

「（別因為有興趣就主動中招啊。）」

大侵襲的時候，他才做過類似的事情，還被罰不准看書，利瑟爾不可能忘記。

那就表示這一次讓魔法發動也沒有大礙，或者發動了反而對我方有利。再不然就是表示，即使有什麼危險，以劫爾他們的實力也足以破壞魔法吧。

雖然他也覺得，利瑟爾應該在事前先說好才對。

「你們就好好拿出能滿足那傢伙的東西吧。」

雙唇勾勒出幾不可見的笑意，劫爾揮刀打落了四面八方同時襲來的劍刃。

「雖然他們的體格跟你差不多，但你對小孩子做得太過火囉。」

看見伊雷文舉起一隻手，利瑟爾也揮了揮手回應，接著看向忽然停止攻勢的候補生們。看來準備完成了，利瑟爾也解除了環繞著自己的魔力護盾。

其中一位候補生朝天施放魔力，「砰」一聲，爆炸聲響徹整座演習場，場上的所有候補生都停下了攻勢，退開一段距離。

「不好意思，讓你久等了。」

「不會。」

一位候補生走向前方，利瑟爾朝他露出柔和的微笑。

宛如風暴止息一般，演習場上頓時鴉雀無聲。剛才和利瑟爾交手的候補生腳邊亮起了光芒，魔法陣的白光照亮了他們的身影，演習場上所有候補生腳下也接連出現了同樣的法陣。

「感謝你願意正面接招。」

利瑟爾他們三人腳下也倏地浮現了魔法陣。照亮學生們的是潔白光輝，他們的魔法陣顏色卻正好相反，是絕不蘸染任何色調的漆黑。黑色光點飛舞而上，拂過利瑟爾的臉頰。

「分開我們雙方的對象指定……既然你們必須指定自己，表示這不是普通的攻擊魔法囉？」

利瑟爾說道。察覺劫爾他們以視線徵詢是否要破壞魔法，他稍微舉起手加以制止。

這時候，伊雷文忽然抬了抬下巴，示意劫爾的方向。怎麼了？利瑟爾往那邊一看，原來如此。他的衣襬在魔力的流動中飄揚，漆黑的身影搭配同色的魔法陣，情景真是一言難盡。

「（嗯……好適合哦。）」

好像有什麼不得了的東西降臨人間了。伊雷文鼓起臉頰，努力憋住不噴笑，利瑟爾則是佩服地頻頻點頭。劫爾見狀大概也領會了他們的意思，只見他無奈地別開視線。

「我們今天是為了確實奪得勝利才站在這裡，這個魔法就是為此誕生。」

候補生沒發現利瑟爾他們的玩笑，繼續開口說下去。

「只依靠強力的攻擊魔法是無法確實獲勝的，今天與各位交手之後，我們更確信這個猜測沒有錯。」

「那真是我們的榮幸。」

利瑟爾粲然一笑，瞥向教師的方向。他滿臉驚訝，但仍然保持旁觀，看起來魔法並沒有影響到他。

這個複雜的魔法由候補生們擅自施放，不僅動員多人，還必須消耗大量魔力，集結所有候補生的魔力才能夠施展，毫無實用性可言。正如他們所說，這只是為了今天這個瞬間而準備的魔法吧。

「我們本來希望能正面打倒各位的。雖然很不甘心，我們還是不得不承認自己的實力無法與各位匹敵。」

「你的意思是，用這個魔法就能夠逆轉情勢？」

「沒錯，一定可以。」

他堅定地點頭。

他們自從懂事以來，便以這個理念為目標，有自信不會輸給任何人。對於騎士來說，這是比生命更有分量、更高尚的信念，這就是他這麼說的根據。

「這個魔法能夠分辨『忠誠』的真偽，為真正忠誠的一方帶來勝利。」

聽見候補生如此凜然宣告，利瑟爾什麼也沒說，只是眼中多了幾分笑意。

忠誠是騎士的原點，也是冒險者不可能擁有的信念，這種手段甚至可說是卑鄙了，真虧他們想得到。不過，即使被斥為卑鄙小人，候補生們一定也已經做好覺悟了。

沒想到能將「忠誠」這種抽象的概念使用在魔法上，連利瑟爾都不禁佩服。他曾經在書上看過籠統的情報，據說世上存在只有擁有真正忠誠的騎士才能夠使用的魔法，候補生們是不是應用了這類魔法的概念？非常有意思。

視野一隅，一旁觀戰的教師稍微皺起了臉孔。這事態發展或許令他不安，校方並不希望冒險者在這場演習中敗北。

「我有問題想請教你。你所謂的忠誠，對象只限定為那座壯麗王宮當中的國王嗎？」

「……不，只是每個人心中懷抱的忠誠。當然，我們宣示效忠的對象是這個國家的君王。」

對於候補生來說，這個問題難以理解，不過劫爾和伊雷文一聽就明白了利瑟爾提問的用意。

「我們這一方只有三個人呢。」

「並不會因為人多勢眾就比較有利。這個魔法會公正地區別忠誠心的真偽，較靠近虛假的那一方，會被封住所有的動作無法動彈。」

「然後各位就趁這時候圍攻我們？」

「怎麼會呢，屆時就當作勝負已分吧。」

候補生們確信不疑，魔法發動的同時，等於確立了他們的勝利。說不定真是如此，利瑟爾笑了出來，神情依舊沉穩，沒有半點焦急。

「對於各位而言，這個魔法或許太蠻不講理，但還是請接招吧。」

「這個嘛……」

劫爾和伊雷文仍然握著出鞘的劍，泰然自若地站在魔法陣上，沒有開口干預，表示利瑟爾想怎麼做都隨他高興吧。

「（但是……）」

對於他人如何衡量忠誠的真偽，他沒有興趣。即使有人說他的忠誠是錯誤的，利瑟爾的忠心也不會因此動搖，而且他深深明白，自己唯一的君主也希望他維持這種態度。

「我們就試試看吧。」

但是，這樣未免太無趣了。聽見利瑟爾意料之外的回答，候補生挑起了一邊眉毛。

「冒險者當場起誓的忠誠，以及你們所信仰的，只有憧憬的忠誠。我們就來試試究竟哪一邊才正確吧。」

「你要挑戰這場勝負已定的較量？」

「還不知道結果如何呢。」

對於候補生們而言，這是嚴重的侮辱。利瑟爾眼前的候補生咬緊牙關，倏地舉起一隻手往後退去，下一秒，魔法陣散發出更加強烈的光芒。

利瑟爾望著視野中飛舞的漆黑光點，一邊伸出指尖撥弄一邊思考。他一個人獨自對自己的王宣誓效忠恐怕還不夠，否則這個魔法就不必以所有人為對象了。

「劫爾、伊雷文。」

既然如此……他看向一段距離之外的二人，耳語般的嗓音確實傳到了他們耳中。二人都看向利瑟爾，伊雷文一副「什麼忠誠，真是莫名其妙」的表情，劫爾則是皺著臉，像在說自己與矯揉造作的忠誠無緣。

就算他們賭輸而遭到魔法攻擊，那也無所謂。這群候補生使出的魔法不可能比某位大侵襲的幕後主使者還要強大，劫爾他們一定能加以破壞。

這註定無法成為一場賭博，只會以遊戲告終。既然如此，嘗試看看也別有樂趣。

「請你們盡可能用淺顯易懂的方式……」

利瑟爾靜靜展開雙臂，宛如貪婪的聖人，意圖將所有渴望的事物納入掌心。臉上的微笑高潔肅靜，他凝視著那二人，紫水晶般的眼瞳加深了高貴的色澤，散發出冷硬的光彩。瞳眸裡映著漆黑的光點，而雪白的光點沉落其中，那雙眼睛此刻蘊藏的印象，教所有人都不禁渴望它能映照自己的身影。

在魔法陣發出強光之前，那道嗓音凜然響起，澄澈透明，像一片寂靜當中落下的水滴。

「向我起誓。」

劫爾和伊雷文立刻單膝跪地，他們近乎反射的動作比那道嗓音傳入耳中還要更早、更

快。二人仍然握著手中的劍，各自以相應的姿態宣示自己胸中的忠誠。

瞬間颳起一陣強風，漆黑的魔法陣散去了光輝，逐漸消失。全場唯有利瑟爾一人依舊佇立原地，他將凌亂的髮絲撥到耳後，抬起原本低垂的臉龐。

遭到白光刺穿的候補生們占據了他的視野，從眼角餘光，他看見劫爾和伊雷文，以及毫不掩藏驚愕神情的教師都站起身來。

「為什麼……」

教師不禁震驚地嘆道，但教他訝異的絕不是學生們的敗北，也不是忠誠的定義。他牢牢盯著利瑟爾，無法移開視線。

「封住所有行動，指的原來是這個意思。」

確認腳底的魔法陣已經完全消失，利瑟爾邁開步伐，走到距離他最近的那位候補生，也就是帶頭施放魔法的學生眼前。

狀似十字架的光芒從他腳下的魔法陣延伸出來，完全貫穿了候補生的胸口，不允許他倒落地面。他跪在地上，神情中沒有痛苦。

「這沒問題嗎？」

利瑟爾低頭看著他問道，對方顫抖的嘴唇微微開了一條縫。

「什、麼……」

「啊，真的只是無法行動而已呢。」

候補生似乎想抬起雙手，但他的手臂微微晃了一下，便乏力地垂下，再也無法動彈。他瞠大的雙眼中沒有利瑟爾的身影，只是一味望著天空。

「為什麼……我們明明向國王……宣示了忠誠……」

彷彿至今原本相信的一切都背叛了他，候補生的眼眶裡微微泛起淚水。

利瑟爾仍然保持一貫沉穩的態度，緩緩偏了偏頭。他的雙手伸到仰望天空的臉頰旁邊，動作宛如要裹住那張臉似的，但沒有碰觸到他。在利瑟爾的凝視之下，那雙失魂落魄的眼瞳略微取回了焦點，看向這裡。

「忠誠的樣貌因人而異，我只有一件事要告訴你們。」

眼神甚至予人慈愛的印象，但那雙甜美的眼瞳是不會為他們帶來救贖的——在茫然若失、難以運轉的思緒當中，候補生只確切領悟了這一點。

「那種為了自己而生，像撒嬌、依賴一樣的忠誠，還是捨棄吧。」

忠誠應該只為了唯一一人，為了自己的君主而存在。

所有候補生一直都知道這件事，但此時此刻他們才發現，自己根本不曾真正理解。直到這個瞬間，事實狠狠攤在眼前，他們才終於瞭解。

心中沒有屈辱，沒有憤怒，連悲哀也沒有浮現，候補生感覺到淚水盈滿眼眶，滑落臉頰。至於流淚的原因，他們之中沒有人明白。

教師為他們解除了魔法，歷經一番波折，候補生們終於恢復自由，離開了演習場。

所有人都神情消沉，其中卻看不出任何負面情緒。他們離去的背影看起來帶點茫然，彷佛持續在思考。

「哎呀，原來只擺個姿勢也可以過關喔。」

「那種定義不明確的魔法很難預測呢。」

劫爾他們站到他身邊，利瑟爾垂下眉頭，露出苦笑。

「這實在有點難為情。」

「你明明很習慣了。」

「可是你們不是那種關係呀。」

三人泰然自若地交談，教師目送候補生們離開之後，不知所措地走向他們。

委託可說大獲成功，這次的冒險者不只用實力讓學生們屈服，同時還為他們指出了正確的方向。直到不久之前，這三人甚至散發出一股莊嚴的氣氛，現在卻如同利瑟爾所言，恢復了「不是那種關係」的模樣。

印象落差太大了，實在跟不上他們的變化。他是專精於魔法的教師，也相當好奇三人是如何戰勝那道魔法，但還是設法將這件事拋到腦海一隅，來到利瑟爾面前停下腳步。

「各位辛苦了。事前談好的金額已經交給公會，麻煩各位到公會領取報酬。」

「謝謝您。」

利瑟爾剛才的身影已經烙在教師眼底，他差點要向利瑟爾表達敬意，連忙制止自己，端正了姿勢。彷彿看穿一切紫晶色的眼瞳令人難以直視，教師不著痕跡地別開目光，看向演習場。

「關於各位參觀校區的事，校長已經同意了。」

「不會造成校方的困擾嗎？」

「不會的，本來就偶爾會有人到學校裡參觀。不過我們會派一個人負責在各位身邊導覽，還請見諒。」

「當然沒有問題，謝謝您。」

簡而言之，就是校方會派人監視他們的意思。這畢竟不是冒險者能夠任意活動的地方。利瑟爾要求參觀時早已做好了遭到回絕的心理準備，校方同意讓他參觀已經很滿足了。倒不如說，不論是監視還是什麼目的，在幅員廣闊的校區當中有人帶路，反而值得感謝，真是太好了。

看見利瑟爾欣喜的神情，教師也點點頭，轉向演習場的門扉。

「你進來吧。」

「是！」

走進來的是一位男性候補生。

他不是最高學年的學生，但體格發育得很好，臉上的表情朝氣蓬勃。一頭黑髮底下，金色的眼瞳閃閃發亮，與他充滿活力的神情非常相配。那雙眼睛的光輝、五官的輪廓似曾相識，利瑟爾忽然想起來了。

他曾經在閒談之中，聽說過某人的孩子就讀於騎士學校。黑髮想必是來自母親的特徵，不過除了髮色之外，確實鮮明地繼承了那人的風貌。那位候補生毅然走到利瑟爾他們面前，接著雙手擺在身後，倏地挺直了背脊。

「在下名叫萊納，今天負責為各位帶路，請多指教！」

帶著點期待的目光也與那人神似，利瑟爾微微一笑。

「你就是雷伊子爵的公子吧，沒想到會在此見到你。」

「哇靠……」伊雷文聽了嘴角抽搐，劫爾則嘆了口氣，這傢伙的籤運還是一樣好。至於站在他們眼前的萊納，則是露出了光輝燦爛的笑容，使勁點點頭表示肯定。

62

「我是下級生，所以無法旁觀實戰演習。不過各位與最高學年的學長交手，竟然還能取得勝利，不愧是父親大人讚不絕口的冒險者，太厲害了！」

那雙閃耀的金色眼瞳裡，飽含著專一純粹、毫不掩飾的尊敬與好奇。

萊納應該是第一次見到利瑟爾他們，為什麼會誇他們誇成這樣？大概正如他所說，受到了父親雷伊子爵的影響吧。

「你相當尊敬令尊呢。」

「那當然！」

看見利瑟爾微微一笑，萊納整張臉都亮了起來。既然萊納聽說過他們的事，肯定知道自己敬愛的父親對待這些冒險者不只是平起平坐。但萊納對此卻不覺得反感，是性格順從呢，還是他也像父親一樣隨和，不太拘泥身分？

這孩子看起來不像是放棄思考、對父親言聽計從的愚者，那雙聰慧的眼睛真摯地凝視著利瑟爾。原來如此，確實是子爵的親生兒子吧，利瑟爾點點頭。

「你知道該怎麼做吧，好好為賓客帶路。」

「是！」

確認萊納笑容滿面地答應，教師重新面向利瑟爾他們。幾句形式上的寒暄過後，教師再次向他們表達完成這次委託的感謝，便離開了。

表示他判斷這裡交給萊納一個人負責沒有問題。騎士與憲兵常常發生摩擦，而萊納又是憲兵家族的繼承人，不過這麼看來，校方對萊納仍然一視同仁。他們最重視的只有學生優秀與否而已。

沒想到學校的立場還滿公道的，利瑟爾這麼想著，目送教師走遠。這時，萊納驀地回過頭來。

「那我們立刻出發吧，利瑟爾閣下想要參觀什麼地方呢！」

「咦，我介紹過自己的名字嗎？」

「不，我是從家父……」

說到一半，萊納連忙閉上嘴。

「是我太不知分寸，失禮了。非常抱歉！」

「別這麼說，面對貴族大人我不可能這麼想的，只是有點不可思議而已。」

不可能，在場所有人都這麼想。萊納多得是聽說利瑟爾名字的機會。

不僅雷伊可能告訴過他，公會也已經把這次委託必要的情報繳交給騎士學校，萊納知道利瑟爾的名字一點也不奇怪。事實上，雖然利瑟爾他們並不知情，但萊納也是聽說了來訪冒險者的名字，才自願擔任嚮導的。

「請隨意稱呼，不必介意。」

這只是利瑟爾迂迴的提醒：縱然是雷伊的兒子，他也不會因此允許什麼特別待遇。他不覺得萊納誤會了什麼，只是保險起見先說清楚而已。

而且，他現在並不是不必報上名號也無人不知、無人不曉的貴族。之所以這麼說，一方面也是覺得機會難得。
「……那麼，請容我重新打一次招呼，利瑟爾閣下。」
「嗯。」
「今天請您多多指教！」
「我們才是，麻煩你多照顧了。」
萊納低頭行了一禮，接著抬起頭來，端正姿勢，露出燦爛的笑容。
「那就讓我們開始參觀吧！」
他意氣風發地跨出步伐，三人也跟在他身後走去。
剛才那段對話太僭越了，不是冒險者面對貴族應有的態度，但萊納看起來一點也不介意。該說這孩子思考非常正面呢，還是該說他懂得待人接物的技巧？這種遺傳自父親的處世之道，使得他即使在騎士學校當中身為異類，仍然與同學相處融洽。
萊納閃亮的眼睛甚至蘊含著「不愧是利瑟爾閣下！」的滿滿敬意，令人不禁疑惑他為什麼崇拜利瑟爾到這個地步。
「不曉得子爵說了我們什麼？」
「聲音太活潑了，真吵。」
「感覺比他老爸好應付欸。」
三人小聲交換各自的感想。萊納沒有停下腳步，回頭向他們說道：
「我們預計先前往附近的校舍，各位還有其他想參觀的地方嗎？」
「啊，請一定要讓我參觀書庫……」

「最後再去，你進了書庫就不會離開了。」

話還沒說完就被打斷，利瑟爾有點不服氣地看向劫爾。但對上劫爾那種「你有意見嗎」的視線，利瑟爾放棄了。他無法否認。

萬一只參觀到書庫未免太可惜了，利瑟爾稍微想了一下，開口說道。

「那就到你推薦的地方參觀吧。還有，騎士學校特有的設施比較有吸引力。」

「沒問題！」

畢竟騎士學校內部的詳情不曾公開，利瑟爾也不清楚內部有什麼樣的設施，最後等於全部交給萊納決定。不去書庫沒關係嗎？萊納來回看著利瑟爾和劫爾二人，聽見利瑟爾的決定，他使勁點點頭。

順帶一提，如果真要刺探校園內部是輕而易舉，這是伊雷文說的。面對警備森嚴的騎士學校還說得出這種話，真不簡單。

「萊納，擔任嚮導該不會是你自願負責的吧？」

「利瑟爾閣下真是太敏銳了！擔任嚮導本來是士官候補生的職責，但很可惜的是他們明顯表現出不情願的態度，於是就由我自願代勞了。」

「士官候補生是啥？是以後會變得很了不起的人喔？」

「是的，您說得沒錯。敝校是從優秀的候補生當中，挑選出五名擔任士官候補生！」

根據萊納的說明，士官候補生是從最高學年以外的所有學生當中挑選出來的。

這個頭銜給予學生的只有名譽而已。士官候補生必須在實習時負責指揮，同時負有許多責任。雖然他們也擁有一些權利，例如特別獲准參加正式騎士的訓練，但其中沒有任何特權是為了放鬆享樂而存在。縱然如此，學生們仍然以獲選為目標，無一例外。
「你不是士官候補生嗎？」
「很榮幸聽見您這麼問！」
既然獲准擔任嚮導，可見萊納也是相當優秀的學生才對。聽見利瑟爾這麼問，萊納不好意思地笑了開來。
「因為我將來不會成為騎士……友人比我更需要這個頭銜，所以我主動辭退了！」
雖然這兩件事無法拿來比較，但還是有不少人認為與其繼承管理憲兵的家業，還不如作為騎士嶄露頭角來得光榮。即使萊納選擇成為騎士，也沒有人會怪罪他。
但是萊納繼承家業的意志從未動搖，本人也由衷希望繼承父親的衣缽。看來子爵擁有相當優秀的繼承人，利瑟爾點點頭，忽然瞥了伊雷文一眼。
「別打什麼奇怪的主意哦。」
聽見利瑟爾悄聲這麼說，那雙閃爍著嗜虐心的眼瞳浮現出一抹笑意，看向這裡。
「看到驕傲的小鬼，我就想挫挫他們的自尊心嘛。」
「你剛剛不是才大玩特玩了一場？」
「哪有，我根本消化不良欸。」
士官候補生們之所以不願意擔任利瑟爾他們的嚮導，是覺得憑什麼要他們為冒險者做這種事吧。這裡多得是出身貴族的學生，而士官候補生又是他們的代表，會這麼想也是當然的，利瑟爾和劫爾並不介意。
「伊雷文。」

「好啦。」

伊雷文看起來一副還玩得不夠盡興的樣子，不過利瑟爾一喊他的名字，他也乾脆地點頭應道。神情看起來不怎麼惋惜，看得出那些學生作為玩伴對他來說沒什麼魅力。

萊納不可思議地回過頭來，利瑟爾搖搖頭說聲沒什麼，在他的帶領之下踏上了通往校舍的迴廊。

「自願擔任我們的嚮導，是子爵的指示嗎？」

利瑟爾忽然這麼問。

「不是的，是我發自內心的意願！」

聽見利瑟爾一邊望著庭院裡修剪優美的樹木，一邊拋出這個問句，萊納斬釘截鐵地否定道。

「只不過父親大人總是告訴我，各位是值得見上一面的人物，有機會見面的話絕對不要錯失良機！」

「子爵太抬舉我們了。」

「一點也不抬舉！」

看見利瑟爾有趣地笑著，和身旁的劫爾他們交談的模樣，萊納想起了父親說過的話。父親大人說：「你沒當面見過那個人是不會明白的」，一副樂在其中的模樣。「如果你有機會見到他……」父親補上一句，他當時的眼神如此真摯，萊納還記得一清二楚。

『不要忘記自己的立場，同時一切以他為優先，不要讓他感到不快。』

『與他為敵當然是不允許的行為，但即使他是友方，也不可以做出厚臉皮的舉動。』

萊納之所以尊敬利瑟爾他們，並不是因為父親要他這麼做。只是因為從父親口中聽說利瑟爾他們的為人，覺得他們值得尊敬，所以才付諸行動而已。

但正因為父親這麼說過，所以萊納才會根據自己的判斷，主動說要當嚮導，這也是事實。同窗學習的友人是萊納的驕傲，對於自己的學校也懷抱敬意。不破壞利瑟爾他們的興致，對於這所學校才是最好的行動，萊納如此確信。

「（我會完成這項任務的，父親大人！）」

萊納在心裡重新鼓起幹勁，殊不知三人在他身後看著這一幕，心想「這孩子真好懂」。

「貴族像這樣什麼都表現出來沒問題喔？」

「刻意示好，背後卻沒有算計，這還真是少見。」

「到了這地步已經是真心了吧。」

劫爾他們一臉無奈。利瑟爾則是看得忍不住微笑，這時一個想法忽然閃過他腦海：不如問問萊納一些先前就想知道的事情好了？雷伊雖然給人快活的印象，卻有辦法不著痕跡地藏起真心，十足的貴族氣質。不曉得他究竟是如何評價自己的呢？

雷伊對他們確實頗有好感，不過評價如何又是另一回事了。雷伊真正的想法藏得隱密，即使在這裡詢問也不可能得知，多少聽見一點真心話就已經很好了。

「萊納，請問子爵提到我們的時候怎麼說？」

「怎麼說……？」

「子爵待人相當和氣，不曉得我們是不是造成了他的困擾，卻沒有自覺。」

「啊，原來是這樣啊！」

左右兩側都是庭園景致，萊納走在迴廊上笑了開來，談起父親，他似乎相當開心。
「聊到各位的時候，父親大人說到關鍵總是突然打住，笑著說『這是祕密』。不過，他說利瑟爾閣下是『氣質高潔沉穩，一舉手一投足都高貴無比，令人忍不住想在他手下效命』的人！」
雷伊是貴族，他效命的對象是這個國家的君王，不應該說這種話的，利瑟爾聽了不禁苦笑。從前雷伊便開玩笑似地這麼說過，但這不是可以隨便公然說出口的話。
以雷伊的作風，他並不會犯下失誤，把利瑟爾他們捲入其中，所以利瑟爾也不必介意吧。萊納雙眼閃閃發亮，彷彿在說「您本人就像想像中一樣高雅！」利瑟爾道了謝，回以一個微笑。
「關於一刀閣下，父親大人則說『雖然沒有親眼見過他作戰的模樣，但他無疑是最強大的戰士，無論戰力還是其他方面，都是守護利瑟爾閣下最優秀的人選』！」
沒想到萊納也會說出對自己的評語，劫爾不悅地蹙起眉頭，伊雷文則露出狡黠的笑容，和利瑟爾一起看著他。接下來就輪到自己了吧，伊雷文滿心期待地叫他說下去。
「哇喔，讚不絕口欸。那我咧？」
「『利瑟爾閣下不在的時候千萬不要跟他碰面』！」
「倒是誇誇我啊。」
父親大人這話不知道是什麼意思？萊納一臉納悶，應該不知道背後真正的涵義吧。和利瑟爾待在一起的時候，伊雷文身上看不出那種氣質，他的本質危險到雷伊甚至不願意向親生兒子透露。

「第一印象果然很重要呢。」

「我明明就表現得那麼親切！」

「你太可疑了。」劫爾說。

「在那種狀況下，伊雷文不論怎麼做都很難博取到良好的印象吧。」

我現在明明已經不幹那一行了，本人一臉不滿，但劫爾倒是覺得他現在的行徑還是差不了多少。就在他們聊到一半的時候……

「？」

從迴廊邊廣闊的中庭某處，傳來一道細小的聲音。利瑟爾抬起頭張望，萊納大概也聽見了，訝異地停下腳步。

一行人站在原地，側耳傾聽，確實聽見一道稚嫩的聲音在呼救，好像快哭出來了。奇怪的是，到處都看不見聲音主人的身影。

「嗚，救我出去……誰來幫幫我啊……！」

「只聽得見聲音超恐怖的啦——」

伊雷文哈哈大笑，看來他心裡不存在救人的選項。他和劫爾應該都比利瑟爾更早聽見求救聲，卻沒有停下腳步，一點也不在意中庭發生了什麼事，現在這種反應也不意外。

萊納朝這裡投來徵詢的視線，利瑟爾點點頭，請他儘管行動。

「有人在那裡嗎！你在哪裡！」

「終於有人經過了……我在這裡，在洞裡面……」

看來那孩子待在相當奇怪的地方。利瑟爾環視了中庭一圈，求救聲聽起來帶點回音，就是因為人在洞穴裡面吧。正因如此，位置也更難以掌握。

「劫爾，你聽得出聲音是從哪裡傳來的嗎？」

聽見利瑟爾這麼問，劫爾嘆了口氣，踏進庭院。

跟隨著他毫不遲疑的腳步，一行人來到庭園的正中間。地面上有個直徑近一公尺的洞穴，在很深的洞穴底部，一個男孩眼眶含淚，抬頭看著利瑟爾他們。

「是一年級啊！」

「是的……」

萊納從胸章看出男孩的學年，跪在洞口邊伸出手臂。但是男孩的身高明顯比實際年齡還要矮，再怎麼奮力伸出雙手也碰不到萊納。

「哇，這是怎樣，霸凌嗎？是霸凌喔？」

「伊雷文，太口無遮攔囉。」

「該不會本校真的發生了霸凌事件！」看見男孩抽抽搭搭哭了起來，萊納激動地挺身而出，但男孩本人卻無助地搖了搖頭，制止了他。

「不、不是的……我本來想要挖一個地洞，讓那些一直笑我矮的傢伙掉進陷阱，把沙土從上面蓋上去再往裡面沖水，好好嘲笑他們的……可是我用魔法挖了洞，結果自己卻出不去了……！」

「洞挖得很漂亮呢。不過陷阱還是在底部埋藏機關就好，這樣對方才不會發現犯人是你哦。」

「埋長槍啦埋長槍，這樣事後只要填土就好了很輕鬆！」

「挖出來的土記得留著，不然事後很麻煩。」

「我下次會改進的……！」

「接連提出一針見血的建議，三位真是太厲害了！但是聽好了，這位同學，身為騎士學校的學生，有了爭執應該要申請決鬥，堂堂正正擊敗對方啊！」

就是因為無法從正面打贏，所以才需要改採有效手段呀。不對不對，即使如此還是應該要有騎士的風骨……四個人議論紛紛，沒有人負責吐槽。利瑟爾他們其實是說好玩的，但萊納是認真的，他是真的感到佩服，對一年級生的責備也是他的真心話。

「咳、咳……」

男孩本來煞有介事地點著頭聽取他們的意見，這時卻忽然咳了起來。待在塵土飛揚的地洞裡對身體不好，無論如何得快點把人救上來才行，利瑟爾他們紛紛圍在洞口往下看。

「居然有辦法挖出這麼深的地洞，你有專精魔法的天分，正正當當精進自己的實力吧！」

「好的……」

「在這個年紀，魔力的影響範圍還是以自己為中心呢，真懷念。」

萊納思索著該怎麼救他上來，利瑟爾則在一旁懷念地看著男孩。

「隊長也是這樣喔？」

「我算是很早就學會了吧，畢竟有很好的老師呀。」

男孩吸了吸鼻子，正巧對上利瑟爾的目光。他一定很害怕吧，利瑟爾瞇起眼睛笑了，試圖安撫他。看見利瑟爾的笑容，男孩嬌小的身軀放鬆下來，稚嫩的臉龐眨著眼睛，朝這裡仰望。

「隊長不愧是年下殺手——」

「別這樣說我。」

「他也沒說錯。」

伊雷文打趣地喃喃說道，劫爾則跟著補刀。說得真難聽，利瑟爾露出苦笑，將手伸進腰包。既然已經介入這件事，他也不忍心直接丟下男孩離開。

「把繩索放下去，他應該有辦法爬上來吧？」

「感謝您不吝相助。連繩索都帶在身上，真是準備得太周全了！」

「這是冒險者的必需品呀。」

無論是在沒有道路的野地上前進，還是搭設帳篷，繩索在各式各樣的情境都能立下大功，可以說是冒險者的基本工具。就連老是缺錢的菜鳥也一樣，所有冒險者都一定會準備繩索隨身攜帶。

但利瑟爾在腰包裡摸索了一陣，卻納悶地停下雙手……找不到。剛當上冒險者的時候，聽劫爾說需要準備繩索，他才興沖沖地把這些必需品買齊，不可能沒有才對呀。

「啊。」

到底放到哪去了？才剛這麼想，他便回想起這是怎麼回事了。

「是先前那座叢林迷宮吧，你不是想用繩索盪過山谷？還特地把它綁在樹枝上。」劫爾說。

「這麼說來好像有這麼回事……」

然後他們沒取回繩索，就繼續前進了。
就是想試試看嘛，這也沒辦法，利瑟爾點點頭。倒不如說，在那種萬事俱備的狀況下，不用盪的還比較困難，就連最適合繫繩索的樹枝都準備好了。因為覺得「盪到一半好像會掉下去」，所以利瑟爾是被劫爾抱著盪過去的，不過他自認這是身為冒險者正確無誤的行動。
「隊長，好玩嗎？」
「很好玩呀。」
得再買條繩索才行。利瑟爾邊想邊看向劫爾，後者皺起眉頭表達否定。
「早上女主人說曬衣服用的繩子斷了，我的拿給她用了。」
「應該是還沒使用過的吧？」
「嗯。」
「隊長，你在意的是那個喔。」
「奇蹟般的巧合！各位是能夠體現出各種奇蹟的人物，真教我感動不已！」
冒險者身上沒帶必需品的狀況，看在萊納眼中反而是強者的從容，在他究極正面的思考方式之下，絲毫無損於利瑟爾他們的評價。
眾人的視線理所當然聚集到最後一位冒險者身上，但伊雷文只是揮了揮雙手。
「嗯？伊雷文竟然沒帶？」
「咦，有那麼意外喔？」
「我以為你需要呀，例如把人綁起來的時候。」
「喂，那種講法是怎樣，隊長別說了啦。」

某種意義上，繩索應該也算是盜賊的必需品吧？利瑟爾一副不可思議的樣子，看得伊雷文嘴角抽搐。他確實會把人拘禁起來，然後做各種各樣的事情，不過……

「不會用繩子這種會留下痕跡的東西啦。」

「原來如此。」

不愧是專業的，利瑟爾佩服地想道，在洞口旁蹲下身來。找繩子太費時了，難得有機會到騎士學校參觀，他想盡可能充實地利用時間。

從底下把人抬上來呢？但是洞穴太狹窄了，擠不下另一個人。利瑟爾仔細審視地洞的每一個角落。

「待在原地，別亂動喲。」

「咦……？」

在劫爾等人的注視之下，利瑟爾對男孩這麼說。下一秒，男孩腳下的土壤隆起，地面就這麼緩緩上升，男孩睜大眼睛，一時忘了哭泣。

和單純的挖洞不一樣，這魔法經過精密計算，才沒有導致周圍的土牆崩塌。以攻擊為目的、使地面隆起的魔法多不勝數，但誰會想減緩隆起的速度？即使是微不足道的小魔法，一旦要控制它做出預期之外的動作，難度也會三級跳。

「好厲害哦……！」

「我看不出這到底厲不厲害欸……」

「畢竟是這傢伙的魔法啊。」

男孩擅長魔法，知道施展這道安靜細膩的魔法有多麼困難，至於不熟悉魔法的劫爾和伊雷文則有看沒有懂，這很正常。

地面上升到距離洞口一半的高度，倏然停下。

「怎麼樣，到這裡應該碰得到了吧？」

「您緻密又優美的魔力行使真是太美妙了！來，把手伸過來吧。」

看見萊納伸出手，男孩也伸長了雙臂。萊納將他拉起，雙腳踩到地面的瞬間，男孩忍不住鬆了一口氣。

「那個……謝謝您……」

「嗯，不客氣。」

利瑟爾站起身來，男孩鞠了一躬向他道謝。

當他面帶微笑看著這一幕，一個想法忽然掠過利瑟爾腦海。雖然這樣好像在強調剛才幫忙的恩情，實在不太好意思，利瑟爾還是低頭看向男孩高度及腰的小腦袋，溫柔地說下去。

「我可以拜託你一件事嗎？」

「咦？好的……」

「一次就好，你能不能叫我一聲爸爸？」

劫爾的眼神彷彿看見了什麼無法理解的東西，伊雷文雙手掩面仰頭望天，萊納保持滿面的笑容，閃閃發亮的眼睛彷彿在說「您一定是有什麼絕妙的想法吧！」利瑟爾對於這些反應一律視而不見。

男孩愣愣地抬頭看著他，利瑟爾微微偏了偏頭，敦促他回話。男孩見狀眨了幾下眼睛，忽然紅了臉頰，接著扭扭捏捏地抓著自己的衣服，露出害羞的笑容。

「如果我家那個老狸貓也這麼年輕又擅長魔法，看起來這麼有氣質，我就不會叫他老頭了……那個老頭我明明就可以邊冷笑邊叫，現在要開口卻覺得好害羞喲……！」

模樣惹人憐愛，嘴裡說出來的話卻和舉止完全不一致。

貴族家年紀還這麼小的孩子，竟然把當家的父親叫做老頭？由衷尊敬父親的萊納實在難以理解這種感覺，頭上浮現好多問號。

「不想叫的話也沒關係，不好意思，這樣勉強你。」

「不會，不會勉強的……那……爸、爸爸……」

「……嗯，這個年紀的孩子感覺比較適合呢。」

在各式各樣的視線當中，利瑟爾獨自胸有成竹地點了點頭。

「謝謝你，下次記得準備好逃脫手段再挖洞哦。」

聽見利瑟爾的鼓勵，喜悅在男孩臉上綻放開來。他抬頭看著利瑟爾，剛才害羞的紅暈還留在柔嫩的臉頰上，他開心地笑著用力點頭。

「好的！下次我一定要把看不順眼的傢伙摔進地洞刺死，然後躲在暗處竊笑！」

「同學，我之後會找時間好好跟你談談的！」

萊納立刻拋來一句關切。男孩離開之際屢屢回頭向他們揮手，利瑟爾目送他走遠，忍不住露出微笑。真是個天真無邪的孩子——儘管說出口的話充滿邪氣，但利瑟爾並不介意。

「這間學校也是有滿有前途的傢伙嘛。」

「被你這麼說表示沒前途吧。」

男孩是未來的騎士，受到前盜賊首領讚賞怎麼可能是好事？話雖如此，萊納說到做到，在往後的校園生活當中一定會好好跟男孩談談，想辦法把他導上正途吧。說不定他今天就會行動了。

目送男孩的背影消失，四人正準備邁開腳步，繼續參觀校園。

「上級生已經長得太大了，還是那個年紀比較適合……」

利瑟爾胸有成竹地點點頭，喃喃說了這麼一句，便開始要求萊納介紹校舍，好像什麼事也沒發生一樣。在他身後，劫爾他們默默看著他的背影。

利瑟爾在演習場上脫口而出的那句「沒看見適合的孩子」是什麼意思，他們現在聽懂了……不小心聽懂了。利瑟爾對於騎士學校本身感興趣，也想看看這裡的書庫，看起來對於這次委託充滿期待，這也是其中一個原因嗎？

「……豈止討老婆，這傢伙連繼承人都想在這邊找啊。」

「啊……這裡的小鬼都是貴族出身嘛，教育起來比較輕鬆？隊長到底是不是認真的啊……」

不論全部都是認真的，還是全都是開玩笑，他們都不覺得驚訝。不過可以肯定的是，只要利瑟爾的王不允許，這一切都不會實現，所以現在再怎麼介意也沒用吧。

「我們走吧，那邊就是第四鍛鍊場了！」

「鍛鍊場總共有幾座呀？」

「一共有九座。其中——」

真是的，這傢伙能不能別把人耍得團團轉，然後就丟在一邊不管？劫爾和伊雷文帶著半習以為常的心情，在迴盪著快活說話聲的迴廊上往前走去。

將各項設施大致介紹過一遍之後，萊納胸有成竹地轉向利瑟爾。

「最後我們就前往書庫吧，您覺得如何呢！」

「麻煩你了。」

利瑟爾點了頭。他臉上沉穩的微笑沒變，不過仔細聽可以聽得出他嗓音裡的雀躍。看來他真的很喜歡書，萊納也帶著滿面的笑容，意氣風發地走在前往書庫的路上。

和位於校舍一隅的演習場附近不同，這條走廊上滿是來往的學生，利瑟爾一行人堂堂正正地往前走，從剛才開始，與他們擦肩而過的所有候補生都讓路給他們通行。不僅如此，學生們還站在走廊邊，併攏腳跟目送他們離開，顯然是誤會了什麼。候補生們一定也想不到自己正在對冒險者行禮吧。

「隊長完全不覺得奇怪欸，為啥啊？」

「習慣了所以沒意識到吧。」

「啊，視察之類的？不過這也差不了多遠啦。」

沒錯，周遭完全誤以為是哪位貴族到學校來視察了。

今天有冒險者來訪一事，全校學生恐怕都已經知道了，但即使如此，還是沒有人將利瑟爾和冒險者聯想在一起。他本人知道了又要喪氣了吧，不過劫爾他們也不打算特地告訴他。

「書庫很寬敞嗎？」

「這裡的藏書量雖然比不上魔法學院……不過騎士經手的文書資料也是由敝校負責保管，寬敞程度我可以拍胸脯保證！」

「這麼說來就是機密資料囉？沒辦法進到書庫裡面嗎……」

「請不要這麼失望！機密資料也禁止學生閱覽，經過嚴密保管，別踏進那個區域就沒有問題！」

「那太好了。」利瑟爾笑著說道，萊納也鬆了口氣，重新面向前方。這時，看見走廊正前方朝他們走過來的幾個人物，他納悶地偏了偏頭。

「萊納？」

「沒什麼，失禮了！」

也沒什麼好介意的吧。聽見利瑟爾的疑問，萊納重新打起精神，繼續介紹校舍。然而那些人卻走近他們，擋在一行人面前不打算讓路，萊納見狀也訝異地停下腳步。

利瑟爾也跟著停下步伐，以視線制止正要開口的伊雷文，接著後退一步，採取旁觀態度。

「竟敢擋在貴賓面前，你們這是什麼意思！」

萊納笑起來爽朗快活，與父親神似，但偶爾也會表現出苛烈的一面，從剛才對一年級生的喝斥就看得出來。或許是繼承了母親性格的緣故，雷伊也說亡妻的性子很烈。

儘管萊納神色險峻地瞪著對方開口，那些候補生卻毫無怯色，直盯著他說道：

「萊納，辛苦你了。現在開始，導覽工作就由我們接手。」

「這是交辦給我的任務，沒有必要換手。再說，由曾經拒絕導覽的人物帶路，貴賓也不會高興的。」

「那是你誤會了，請不要說這種招致貴賓誤解的話。」

不輕易抬高音量，語帶威壓的交鋒，不愧是貴族子嗣。不過在客人面前爭論實在令人難以恭維，利瑟爾帶著溫暖的微笑在一旁守望。

「這是怎樣？」

「看來是誤會引發了誤會吧。」

「又是你的錯？」

「就說這是不可抗力嘛。」

擋在面前的候補生們胸前，別著至今為止遇過的所有候補生都沒有的胸章。從對話推斷，他們無疑就是士官候補生了。

為什麼事到如今，他們卻主動說要帶路？跟周遭的學生們端正姿勢是同樣的理由。由萊納帶領的貴族正在校園內視察的誤會，透過口耳相傳更加甚囂塵上，傳到了士官候補生們耳中。

「我誤會了什麼？」

「我不願意擔任嚮導，是由於對方是冒險者的緣故。有空搭理冒險者一時的興致，還不如進行訓練來得有意義。」

「那你就繼續訓練吧，我自願擔任這些貴賓的嚮導！」

伊雷文以「沒想到這些小鬼這麼認真喔」的眼神看著那些士官候補生。

「但是，既然有高貴之人帶領著那些冒險者，事情就不一樣了。」

他們看向利瑟爾，手擺在胸前，一副現在就要屈膝跪下的模樣。

這些士官候補生充滿自信，一定也擁有相應的實力。不過他們不只是以自己為榮而已，從眼中浮現的自尊心看得出他們的稚氣。

剛才交手的最上級生並沒有這種氣質，看來眼前這些孩子還有不少成長空間吧，利瑟爾微微一笑。看見這道笑容，士官候補生們確信自己受到了接納。

「由普通的候補生為貴人領路，有損於騎士學校的名譽。這裡就交給我們吧。」

「既然如此就不必麻煩了，免得損及貴校的名譽。」

聽見利瑟爾乾脆地這麼說，他們怔在原地，一瞬間不明白對方說了什麼。

「萊納，我們走吧。」

「您不計較失言的寬闊心胸令在下深感佩服！不好意思耽擱了您的時間，我們這就出發！」

利瑟爾一行人就這麼走過士官候補生身邊。

學生們的面子和執著，對於利瑟爾來說無關緊要。畢竟現在前往的可是書庫，是利瑟爾期待已久，半強制地留到最後造訪的書庫。他期待得不得了。

要是由士官候補生同行能夠增加他有權閱覽的書籍，利瑟爾大概不會戳破對方的誤解，直接說「那就麻煩各位帶路」。但是士官候補生的資格隨著成績變動，他們理應沒有這方面的權限，既然如此，利瑟爾會選擇迅速讓他專心讀書的人選。

「畢竟是隊長嘛……」

「老樣子。」

「我想盡可能多看一點書嘛，即使多一本也好。」

「原來就是這份強烈的求知欲，培養出您這種甚至足以醞釀出威嚴的智慧啊！」

利瑟爾一行人逐漸走遠，傳入耳中的對話確實聽得出他們所有人都是冒險者。明白了這一點，發現自己將冒險者誤認為應該表達敬意的人物，士官候補生們拚命支撐著即將崩落的身體。

這是騎士不該犯的錯誤，而且還是在公眾面前出醜。唯一的救贖是周遭所有人都有著同樣的誤解，但他們的矜持沒有廉價到這樣就足以挽救。士官候補生們羞恥得無地自容，快步離開了現場。

「這裡就是書庫嗎？」

「是的，請進！」

「大哥，你要做什麼打發時間？」

「睡覺。」

看著眼前的書庫，利瑟爾滿心雀躍，完全沒注意到兩位隊友的反應。

夜空中薄薄鋪展了一層雲朵，雲隙間偶爾探出星光。夜空底下，一輛馬車映著窗口流瀉的燈火，靜靜在街道上奔馳。

「書籍果然禁止攜出呀……」

「你看看外面。」

一行人離開了騎士學校，正乘著馬車朝冒險者公會前進。利瑟爾按照坐他對面的劫爾所言，在車廂搖晃中朝著窗外看去。外面一片黑暗，月光時而從雲層間傾瀉而下，照亮夜路。

自從被帶到書庫之後，利瑟爾一直看書看到現在，聽見他毫不心虛的發言，劫爾似乎有話想說。這段時間劫爾他們一定很無聊吧，利瑟爾垂下眉頭，滿臉抱歉地賠了罪。

「不好意思。」

「嗯。」

劫爾隨口應道，看來並沒有特別不悅。太好了，利瑟爾邊想邊靠上柔軟的椅背。不愧是隸屬於騎士學校的馬車，不僅外表奢華，坐起來也無比舒適。

坐在隔壁的伊雷文湊過來看著利瑟爾，臉上帶著賊笑。

「隊長，你連老師跑到書庫來說『你們該回去了』都不知道吧！」

「原來有這麼回事呀？」

「是那個小鬼一直跟他堅持，說要再讓你看一下喔。不過講到為你奉獻的程度，他還是比不贏賈吉啦。」

伊雷文哈哈笑著這麼說。看來在書庫受到了萊納不少關照，利瑟爾點點頭。得向他道謝才行，他想起那道直到臨別之際都不曾黯淡的閃亮笑容。

『希望還有機會與您再會！』

萊納這麼說著，送一行人離開學校，直到最後都非常抬舉他們。伊雷文說，這小鬼應該是被雷伊洗腦了。

無論如何，這趟也讀到了騎士學校特有的書籍，謝禮應該送得豪華一點才對。利瑟爾下定決心，開始思考該送什麼才好。送給雷伊的禮物一定是迷宮品最好，但不知道萊納究竟喜歡什麼？

「喂。」

「嗯？」

「累了就睡吧。」

「也沒有那麼累。」

聽見劫爾突然這麼說，利瑟爾不禁回以苦笑。在演習場上持續抵擋候補生們的魔法還是滿消耗體力的，他無法否認。

在劫爾他們看來是一目瞭然。平時利瑟爾總是保持楷模般的坐姿，從來不使用椅背，此刻卻坐得比較隨便……雖然這裡只有他們二人看見。

「大哥說得對！魔法累死人了，我連續放兩次就沒力啦。」

「一部分也是因為我習慣了吧……不過說得也是，難得你們這麼說，我就不客氣了。」

「嗯。」

伊雷文也跟著催他快睡，利瑟爾於是將頭靠在牆上，閉上眼睛。劫爾盯著他看了一會兒。利瑟爾大概沒真的睡著，但肯定累了。若非如此，把男孩從地洞裡救起來的時候，他一開始就會選擇使用魔法。

利瑟爾把自己的身體狀況管理得很徹底，因此沒有真的陷入魔力不足。但如同伊雷文所說，發動魔法是一種磨耗神經的工作，利瑟爾又動不動同時、連續、無詠唱發動魔法，當然會對身體造成負擔。

利瑟爾是認真在當個冒險者，對他來說沒有不參加委託的選項，這點劫爾再清楚不過了，所以也不會叫他閉嘴坐在一旁觀戰。但是……

「？」

伊雷文忽然朝著劫爾揮揮手。

劫爾轉向他，毫不掩飾懷疑的眼光，只見伊雷文得意洋洋地笑著拿出一本書。之所以不出聲，是為了不讓利瑟爾注意到吧。假如在這時提起書本的話題，那雙剛剛才閉上的眼睛立刻又要清醒了。

如果是稀有的書本，那就更不用說了。那本書封面上並列著「重要」、「機密」兩道紅色印章，標題潦草寫著「騎士團未解決案件no.4」。

「（手還是一樣賤。）」

劫爾沒有出聲，以細微的吐息和唇語這麼說。伊雷文也伸出雙岔的舌尖，舔了舔乾燥的嘴唇回答。

「（趁著小鬼不注意的空檔摸了一下，警備比我想的還森嚴欸，好久沒這麼興奮啦。）」

「（你又有什麼事要跟他交換條件？那傢伙現在還是對你很寬容吧。）」

「（沒啊。）」

伊雷文伸出一隻指頭，把書頂在指尖晃了晃，劫爾瞥了他一眼。

像宴會那次一樣，把這本書用來跟利瑟爾交易大概會是很好的籌碼……這也難說，同樣的手段，他不認為利瑟爾會允許第二次。不過，如果只是「總覺得不太感興趣」程度的事，動用這本書還是能換得利瑟爾的同意吧。

「（我就閒著沒事嘛。）」

伊雷文這句話是事實，另一方面也是因為他惡劣的性格，想突破騎士學校的戒備，然後大肆嘲諷一番吧。他想必已經掩飾妥當，不會讓校方察覺是誰抽走了這本書，他們不必擔心被捲入麻煩。

只不過，這些似乎都不是最主要的理由。伊雷文指尖轉著那本稀有書籍，望向睡在身邊的利瑟爾，眼神沉穩得不符合他的調調。那隻手重新抓穩書本，將它收進腰包。

「這次隊長很努力嘛，我偶爾也想給他一點獎勵囉。」

伊雷文瞇細雙眼，露出一如往常圖謀不軌的笑容，劫爾見狀無奈地嘆了口氣。這傢伙平時老是抱怨他太寵利瑟爾，看來自己也好不到哪去啊。

63

一片荒涼的高原上，只有零星幾棵低矮的灌木。一座宏偉的溪谷橫亙其間，利瑟爾站在溪谷一岸，不斷吹襲的風吹亂了頭髮，他將髮絲攏到耳後，湊在深不見底的懸崖邊往下看。

「撒路思和阿斯塔尼亞，你覺得哪一個比較好？」

「啊？」

他朝著站在身邊的劫爾這麼問，說話聲幾乎被咆哮的風聲吹散。

怎麼突然這麼問？劫爾莫名其妙地蹙起眉頭，他一隻手臂筆直伸在前方，手中握著的繩索往懸崖下垂吊，時不時晃動幾下。

這動作看起來像某種很隨便的釣魚方式，從劫爾面不改色的神情，完全看不出那隻手臂其實負擔著不可能承受的重量。

「大哥，再往下一點——」

「嗯。」

聽見懸崖底下傳來的聲音，劫爾放鬆繩索，從他掌中傳來布料摩擦的咻咻聲。借助末端的重量，繩索立刻開始往下滑，在速度到達高峰之前，劫爾又握緊了繩子。

即使在急速煞車的反作用力之下，那隻手臂也文風不動，利瑟爾看著他的手心想，難道不燙嗎？雖說劫爾的手套是由最上級的魔物素材製成，擁有超高性能，但那個速度隔著手套稍微燙傷皮膚也不奇怪。

「哇好險，大哥你就不能再溫柔一點喔？」

「囉嗦。」

聽見那道忽然傳來的聲音，利瑟爾再度往懸崖底下望去。視線彼端，伊雷文正坐在懸垂的繩結上，雙腳踩著崖壁仰望著這裡。

他的雙腳和崖壁之間冒出沙塵，應該是承受高速墜落所致。幸好懸崖底下颳著強風，立刻將塵土吹得不見蹤跡。

「要是我鞋底被磨壞了怎麼辦啊！」

「這點程度不可能磨壞。」

「你還好嗎，伊雷文？要不要換我來？」

「隊長，拜託你，待在那裡不要動。」

被拜託了，而且伊雷文還擺擺手，要他再退後一點。縱使劫爾手上握著他的命脈，伊雷文依然毫不客氣地開口抱怨，不過他並不是真的不願意下去。

畢竟附近沒有能夠繫繩索的樹木，因此劫爾註定要負責固定繩子，綁在繩索另一端的要不是利瑟爾就是伊雷文了。當時一發現這件事，是伊雷文自己不等利瑟爾說他想試試看，就已經三兩下做好準備，颯爽消失在懸崖底下的。

「要是敢拿這個做出難吃的東西我就把那家店砸了。」

一邊碎念著駭人聽聞的話，他朝著附著在崖壁上、岩石築成的鳥巢伸出手，將其中手掌大的蛋一顆接一顆扔進包包。

今天的委託是階級B的【收集崖鷹蛋】，委託業者是王都中心街的高級餐廳，以專賣蛋料理聞名，伊雷文常到那裡光顧。剛好利瑟爾想要有效活用繩索，所以才選了這個委託，但本人卻不被允許動手，害他愣了一下。

「成果如何呀？」

「四顆！」

「還需要多採一些呢。還有，撒路思和阿斯塔尼亞哪一個比較好？」

「啥？」

伊雷文指了指下一個有蛋的位置，劫爾開始沿著懸崖邊移動。

在這段期間，伊雷文敏捷地拉著繩索爬升了幾公尺，配合鷹巢的位置調整高度。利瑟爾走在劫爾身邊，看著伊雷文抵達崖鷹巢邊，順利採到了蛋。

「突然問這個幹嘛？……嘿咻！」

伊雷文放開剛才捲起的那段繩索，在下墜途中若無其事地回答。他握住繩索，緩和繩子伸長到底時的反作用力，接著挺起背脊，尋找下一個可做為目標的鷹巢。

「我只是覺得，差不多也想到其他國家看看了。」

「大哥，往右兩公尺，過頭了……好，停。隊長選自己想去的地方就好啦。」

「我也有點猶豫不決呀。」

伊雷文已經開始翻找第三個巢，聽見利瑟爾這麼說，忍不住抬頭看了他一眼。還真難得。

順帶一提，從剛才開始就一直有崖鷹在他身邊盤旋，準備伺機攻擊。牠們對於產下的蛋沒有執著，因此並不是在守護巢穴，而是將為了取蛋傻傻自投羅網的獵物當作食料撲來。

不過因為有利瑟爾從上方狙擊，牠們一直無法靠近伊雷文。

「劫爾又只會說隨我高興。」

「他才剛被你整過欸，你是要大哥說什麼啦。喔，隊長，十一顆了。」

「數量差不多了。辛苦了，伊雷文。」

「隊長，都叫你退後了啦。」

利瑟爾感謝地朝他露出微笑，伊雷文見狀得意地笑了，握著繩索的手使勁一拉。他的身體就這麼離開繩圈，攀著繩索跑上懸崖，劫爾那隻手臂支撐著他的體重，依然文風不動。伊雷文順勢以輕盈的腳步躍上岸邊，腳尖踢著自己的鞋跟，抖落腳底的沙土。

「大哥果然不是人。」

「再吵我現在就把你弄下去。」

看見伊雷文狡黠的笑容，劫爾皺起臉，將繩索捲好。

「我身上的土拍乾淨了沒？」

「嗯……你轉過去。」

伊雷文背向他，利瑟爾將手指伸進那束擺動的紅髮當中，梳過色澤黯淡的部分。經過幾次梳理，光潤的紅髮便輕易恢復了原本的色彩。

「好囉。」

「嗯——」

最後，利瑟爾輕輕拍掉他頭上的塵土，伊雷文的腦袋往那隻手掌上蹭去，一副心情很好的樣子。利瑟爾見狀有趣地笑了，摸摸他的頭以示慰勞，又一邊開口敦促他回答。

「所以呢，你會選哪一個？」

「啥？喔，你是說要去哪個國家？呃……硬要選的話是阿斯塔尼亞吧。」
「感覺伊雷文會喜歡那裡呢……雖然只是我的想像。」
「是啦，氣候很合我的偏好啊，而且撒路思又有點讓人不爽。」
撒路思是帕魯特達爾的鄰國，坐擁魔法學院，比其他國家更重視魔法。由於獸人天生以魔力量偏少的人居多，許多獸人確實對這個國家沒什麼好印象。
雖然只有學院座落的首都具有這方面傾向，而且獸人們也一樣在那座首都和平生活，但伊雷文還是看不順眼。利瑟爾也聽說，像某大侵襲幕後黑手一樣極端的魔法主義者只是少數中的少數而已。
「對獸人來說還是有點心結呢。」
「沒差，隊長想去就去啊，反正也沒到討厭的程度。」
「是嗎？」
「兩個國家都去不就得了？」劫爾說。
「這麼說也沒錯……」
三人收拾完東西，準備離開，在高原上邁開步伐。一行人身後，一隻崖鷹滑過半空，悄聲振翅逼近利瑟爾背後。
「那劫爾呢？」
「撒路思。比較近。」
劫爾邊回答，邊扯著利瑟爾的手臂一拉。利瑟爾沒有反抗，冷靜往旁邊挪了幾步，那隻崖鷹朝前伸著銳利的嘴喙，伴隨劃破空氣的銳響飛過利瑟爾身側。

緊接著，牠的軀體一分為二，掉落地面。伊雷文不知什麼時候拔出了武器，雙劍在他手中滴溜溜轉動。

「劫爾動不動就嫌麻煩。」

「你沒資格說我。」

利瑟爾趕到墜地的崖鷹旁邊，往腰包裡翻找一下，拿出一個布袋把牠裝起來收好。他不像劫爾只對頭目素材感興趣，凡是高階的魔物素材，利瑟爾都會好好撿起來。

這次的委託人拿到崖鷹肉或許也會很開心，即使委託人不收，也可以交由專門解體魔物的商店處理，取得素材。劫爾和伊雷文都懂得解體魔物，不過能夠帶回城鎮，又與委託無關的魔物，他們也常常交給商家處理。專業匠人解體出來的素材相當精美。

「最近周遭不太平靜了吧。」

「被你看出來了？」

「啊，原來是這麼回事喔。」

劫爾和伊雷文繼續邁開腳步，二人一邊側眼看著利瑟爾悠哉享受舒適的風，一邊思考。利瑟爾有能力選擇要不要捲入麻煩事當中，不可能錯過抽身的時機。大侵襲、宴會、騎士學校，之所以接下這些任務和邀約，也是因為他能夠輕易離開帕魯特達爾吧。

他是打算暫時離開王都，等待風波平靜下來，或者只是想見識看看其他國家？無論如何，劫爾他們要做的只有跟著利瑟爾去他想去的地方而已。

「撒路思那邊可能有點麻煩，到阿斯塔尼亞看看也不錯。」

「因為隊長毀了他們超級寶貝的魔法師嘛，雖然不確定我們的情報暴露到什麼程度了。」

「確定的是我們一定被盯上了。」

「是呀……但阿斯塔尼亞還是太遠了。」

聽見利瑟爾喃喃這麼說，劫爾嘆了口氣。這傢伙果然沒資格說別人。

晚上，利瑟爾坐在那間熟悉酒館的吧檯席位，獨自深思。

「（要是能使用傳送魔術就好了……）」

他敬愛的王運用自如，唯有王族血脈才能使用的傳送魔術，可以瞬間移動到自己曾經踏上的所有地方。假如有了傳送魔術，造訪阿斯塔尼亞一次之後就可以在兩地之間任意來回了。

但辦不到的事情也無可奈何。搭馬車到阿斯塔尼亞，單程約需兩週的時間，騎馬的話大約十天。利瑟爾並不打算定居在阿斯塔尼亞再也不回來，考慮到往返花費的時間實在有點遠。

「……你是不是有什麼煩惱？」

利瑟爾沉浸於思緒當中的時候，酒館的老闆忽然問他。

他端起喝到一半的飲品，往玻璃杯中啜了一口。飲料完全交由老闆調製，卻沒有辜負他的期待，利瑟爾偏好的口味在舌尖擴散開來。當然，不含酒精。

「只是在想，阿斯塔尼亞好遠呀。」

「你們要轉移據點？」

「還在考慮。」

利瑟爾雙唇勾起惡作劇般的微笑。

「如果真是如此，你會捨不得我們嗎？」

「常客不到店裡來了，多少會吧……」

老闆嘴角略帶笑意，不曉得他這麼說究竟是不是真心的。以利瑟爾對他的印象，老闆雖然態度冷淡，但並不是冷漠無情的人。

應該是真心話吧，這麼想是不是期待過頭了呢？利瑟爾瞇起眼睛笑了，靜靜喝下最後一口雞尾酒。他放下空杯，沒發出半點碰撞聲，那個玻璃杯在吧檯上反射著柔和的燈光。

「下一杯？」

「也交給你調製吧。」

利瑟爾將第二杯飲品也交給對方選擇，酒館老闆於是熟練地動起雙手。他調配著飲品忽然開口，視線仍舊沒有從手邊移開。

「你聽過魔鳥騎兵團嗎？」

「聽過，是阿斯塔尼亞的軍團對吧？」

魔鳥騎兵團正如其名，是阿斯塔尼亞一群馴服魔鳥、用以作戰的士兵。廣義來說他們也算是魔物使，不過據說騎兵團從魔鳥孵化便開始養育牠們、培養羈絆，與其說是支配，他們運用魔物的方式更側重於雙方的友誼。

話雖如此，魔鳥仍然是魔物，不可能只因為悉心照料就變得友善親人，騎兵團用來馴化魔物的手法當然也是內部機密。真是太可惜了，利瑟爾在心裡嘆道，望著老闆手邊俐落的動作，開口這麼問：

「他們要到帕魯特達來嗎？」

「有風聲說最近會來。」

「哦，是友邦之間的交流戰？」

「……我只知道這些。」

老闆相信其他部分他能自己想辦法，於是說到這裡就放手不管了。

這確實是相當寶貴的情報，不過老闆怎麼會覺得他有管道聯繫上外國最重要的兵團？這是利瑟爾最納悶的一點。至於老闆在消息傳開之前就取得這項情報，他倒不覺得奇怪。

「（我也沒有人脈呀……）」

如果騎兵團是擔任什麼人的護衛前來，老闆應該會直說吧。既然騎兵團本身是這次造訪的主角，目的想必是交流戰不會錯了。他們的交手對象應該不是憲兵，而是由騎士負責。

屆時貴族肯定會受邀觀戰，不過無法確定交流戰會不會向大眾公開。感覺很有意思，真想見識看看。就在利瑟爾這麼想的時候……

「哇，太幸運了吧，隊長你在喔！」

「伊雷文。」

伊雷文走進酒館，他身後是一片闇夜，那束紅髮像蛇一樣隨著步伐擺動。

他踏著輕巧的腳步走近吧檯，在利瑟爾身旁坐下，立刻點了杯酒。利瑟爾沒記錯的話，那種酒有一定的度數。

他還是一樣這麼能喝，利瑟爾微微一笑，將自己的下酒菜推給他。

「隊長，你好適合這種優雅的下酒菜喔。」

「之前我點了很經典的下酒菜，結果賈吉就哭了……」

「啊……」

那是利瑟爾和賈吉兩個人一起喝酒時發生的事。看伊雷文的反應，他也大致贊同賈吉的意見吧。

經典下酒菜明明就很好吃……雖然這麼想，但利瑟爾沒說出口。別人對他抱有良好印象，他確實覺得很感謝，但老實說，利瑟爾本人有時候會納悶「為什麼嚴重到那種程度」。不過，自從他還在原本世界的時候就是這樣了，他邊想邊伸手端起新擺在眼前的玻璃杯。

伊雷文一隻手撐著臉頰，將利瑟爾的下酒菜一口接一口塞進嘴裡。

「喝那種不會醉的雞尾酒有什麼好玩啊？」

「只是喝一種氣氛呀，在酒吧喝雞尾酒不是很有情調嗎？」

「是沒錯啦，而且超適合你的。」

帶有玩心的答案很有利瑟爾的風格，伊雷文聽了瞇起眼笑了。他的指尖游移過碟子上方，才發現下酒菜還沒過多久已經吃光了，他看了老闆一眼，老闆便默默準備了新的一碟小菜。

利瑟爾花時間慢慢吃的小菜，以伊雷文的速度一瞬間就吃完了。老闆從來沒抱怨說希望他好好品嘗一下，不過心裡說不定這麼想過。

「隊長，你明明喜歡吃甜的，卻常常喝辛辣的飲料欸。」

「是呀。」

利瑟爾望著琥珀色的雞尾酒，甜美的眼中多了幾分笑意，端起玻璃杯啜了一口，伊雷文漫不經心地看著這一幕。

「畢竟配著東西吃的時候……咳咳……」

「嗆到了？」

利瑟爾輕聲咳了起來。還真難得，伊雷文伸手拍撫他的背。

基本上利瑟爾在用餐時一樣維持優雅的儀態，這還是伊雷文第一次看見他嗆到。這飲料也沒氣泡啊，他瞥了玻璃杯一眼心想。

「沒事吧？是喝的東西有問題喔？」

眼見利瑟爾放下玻璃杯，遮著嘴咳個不停，伊雷文覺得事態有異，蹙起眉頭。他一隻手仍然放在他背上，一邊湊近利瑟爾查看狀況，一邊瞪向老闆。

「你讓他喝了什麼？」

「……不是你自己說的嗎？」

「啊？」

酒館老闆這麼說著，端了一杯水給利瑟爾，伊雷文聽了詫異地皺起眉頭。

「我也不想強迫他喝，但你塞了那麼大一筆錢實在是……這已經稀釋得非常淡了，我本來覺得沒問題……」

接著，他忽然想起來了。那是什麼時候的事情？好像是他剛加入隊伍的時候，所以已經是好一段時間前的事了。

聽說利瑟爾不能喝酒之後，傳聞中他喝醉酒的模樣勾起了伊雷文的興致，他好幾次嘗試讓利瑟爾喝酒。但無論他再怎麼想盡辦法，就算在本人看不見的地方調包飲料，利瑟爾儘管沒看出飲品有異狀，卻讀出了伊雷文自以為完美隱藏的心機，行動屢次以失敗告終。

既然如此，不要隱藏就好了嘛，伊雷文靈機一動。只要自己不知道這回事，就沒有必要隱藏。

『老闆，等到我差不多忘記這回事的時候，你就在隊長的飲料裡下酒吧。如果我也在場，隊長的戒心會朝向我身上，而且你在隊長心目中大概不會被懷疑……不過應該不可能完全沒有警戒啦，要讓他大意……可以用他喜歡的顏色？』

這麼說來，當時他好像這麼拜託過老闆，還硬塞給他一大筆錢。

儘管老闆回絕，伊雷文還是硬要他收下，因此老闆也是打算至少形式上盡到一點道義吧。利瑟爾都已經說自己不能喝酒了，強逼他碰酒實在於心不忍，於是老闆調了一杯淡得連小孩子喝了都不會醉的雞尾酒。誰知道利瑟爾的酒量差得出乎意料，喝一口效果顯著，老闆遞出水杯，神情看起來似乎有點擔心。

「呃，那隊長現在……」

「咳、咳……」

利瑟爾的咳嗽聲終於平靜下來，伊雷文戰戰兢兢地望向他。看著那雙肩膀微微起伏，他有點擔憂，但眼中又閃爍著藏不住的期待。

他停下那隻拍撫後背的手，隔著衣服傳來利瑟爾的體溫。那張低垂的臉龐緩緩抬起，伊雷文興味盎然地凝視著他。

「還好嗎？不舒服的話有水喔。」

「……伊雷文，這是你做的好事？」

「咦，呃……是、是啦……」

隊長會生氣嗎？伊雷文有點畏縮，不過還是給了肯定的答覆。

不對，歸根究柢，他真的醉了嗎？聽劫爾說，喝醉的利瑟爾會變成「完全相反」的人。聽說利瑟爾自己不記得喝醉時發生了什麼事，這只是從旁人口中聽來的情報，所以可信度不高就是了。

「（哎呀，怎麼可能嘛，才喝一口不會醉到性格大變的啦……）」

他努力說服自己，獸人敏銳的直覺卻在腦中警報大作。

這次不只會被罵，大概還得做好覺悟了，伊雷文窺探著利瑟爾的反應。眼見他忽然轉向這裡，悠然露出微笑，看來應該是沒問題了，伊雷文鬆了一口氣，放鬆緊繃的肩膀。

「成為我的椅子乞求原諒吧。」

「去叫大哥來！快點！現在立刻馬上去！」

只做好覺悟根本不夠。

劫爾不發一語地站在熟悉的酒館門口。

他整張臉皺得死緊。明明還不到打烊時間，門上卻不知為何掛著休息中的牌子，不論此刻酒館內傳出來的對話，還是剛才來找他的精銳盜賊滿口說著椅子之類莫名其妙的話，一切的一切都只帶來不祥的預感。

他不想進去。如果問他想不想看利瑟爾喝醉的模樣，老實說他想看，但一點也不想被捲入酒館內的狀況。他站在一片黑暗中動也不動，表情實在凶神惡煞到了極點，偶然路過的醉漢看見他立刻被嚇得酒都醒了。但一直站在這裡也於事無補，劫爾握上門把。

「……你在幹嘛？」

「當隊長的椅子？」

一看見眼前的光景，他馬上就想回去了。距離吧檯一段距離的餐桌席位，伊雷文坐在那裡，利瑟爾則悠然坐在他雙腿中間。

伊雷文面無表情，不曉得是腦中一片混亂，或者是樂在其中……他恐怕沒有心力享受什麼樂趣，因此應該是還搞不清楚狀況，只能任由利瑟爾擺佈吧。真難得。

「所以我就叫你別讓他喝酒了。」

劫爾受不了地嘆了口氣，坐到他們對面的椅子上。

利瑟爾不曉得把平時端正的坐姿忘到哪去了，毫不客氣地倚在伊雷文身上，手上還端著玻璃杯。注意到杯中盛的是酒，劫爾的眉頭蹙得更深了。

「喂。」

他出聲一喊，利瑟爾的目光這才終於轉向劫爾。那雙紫瞳裡的青色調更深了，予人冰冷的印象。

平時柔和的神情不再，他臉上掛著足以支配眾人的笑。那姿態兼具傲慢與高貴，是個不折不扣的貴族，酒館老闆提前打烊的決定實在英明，值得讚揚。若非如此，隔天利瑟爾就要被眾人捧為貴族了。

「（這還算好的。）」

劫爾心想。他想起利瑟爾高潔的姿態，那種氣場並非支配，卻足以教人憑自己的意願向他下跪。

劫爾他們擅自稱之為利瑟爾的「貴族模式」，不過在利瑟爾口中，那似乎是「辦公模式」才對。此刻看見利瑟爾另一種身為貴族的姿態，劫爾總算明白他為什麼會那麼說了，喝醉酒之後他無法擺出辦公模式的那種架式。這很符合利瑟爾的個性，他其實滿認真的。

「他到底喝了多少？」

「隊長只喝了很淡的一口就醉了，之後都是普通的……」

「別把酒交到醉漢手上啊。」

劫爾滿臉不悅地蹙起眉頭，伸手抽走利瑟爾手上的玻璃杯，仰頭一飲而盡。這酒拿給沒酒量的人喝太烈了，他在心裡咋舌。玩過火了吧。

「竟敢擅自搶奪，也不等候賞賜，真蠻橫。」

一字一句說得比平時更慢，難得聽見這道嗓音透露出不悅的情緒。

即使喝醉酒，利瑟爾的情緒起伏仍然不大。不過平時的他就連負面情緒都幾乎不會顯露出來，這已經算是相當劇烈的變化了。

「令人不快。」

「那可真榮幸。」

「要是你還懂得榮幸，應該好好下跪為我效命才是。」

「我哪時候沒為你效命？」

這雙眼睛只消一望，便足以教眾人屈膝跪下，但劫爾已經習於和利瑟爾相處，對他來說並沒有那麼無法違抗。他還有辦法一笑置之，當這只是醉漢的瘋話。

順帶一提，伊雷文已經反射性地絕對服從於他了，好像害怕惹他生氣一樣。即使不考慮這點，他也不可能安然違抗現在的利瑟爾，於是伊雷文決定徹頭徹尾當一張椅子。

「再給我一杯酒。」

伊雷文正聽任使喚將料理送到他嘴邊，利瑟爾開口這麼說著，將後腦杓靠到他肩上。

「別吧，大哥也叫你別喝了……隊長，你這樣明天會不舒……」

「你沒聽見我說什麼？」

利瑟爾開口打斷他，伊雷文一聽立刻停止了所有動作。

那雙紫水晶般的眼眸從極近距離凝視著自己，看見它冰冷的色彩，一股不知是恐懼還是狂喜的感受竄上背脊，是每次利瑟爾展現貴族威儀時帶來的那種感覺。大哥竟然有辦法對這種氣場無動於衷？伊雷文連忙閉上他正要張開的雙唇。

那雙眼瞳清澈得讓人覺得不順從他反而是一種無可饒恕的罪孽，緩緩眨動的眼睛籠絡了伊雷文的意識。

「我說，我想喝。」

「老闆快拿酒來！跟剛才一樣的！快點！」

伊雷文立刻喊著要點酒，老闆愣了數秒，雙手卻還是動了起來。

看見常客面貌丕變，不曉得老闆怎麼想。從他臉上大徹大悟的表情讀不出任何想法，看起來好像已經接受了一切，又或者不得不接受。不過可以肯定的是，他一定很錯愕吧。

「你太沒原則了吧。」

劫爾看著言聽計從的伊雷文說道。面對一個醉漢，這到底是在做什麼？

「除了聽話以外我根本別無選擇啊……」

「怎麼可能。」

「啥？現在要是違抗隊長，感覺他會叫我去自殺欸，很恐怖欸！」

「他不會說那種話。」

劫爾斷言道。你怎麼知道？伊雷文拋來詫異的目光，但劫爾不加理會，逕自打量著利瑟爾。眼前那人正悠哉享受著自己那張舒適的椅子。

那雙冰冷高貴的眼瞳足以折服萬民，唇邊的淺笑不帶感情。從他平時的舉止難以想像此刻高壓的說話方式，就連澄澈清脆的嗓音都顯得冷酷無情。

但確實不僅止於此。別人接受要求時那種心滿意足的模樣，以及唯有下令時略帶甜美的嗓音，還有露骨地融入狀況當中，不令人起疑的肢體接觸——這些意味著什麼？

「這傢伙根本只是在撒嬌而已啊。」

「……啥？」

伊雷文啞口無言，利瑟爾卻不作任何回應，只是稍微偏了偏倚在伊雷文肩上的後腦杓。

既然他沒有否認，表示劫爾說的是真的？伊雷文戒慎恐懼地看著利瑟爾思索。所謂的「完全相反」，不是變得蠻橫，而是變得愛撒嬌？還是蠻橫又愛撒嬌？這一切實在莫名其妙，伊雷文放棄思考，決定厚著臉皮試試看。

「那好好疼愛隊長的話他就會開心喔？來隊長抱抱……」

「什麼時候允許區區一張椅子抱我了？」

「啊，抱歉……」

伊雷文剛敞開的心又闔了起來，看來他太得意忘形了。

「你沒本錢寵他吧。」

「早點講啦……」

伊雷文決定安分當椅子就好，劫爾見狀，唇邊浮現幾不可見的笑意。

即使利瑟爾撒嬌，面對徹底化身為貴族的他，伊雷文也無法為所欲為。說到底，利瑟爾舉止變得「完全相反」時會撒嬌的對象當中，能夠光明正大寵他的也只有一個人而已。

換言之，要是只讓那幾個年輕人跟利瑟爾一起喝酒，就沒有人能夠阻止利瑟爾了。而利瑟爾什麼也不會記得，萬一隔天醒來之後他感到懊悔就不好了，還是多注意別讓這種事發生吧。劫爾靠在椅背上這麼想道，不過另一方面，他也覺得不太需要擔心。

「（畢竟他喝醉酒還是懂得分辨對象……）」

正因為能夠分辨對象，現在才會表現出這種行為。

面對伊雷文，他採取隱晦的撒嬌態度，同樣的態度卻不會應用在劫爾身上。利瑟爾確實說過他很依賴劫爾，沒想到竟然是真的，所以變得「完全相反」之後才沒有對他撒嬌啊。

完全相反也滿好懂的嘛，劫爾心想。這時，剛才點的酒端到了伊雷文眼前，他毫不猶豫地把酒交到利瑟爾手上。

「喂，不是叫你別讓他喝酒了？」

「既然隊長在撒嬌，我當然想好好疼他啊。」

「這時候冷冷推開他才符合你的個性吧。」

「大哥好過分喔！也是啦，如果對象不是隊長我也不否認啦？」

也許是心態從容了一些，伊雷文說著露出狡黠的笑容。劫爾皺起臉，伸手準備再次沒收利瑟爾的玻璃杯。但同一件事都到了第二次，利瑟爾也不會輕易把酒交給他的。

劫爾即將碰到玻璃杯的時候，利瑟爾舉杯一飲而盡。咕嘟，他的喉頭劇烈起伏。

「隊長……！」

「喂蠢貨，快住手！」

伊雷文急忙按住他的手，劫爾難得扯開嗓門怒斥，抽走了他手上的杯子。利瑟爾平常完全不碰酒，酒量又相當差，一口氣灌這麼多酒不曉得會造成什麼影響。

伊雷文來回看著呼出一大口氣的利瑟爾，和幾乎空了的玻璃杯，嘴角抽搐。這下他終於明白，不論看上去再怎麼高貴，醉漢就是醉漢。

「你這麼做令人不快，我剛才說過了吧？」

看見那雙紫眸轉向他，劫爾臉上明顯露出不悅的神色。利瑟爾喝醉酒無所謂，說他令人不快，他也不介意，但劫爾無法允許他喝得這麼亂來，糟蹋自己的身體。

「那是我要說的話。」

「說起來，我也沒有允許過你照顧我。」

「不需要你允許。」

事情演變成這樣，不如強制把水灌下他喉嚨，把人帶回去好了。劫爾維持剛才為了搶奪玻璃杯探出上半身的姿勢，朝他伸出手。

但那隻手才正要碰到利瑟爾，那人臉上可說是冷酷的表情忽然綻開成甜美無比的微笑。劫爾瞠大眼睛，利瑟爾緩緩伸出雙手，裹住他的臉頰。不知為何，他動彈不得。

「你只要依賴我就好了。」

那嗓音無比柔和，彷彿向人輕輕招手。

「……這該不會……」

伊雷文茫然地喃喃說道，劫爾下意識在心裡贊同。如果現在的他會向原本疼愛的孩子撒嬌，反過來說……利瑟爾該不會打算寵他？不要，他才剛這麼想。

這時劫爾忽然注意到，利瑟爾現在的氣質，明顯不同於他平時對待年輕人的態度。哪裡不同？想到一半，利瑟爾說的話卻令他驚愕。

「你什麼也別做，待在我身邊就好，讓我實現你所有的願望吧。」

那人滑過他臉頰的手掌滿是憐愛。

「如果家世讓你心煩，我會為你滅了整個國家。如果渴望戰鬥，就為你引發戰爭吧。想吃什麼？想要什麼劍？想要多少我都會將它們擺在你的面前。」

那雙甜得醉人的眼瞳凝視著他，不許他移開視線。那嗓音彷彿侵蝕大腦，絲毫不允許他的意識抽離。

「如果有想去的迷宮，我會竭盡所能從整個世界當中為你找出它來。很榮幸吧？」

這一切的一切都要他接受，使他錯覺自己應該點頭，此刻的他簡直連自己的想法在哪裡都搞不清楚。

緊接著，傳來一句命令般的耳語。

「點頭吧。」

不可以。劫爾發不出聲音，唯有嘴唇無聲蠕動。

平時利瑟爾疼愛那些年輕孩子，是以一種促使對方成長的方式。在不讓他們注意到的情況下，不出手幫忙，而是從旁敦促，扮演的是引導的角色。但這不一樣，正好相反——沒錯，完全相反。

「你什麼都不必想，只要享受我給予的一切就好。我不會違背承諾，也不求任何回報。」

這是誘使對方墮落的溺愛。

他一定會給予對方所有想要的事物，所有願望都會實現，就這麼在不知不覺間，安詳地迎來無可避免的破滅。這誘惑如此難以抗拒，即使注意到這一點，仍然教人忍不住渴求。

利瑟爾的視線依然緊緊纏著他的，指尖離開劫爾的臉頰，緩緩抽身，向後倚到伊雷文身上。伊雷文嚇得抖了一下，利瑟爾也不以為意，依舊帶著一臉高潔的表情，口中說出的話卻與高潔天差地遠。

「如果你渴求這些，就跪下——」

還來不及說完，劫爾已經伸出手掌掩住了他的嘴。

利瑟爾沒有別開視線，瞇起雙眼盯著他。劫爾正面迎視回去，好言相勸地開口。

「這都是屬於你的東西，毀了也對你沒好處。」

沉默持續了數秒，利瑟爾忽地垂下眼簾，身體無力地癱軟下去。

「……哇靠，太恐怖了吧，這是怎樣？我還以為要被他吞噬了……」

伊雷文也同時放鬆下來，伸手支撐利瑟爾，免得他滑落椅子。往下一看，利瑟爾安詳的睡臉映入眼中。

「我以後再也不跟這傢伙喝酒了。」

「是說大哥，你有辦法阻止他真的太厲害啦，應該說，你竟然會想要阻止他……」

劫爾抽開手，掌中落下幾枚花瓣。這是睡眠花，一種捏碎時會散發出催眠香氣的花朵。

他準備這個，本來是打算在利瑟爾展開讀書週的時候使用，但是利瑟爾有計畫地維持最佳讀書狀態，因此確實保持著最低限度的睡眠時間。多虧他做事面面俱到，不留給別人指手畫腳的空間，所以睡眠花至今不曾派上用場。

「啊，還沒讓隊長喝水欸。」

「等他醒了再喝就好。」

「看他好像很累耶……啊，不過他剛才那招沒有用在我身上，下次再騙他喝酒好了？」

「騙得到就好了。」

面對利瑟爾，同樣的手段不可能成功第二次。

伊雷文惋惜地哀嚎起來，劫爾把他丟在一邊，走到凝視著這裡的老闆面前。結帳的時候，他大方地多付了一筆致歉費用，不過這也是應該的。

回旅店的路上，劫爾背著利瑟爾，伊雷文也和他並肩踏上歸途。他擔心喝醉的隊長，因此還是決定送他們二人回去。

「這樣盡情撒野，隔天卻什麼也不記得，這傢伙真會惹麻煩。」

「我是覺得很有趣啦，不錯啊。」

「你都嚇成那樣了。」

「所以才會想說下次要從一開始就好好享受啊。」

循著伊雷文的視線看去，利瑟爾仍然伏在劫爾肩膀上安穩沉睡。

雖然他希望隊長隔天能夠神清氣爽地醒來，但恐怕不太可能。身為罪魁禍首，伊雷文也不是完全沒有反省的意思。

「如果大哥願意跟我聯手的話，說不定有辦法再讓他喝酒喔？」

「我絕對不幹。」

但反省和這是兩回事，伊雷文已經開始計畫下一次行動了。劫爾立刻毫不客氣地拒絕了他。

64

他頭痛欲裂，腦袋發昏，只是轉過頭想看看外面，一陣暈眩便隨之襲來。乏力感支配全身，他就連坐起身來都辦不到。

搞砸了，利瑟爾靜靜呼出一口氣。雖然不知道事發原因，但過去他也曾經陷入相同的症狀。

他往回追溯自己的記憶，發現和伊雷文在酒館見面之後的事他全都沒有印象了。如果伊雷文有什麼企圖，他不可能沒發現，這表示酒館老闆也是共犯？

「（那應該可以安心了吧。）」

他不認為老闆會答應第二次，不過還是教訓一下伊雷文比較好，利瑟爾躺在床上，不著邊際地想道。這時他忽然覺得口渴，於是中斷了思緒。

現在幾點了？女主人沒有過來，表示時間還沒有那麼晚，那就再休息一下好了。他仰頭望向床頭櫃。

「嗯……」

只是翻個身便一陣暈眩，他放慢動作轉過頭，望著床頭櫃上擺著的水瓶和玻璃杯。水瓶裡裝著冰塊和水，看起來才剛準備沒多久。

他想喝水。一點也不想動，但好想喝水。利瑟爾目不轉睛地盯著水看，但水瓶和杯子不可能自己飛過來，他於是放棄，盡可能放慢動作起身。

「痛……」

太陽穴一陣一陣抽痛，比起過去那兩次更嚴重，是錯覺嗎？雖然沒有記憶，昨晚說不定喝了不少。

這劇烈的頭痛他總是無法習慣，也是因為這種症狀，所以他才選擇不碰酒。為什麼劫爾他們都不會這樣？他羨慕地想著，手掌按在床單上使勁撐起上半身。無論如何，他想喝水。

利瑟爾勉強坐起身，正要伸手去拿玻璃杯，卻聽見敲門聲。他垂下手臂。

「你醒了？」

「早安。」

「嗯。」

進來的是劫爾。利瑟爾原想看著那道身影走近，卻一陣頭暈目眩，他只好垂下視線。

「你的臉色差得像病人。」

「我頭好痛。」

「還不是因為你酒量差還那樣灌酒，蠢貨。」

「咦，昨天你也到酒館來了？」

劫爾一副不敢置信的眼神，往玻璃杯裡倒了杯冰水交給他。利瑟爾道了謝，接過水杯，一點一點嚥下喉頭。昨晚真的喝了那麼多酒嗎？他心想，舒服地吁了一口氣。

「……你真的不記得了？」

看見劫爾訝異的眼神，利瑟爾隱約察覺自己應該是做了什麼好事。

「是不是造成你的困擾了？」

「不困擾，但很麻煩。」

真是抱歉。

利瑟爾一臉蒼白，茫然看著劫爾為他打開窗戶。陽光和喧鬧聲從窗外傳來，利瑟爾這才發現自己猜錯了，現在早就過了人們開始活動的時間。

平時睡得太晚，女主人總會來叫他起床。這麼想來，大概是劫爾告訴她不必叫醒利瑟爾，還為他把水瓶擺在床頭吧。想起昨晚給他添的麻煩，利瑟爾實在抬不起頭來。

「真的很抱歉……」

「不會。不是你的錯啊。」

聽見劫爾理所當然地這麼說，利瑟爾輕輕微笑一下，又啜了一口水。嘴上雖然嫌麻煩，劫爾還是對他很溫柔，他邊想邊將還剩一點水的玻璃杯擺到床頭櫃上。

「順帶一問，可以告訴我是什麼樣的『麻煩』嗎？」

「別問。」

「告訴我一點點就好，是哪裡麻煩？」

「……就是完全相反這一點吧。」

聽見劫爾敷衍的答案，利瑟爾眨了眨眼睛。在原本的世界第一次喝酒的時候，同席共飲的父親隔天笑著對他說「沒什麼奇怪的事」。再下一次，他從前的學生帶著意味深長的笑容，說他成了「完全相反」的人。現在，他收到第二次「完全相反」的評語，說話的人表情苦澀，好像話中有話。

自己究竟變成了什麼樣子？他雖然介意，但試圖深思的時候暈眩感卻從中作梗。看來現在沒辦法思考了，利瑟爾緩緩鑽進毛毯。

「有食欲嗎？」

「完全沒有……」

「那就睡吧。」

在那道低沉、帶點沙啞的嗓音敦促之下，利瑟爾閉上眼睛，深深呼出一口氣。意識以一種不同於睡意的方式逐漸淡薄，帶來些微安適。即將沉入夢鄉之際，利瑟爾感覺到有人將毛毯拉上他的肩膀蓋好。他道了謝，但不曉得自己有沒有說出聲。

利瑟爾開始發出安穩的鼻息，劫爾低頭看著他，嘆了口氣。

臉色不好，但表情十分平靜。劫爾與宿醉無緣所以不太清楚，不過平時即使身體有些微不適，利瑟爾還是能表現得若無其事，剛才卻表現得如此明顯，可見相當不舒服吧。如果認真想要掩飾，應該不是沒有辦法，但若非必要，利瑟爾也不會這麼做。

說他自作自受未免太殘酷了，畢竟某種意義上，利瑟爾也是受害者。

「（要說這是誰的錯，不用想也知道是那傢伙。）」

劫爾想起那名面無表情、化身為椅子的男人，輕手輕腳走出房間。得告訴女主人不必準備利瑟爾的早餐了，他想。本來覺得他多少吃點水果比較好，剛才準備了一下，不過看來就連水果他也吃不下。

他應該會睡到中午吧。劫爾邊想邊走下階梯，正好看見女主人正在打掃玄關。

「哎呀，劫爾。利瑟爾先生還好嗎？」

「不太好，我叫他繼續睡了。」

「沒有酒量還硬要喝才會這樣呀，真是的。他吃得下東西的時候再跟我說，想吃什麼我都可以煮啊。」

利瑟爾都是這個年紀的男人了，女主人卻一臉無奈，認真擔心他的宿醉問題，究竟把他當成什麼了？但這時候如果叫她別管，反而會招致麻煩的責備，劫爾還是閉上嘴點了頭。

不論利瑟爾還是劫爾，都沒有幼稚到會虛張聲勢地叫她別多管閒事。「麻煩妳了。」劫爾向她打了聲招呼，走出旅店。窩在旅店裡也閒著沒事，不如去攻略迷宮好了，他在熱鬧的街道上邁開腳步。

「（菸已經沒了。委託也該瀏覽一下比較好……要是有那傢伙感興趣的委託也可以先接。）」

他在腦中一條一條列出今天的安排。利瑟爾不在身邊，就不會招惹多餘的目光，感覺還不差。劫爾邊走邊取出香菸，叼在嘴邊。

「啊，找到啦！」

劫爾為了點菸稍微垂下視線，聽見忽然有人叫他，又重新抬起目光。隔著呼出的煙霧，招搖惹眼的紅色映入眼簾，劫爾蹙起眉頭。

伊雷文從對面走過來，臉上一如往常帶著圖謀不軌的笑容。劫爾事不關己似地毫不放慢腳步，但伊雷文也不介意，踏著輕快又輕佻的腳步走到他身邊。

「跟我在一起你就不會把菸熄掉喔？」

「沒必要吧。」

「味道會沾到身上，很討厭欸。」

伊雷文一見面就對他抽菸有意見，劫爾將香菸移開唇邊，像在說「誰理你」。他不打算把菸捻熄，伊雷文也不是真的希望他別抽，只是隨口開個玩笑充作問候而已。

他嘴上說著「不希望沾上菸味」這種像女人一樣的發言，背後卻露骨地藏著危險的想法：因為這樣就沒辦法潛伏在暗處了。怎麼會有人覺得這種傢伙容易親近？劫爾嘆氣，順道呼出一口煙。

「隊長咧？」

「還在睡。」

伊雷文搖搖手揮開煙霧，臉上帶著狡黠的笑，刺探似地看過來。

聽見劫爾簡單扼要的答案，他皺起臉來，不滿全寫在臉上，是希望他再說得詳細一點吧。

「剛才醒過一次，又躺回去睡了。大概很不舒服。」

「果然是宿醉？」

「嗯。」

劫爾啣住剛才拿開的香菸，敷衍地點點頭。

「唉唷……」伊雷文撥亂了自己的瀏海。只能說這傢伙自作自受，陷害利瑟爾喝酒已經足以惹來一頓罵，現在還害他受了宿醉之苦，不曉得會受到什麼樣的斥責。

劫爾和伊雷文都明白，利瑟爾不可能真的生氣——因為這裡是另一個世界，使他發怒的要因並不存在。但該算的帳他還是會算清楚，這也是事實。

「我也擔心隊長，想去探望他啊，但有點恐怖欸。」

「你放棄吧。」

聽見劫爾敷衍的回應，伊雷文忿忿地看向他。

「只靠賄賂感覺也逃不過這一次……」

「他不喜歡看到同一種手段用上第二次吧。」

「要是有這麼單純我就輕鬆啦。」

利瑟爾就是沒這麼好打發，伊雷文以指尖撥開他那束晃動的紅髮。

「你就乖乖被罵吧。」

「才不要，我要想點辦法。」

明明只要坦率道歉就解決了，伊雷文卻想盡辦法嘗試逃脫，劫爾無奈地瞥了他一眼。垂死掙扎也好，用什麼手段都沒差，他就是不想被處罰。即使逃不過這一劫，他也想盡可能拖延時間……這是什麼臭小鬼理論？

伊雷文原本專心致志地思考著什麼，這時忽然看向劫爾，露出巴結諂媚的笑容。劫爾不悅地加深了眉間的皺褶，但伊雷文早已看慣他這副表情，不可能因此畏縮。

「大哥，隊長一定跟你道了歉對不對？」

「……那又怎樣？」

「你能不能幫我求情啊？」

為了達到最有效的手段，不惜捲入旁人，比一般頑皮的孩子惡劣太多了。劫爾將香菸換到另一隻手上，空著的那隻手往伊雷文後腦杓一揍。這一記沉默的拒絕實在打得太重了，伊雷文不穩地踩了幾步，按著發疼的腦袋繼續死纏爛打。

「你不是也享受到了嗎！」
「你是用哪隻眼睛看才會覺得我在享受？」
「你明明就想看隊長喝醉的樣子！託我的福才看到了欸，你就不會想稍微幫我一下嗎！」
「不會。」
利瑟爾的人格幾乎完美無缺，如果說他一點也不想看這種人露出破綻，那是騙人的。但這和那是兩回事，昨晚那一連串事件，劫爾完全沒有任何過失。
如果罪魁禍首不是他在乎的人，又惡意陷害他喝酒，利瑟爾肯定不會姑息；但這次是伊雷文，他應該會手下留情吧。雖然不可能毫不追究，但頂多只會造成一點內心創傷而已。
伊雷文還在一旁大呼小叫，吵死了。劫爾皺起臉，從大街拐進小巷。現在分明是早上，巷子裡卻顯得有點陰暗潮濕，他將菸蒂扔到地面踩熄，它立刻化為一片灰燼，被風吹散。
「這方向不是地下商店嗎？大哥，你有什麼想買的東西喔？」
「香菸，外面買不到。」
伊雷文口中的「地下商店」，只是它的眾多名稱之一。那個市集沒有正式名稱，黑市、非法商人、地下集會，各式各樣的名字都有。
共通點在於，那些商店銷售的大多都是非法商品，若沒有足以辨別商品真偽的眼光，根本沒辦法好好買到東西。當中也有入手管道有問題的普通商品，甚至是高級品和稀有物品，因為這些東西透過黑市交易可以賣到比外面更漂亮的價錢。
據說那裡流通的金額甚至比中心街更加龐大，是王都規模最大、同時也是未經核可的市場，也有不少冒險者光顧。

「你抽的是什麼菸啊？」

「喏。」

「啊，是這個喔？這感覺就是貴族擺出一副跩樣在抽的菸啊。」

看見劫爾拿出的菸盒，伊雷文哈哈笑出聲來。

這牌的菸很濃，不習慣的人抽了甚至會舌頭發麻，卻帶有一股不像菸草的獨特麝香。許多人喜歡這種香味，但因為它十分稀少，難以購得，光是常抽這種菸就足以誇耀自己的權威，因此正如伊雷文所言，是上流階級喜愛的牌子。

「原來這裡有賣喔。」

「嗯。」

這怎麼想都不是冒險者有本錢天天抽的菸，不過伊雷文對此沒什麼疑問，反倒是另一方面讓他有點意外。

「大哥，你看起來不像是講究香味的人欸。」

「抽起來的味道也沒辜負它的價錢。」

「是喔。」

伊雷文一邊表示理解，眼神卻催促他繼續說下去。

味道當然是越好越理想沒錯。但味道和香氣都濃烈的香菸多得是，劫爾卻不怕麻煩，特地選擇這種難以取得的菸，究竟是為什麼？

「雖然他沒有抱怨過菸味……」

「啥？」

只要知道劫爾這個人怕麻煩，當然會這麼問。反正他也無意對誰隱瞞，劫爾嘆了口氣，繼續說下去。

從前他對香菸的牌子沒什麼特別講究。這牌的菸他本來就喜歡，但頂多也只會在偶然看見的時候購入而已，到了最近卻只抽這個牌子的香菸。當然，抽的量減少了也是一個原因。

「既然都要抽，還是選他喜歡的比較好吧。」

利瑟爾一次也沒有對香菸表現出排斥感，對於劫爾抽菸也從來沒有意見。劫爾在利瑟爾面前叼起香菸，只有剛遇見他時那一次而已。劫爾不想在不抽菸的人面前吸菸，而且最重要的是，他總覺得菸味不適合利瑟爾。

但有一次，利瑟爾曾經對於劫爾抽的菸有所反應。

『那是什麼味道？』

『啊？』

『這種香味，我好像在那一邊也聞過。』

那是在旅店走廊碰面的時候。或許是錯身而過的瞬間嗅到了香氣，利瑟爾停下腳步，不可思議地這麼說。他手抵在唇邊別開視線，彷彿在回溯自己的記憶。

『香菸。』

『啊，原來是菸。』

該不會他討厭這種味道？劫爾回過頭，不料卻看見他面帶微笑，心領神會地點了點頭。

『我滿喜歡這個香味的，一直好奇它是什麼味道，原來是香菸呀。』

利瑟爾說著，就這麼走開了。劫爾現在之所以抽這種菸，利瑟爾的那句話並不是全無影響。

聽劫爾這麼說，伊雷文也猜到是怎麼回事了。隊長確實不像會抽菸的人，不過香氣本身他或許會喜歡，伊雷文點頭心想。本人身上散發出那種味道有點怪，不過氣味本身感覺滿符合利瑟爾的喜好。

「如果是沾在隊長身上的味道，應該要再……稍微辛辣一點，這樣跟他給人的印象有點反差，應該不錯喔？」

「誰知道。你要跟著我跟到哪時候？」

「到我下定決心去探望隊長的時候。」

聽見伊雷文面無表情地這麼回答，劫爾滿臉受不了地擺擺手，示意他「快去道歉」。伊雷文看了也知道這下無法寄望他幫忙求情，於是停下腳步。

劫爾聽見背後傳來他怨恨不平的聲音。

「大哥是小氣鬼！」

「那傢伙剛才說你太吵了，叫你別來。」

「咦，真的假的?!隊長真的這樣講喔?!」

這個小玩笑把伊雷文耍得團團轉，劫爾沒再回話，逕自走進巷子深處。

入夜之後，這些狹窄的街道上總有風塵女子排排站，門縫裡流洩出香艷的鶯聲燕語。但這些聲響現在都還聽不見，劫爾默默走在人跡稀少的空蕩巷子裡。

後街本來就是晚上最熱鬧，被稱作地下商店的那些攤販和店鋪，大多也只有在夜晚才會出現。但劫爾正要前往的那間商店例外，也不能說它白天一定會營業，只是因為開店時間並不固定，因此現在也可能在營業中。

無數遮擋道路的布塊懸吊於巷子上空，一路上劫爾不時厭煩地撥開它們。出了巷子，視野忽然開闊起來，眼前是一座狹小的廣場，中央有座乾涸的噴水池。歪斜的巷子以廣場為中心，向四面八方延伸出去，小巷中四處散見地攤。

『各國通行證（非偽造）』

『遺物收購』

他看也不看地走過那些可疑招牌，拐進經過掩藏的巷子。入口十分狹窄，但巷內的寬度還足夠兩個人擦肩走過。有攤商坐在地上擺攤，大概是想騙取過路費吧，劫爾嫌他們擋路似地跨過那些地攤。

「（那傢伙要是知道了一定想來看看。）」

他漫不經心地想著，繼續往前走。

這時，他忽然感覺到蘊藏寒氣的風吹過頰邊。前方的巷道霎時間開始急速凍結，彷彿拒絕萬物一般，空氣中傳來啪喀啪喀的結冰聲，冰刃從四面八方襲來，攤商四處逃竄，劫爾蹙起眉頭，拔劍出鞘。

冰柱即將觸碰指尖的瞬間，他揮劍一砍。冰柱發出尖銳的聲響碎裂，碎片在半空飛舞，巷子裡頓時有如下起了雪。

「……那小子在這裡幹什麼……」

劫爾嘆了口氣，邁開腳步。

再往前走恐怕會碰上冰刃的源頭，但也沒必要刻意繞路。他喀啦喀啦踏著碎冰走了一會兒，便看見預料中的人物淡然站在巷子正中央。

那人面前有一名男子，下半身和一條手臂都被冰塊埋在牆上。絕對零度的冰帶來痛楚，男子不時發出哀號，但劫爾看也沒看他一眼，事不關己地開口。

「你連控制自己的魔力都不會？」

「這種地方又沒有良民，波及他們有什麼關係？」

那雙看向這裡的青色眼瞳，宛如沒有倒影的湖面。他一如往常面無表情，語調毫無起伏，好像那名困在冰塊裡的男子並不存在。

史塔德轉而看向劫爾身邊，確認過他身後，接著失去興趣般移開了視線。大概只有利瑟爾能從史塔德面無表情的臉上讀出情緒，劫爾一向這麼覺得，不過剛剛的舉動連他也看得懂：既然利瑟爾不在，這小子就無意搭理他了。

「你要找那傢伙？他臥病在床。」

「立刻給我解釋清楚。」

正要移開的視線又重新凌厲地射向劫爾。

「宿醉。」

下一秒，史塔德揪住了困在冰塊裡那名男子的襟口。男子咬緊牙關，狠狠回瞪那雙冷淡的眼睛，揚起自由的那隻手臂還擊，一把冰刃卻伴著毫不掩飾的殺氣抵住他的咽喉，逼得他停下動作。

銳利的觸感彷彿這一刻就要切開他的喉嚨，男人咽了咽口水。

「我臨時有急事，現在交出兩張公會座椅的賠償費用我就放你走。不然你以為留你一隻手臂自由是做什麼的快掏錢啊人渣。」

劫爾一瞬間掌握了事情的來龍去脈。簡言之，眼前這名男性冒險者破壞了公會的所有物，卻四處逃竄不願賠償。

假如史塔德人在現場，這人早就被他肅清了。但因為他從來不主動休假，這一天其他職員也拿出了刻意累積下來的採買清單，半強制地派他出去買東西充作休假。今天採買完畢，回到公會之後，他聽說了公會的受害情況，才特地追著這男子來收錢。

休假日還忙這個真辛苦，劫爾半無奈半佩服地想道，看著史塔德恐嚇取財順利得手。這麼說有點難聽，但實在沒有其他方式可以形容。

「我、我錯了……」

男子顫抖著手取出一個布袋，史塔德接過袋子，確認過內容物之後分毫不差地取回了賠償金額。男子交出的金額好像多了一些，他還從自己的錢包拿出零錢找給男子，畫面非常詭異。

接著，史塔德點了一下頭，腳尖踢了冰塊一下。困住男子的冰塊隨之裂開，散落地面。

「他在旅店？」

「嗯。」

男子趴倒在地瑟瑟發抖，史塔德對他不屑一顧，直接往這裡看過來。

「處理完椅子的事情我立刻過去探望，麻煩告訴我他有什麼想要的東西。」

「他本人說沒食欲，但你還是帶點吃的過去吧，你送的他就會吃了。」

幽暗的巷子裡，一邊是凶神惡煞到了極點的男人，另一邊是冰冷面無表情的人，還有倒在他們腳邊的男子……他們的對話在這種狀況下顯得和平過頭了，但也沒人吐槽。

「（不過，這小子確實是變了。）」

劫爾在對話當中心想。

利瑟爾說得沒錯，史塔德變得更從容了。話中帶刺是他的個性使然，這點雖然沒變，但和以前一看他不順眼就緊咬不放的狀況相比，已經是不小的變化了。

話雖如此，史塔德本人似乎沒有注意到自己的轉變；劫爾原本就是隨便打發掉他，因此對他來說也沒什麼差別。他這麼想著，瞥了倒臥地面的男人一眼。

「那我走了。」

「嗯。」

史塔德平淡地說道，彷彿在說找他已經沒事了，劫爾聽了也隨口回應。巷子總算淨空，劫爾也邁開腳步，擦肩走過一身筆挺制服，站在暗巷裡一點也不搭調的史塔德身邊。

「——死小鬼，老子絕不原諒……！」

充滿憎惡的說話聲傳入耳中，視野邊緣閃過鈍重的光，劫爾嘆了口氣。經過趴在地上的男人身邊的瞬間，他朝著跨出的腳底稍微使勁。

喀啦一聲，什麼東西折斷的悶響，隱忍不住的慘叫。從男人手中掉落的，是某種意義上他已經看慣的槍枝，但比利瑟爾的魔銃更小一些。無論如何，火槍擊發之後他的手臂也會斷掉，先被踩斷也沒什麼差別。

劫爾就這麼繼續往前走，好像什麼事也沒發生似的。男子在他身後吼叫，但他沒興趣，頭也不回地離開。

「（雖然那小子也不需要我多管閒事。）」

即使放任不管，史塔德也可以自力解決，確實是他多事了。但本人分明注意到劫爾的行動，還是事不關己地離開，可見對於劫爾的行動應該沒有不滿。這等於替他減少了前往利瑟爾身邊之前的時間損耗，這也是當然的。

雖然僅限於「利瑟爾身邊的自己人」，但現在自己竟然會做出這種事，表示他也變了吧。和史塔德不同，他對此有所自覺，劫爾想到這裡蹙起眉頭，往目的地那家商店走去。

運氣不錯，這間不定期營業的商店今天開著。

一扇厚重木門嵌在幽暗小巷的牆面上，旁邊那盞不亮的路燈下方，有面刻著熟悉店名的金屬招牌。

劫爾眼角餘光看著這些東西，握上門把。木門發出吱嘎聲打開來，店鋪內的情景展露眼前。陰暗狹小的店面點著好幾盞油燈，裡頭雜亂無章地擠滿了各種用途、種類各異的骨董。

店鋪深處，色澤光潤的木桌另一頭，坐著兩個人——兩個人，卻擁有同樣臉孔。這間商店的店主頂著如出一轍的面貌，兩雙目光炯炯的眼瞳凝視著鮮少上門的客人。

「是一刀呀。」

「是一刀呢。」

二人靠著臉頰，嬌艷地輕笑，她們頭上各有一對擺動的三角形耳朵。

帶有光澤的黑耳朵，一人摺耳，一人立耳，二人之間唯有這點不同。蠱惑的唇瓣勾起嘴角，柔美的體態，光線照耀下收縮的瞳孔。最明顯的是從肢體延伸出來的細長尾巴，顯示出她們是貓族獸人。

她們彎起尾巴，招手似地動了動，劫爾見狀走近她們二人，一路上對店裡的東西沒有表現出任何興趣。

「你最近都好少過來喲。」

「不過來我們好寂寞喲。」

「妳們又不是沒有其他金主。」

兩個貓女貼在幾乎碰觸彼此唇瓣的距離吃吃竊笑。

她們靠著彼此的耳朵，經過精心打理的紅色指甲掩著嘴，說悄悄話似地耳語。每說幾句便響起一陣笑聲，銀鈴般在空氣沉悶的店裡迴響。

劫爾蹙著眉頭，等待她們說完。催促對她們是沒效的。

「不行呀，其他客人總是滿口抱怨呢。」

「還是要價多少就付多少的你最好了。」

二人擺在桌上的手指彼此交纏，同時偏了偏頭。她們碰著彼此的頭，睜著大眼睛抬頭望過來，劫爾敷衍地喃喃回了句「是喔」。

被她們大言不慚地認定為肥羊了，但他並不介意。雖然只買菸，但他在這間店裡花了不少錢是事實。

「老樣子。」

「一盒金幣十枚喲。」

「十支金幣十枚喲。」

他不是不願付錢，只是老實說，開出市價十倍的價錢實在令人咋舌。這是市面上鮮少流通的東西，沒有管道的冒險者捧著再多錢也買不到，所以這價錢也不能說完全不合理就是了。這間商店裡賣的全是這種東西。

她們毫無疑問超收了誇張的價錢，一定也有許多客人無法接受。在地下商店，殺價是常識，而且威脅恐嚇也是家常便飯。

「有多少我全買了。」

但劫爾一次也沒抱怨過，他抓起金幣堆在桌上。

「現在只有五盒而已喲。」

「一共是五十枚金幣喲。」

面對成堆的金幣，二人面不改色地撐著手肘，雙雙抬起眼看著劫爾。

她們的眼睛彷彿看穿一切，但對於劫爾來說，這種眼眸早已司空見慣，他面不改色地回望。兩雙眼睛眨也不眨，挑釁地瞇細，在油燈照耀下的兩對黑耳朵轉向這裡。

她們有什麼話想說？劫爾皺起眉頭，她們畫著口紅的唇瓣勾成弧線。

「接客的女孩子說，你變圓融了呢。」

「究竟是誰拔了你的刺呀？」

「客人說，一刀終於被人馴養了呢。」

「究竟是誰馴養了你呀？」

她們相視而笑，望著彼此開口。

「「但比起從前，我反而更害怕現在的你喲。」」

她們一人一邊捧起五盒香菸，一口氣咚一聲擺在桌上。

劫爾收下東西，一邊將它們收進腰包一邊轉身折返。事情辦完了，他沒什麼話好說，就這麼跨出店外，走進比店裡明亮太多的暗巷。

兩位美麗的貓族獸人目送他的背影離開。店內恢復一片寂靜，油燈映出搖曳的火光。

二人交纏起彼此靈活的尾巴，自言自語般開了口。

「因為從前的你既沒有激情也沒有衝動呀。」

「沒有人讓你感興趣到足以懷抱這些情緒呀。」

木門發出吱嘎聲隔離了外界，她們在這個獨立的空間裡笑了。

「「你遇見了解開這道枷鎖的人，所以才可怕呀。」」

沒有任何理由運用自己強大力量的男人，遇見了唯一一人，從此再也不猶豫發揮那份力量。說劫爾變圓融的那些人，到底知不知道這件事？

「很可怕呢。」

「好可怕喲。」

對望著與自己全然相同的眼睛，二人朝著隨意堆置在桌上的金幣伸出手。

後來，劫爾辦完了各項事情回到旅店，迎接他的是與早晨截然不同的光景。

「……這是在幹嘛？」

「他們在照顧我。」

利瑟爾坐在床上微笑道，看來身體狀況稍微好了一些。賈吉一臉擔心地坐在他身邊的椅子上，一下子為利瑟爾蓋被子，一下子為他奉上溫度適中的水，手上還捧著擺盤精美的水果。

另一側則是史塔德，他坐在床沿，目不轉睛地看著利瑟爾。最令人費解的是伊雷文，他不知為何坐在房間一角的地板上，面對著牆壁，背影滿是哀怨。

「利瑟爾大哥，你還是再躺一下比較……啊，多流點汗比較好，請喝水吧。一定要吃點東西才行，但水果你也只吃了一點點……該、該不會是味道不好……？」

「不是的，沒那回事。」

看見賈吉眼眶含淚，利瑟爾露出苦笑，接過他遞來的叉子。

他恐怕還沒有食欲，但帶來水果的史塔德死命凝視著他，賈吉也滿臉擔憂，眼淚好像要掉下來了。

這下利瑟爾可沒辦法拒絕了。也不枉費他建議史塔德帶吃的來了，劫爾心想，反手關上門。

「你看起來好一點了。」

早上蒼白憔悴的臉色已經逐漸復元，劫爾的手掌覆上他的額頭，確認他沒有發燒。看來明天應該就能康復了。

「所以呢，為什麼這麼熱鬧？」

「史塔德帶著賈吉一起過來探望我呀。」

「史塔德突然跑到店裡來，叫我告訴他病人該吃什麼比較容易入口，嚇我一跳……」

原來如此，看來是那時候聽說利瑟爾不舒服，所以賈吉也跟來了。

順帶一提，因為史塔德忘了告訴他利瑟爾是宿醉，所以賈吉一進房間，看見利瑟爾臉色那麼蒼白，一下子大驚失色。幸好他還來不及叫出聲，史塔德便動用蠻力讓他閉嘴，利瑟爾因此順利避免了頭痛。

「接著伊雷文就過來了，我正在教訓他。」

「這是在教訓？」

「我想了一點巧思，叫他不准說話，面壁正座，直到我說好為止。」

「正座？」

「就是像他那樣跪坐的姿勢。」

「喔。」

他沒聽過，不過看就知道這坐姿很拘謹。伊雷文個性坐不住，也不喜歡乖乖保持安靜，平常總是為所欲為，與忍耐無緣，對他來說這簡直是酷刑吧。

而且還沒有時間限制，在利瑟爾喊停之前都必須維持那個姿勢，精神上也是一種折磨。剛才開始史塔德一直和利瑟爾貼得很近，還不斷淡漠地跟他搭話，目的大概也是為了挑釁伊雷文。

「這傢伙很能忍嘛。」

「那個白癡已經忍不住發飆過了。」

伊雷文沒料到自己的忍耐力會遭到持續考驗，在史塔德的挑釁下氣得發飆過一次了，但利瑟爾又叫他回去反省，他只好一直忍到現在。在他發火前好像沒有不准說話的規定，那是在他違反規定之後毫不留情加上去的。

「自作自受活該。」

「因為你做了讓利瑟爾大哥不高興的事情嘛……」

「你做事不考慮後果才會這樣。」

接二連三的指責聽得伊雷文額頭上爆出青筋。

「──吵死了給我閉……啊……」

他猛地轉過身，一回頭卻看見利瑟爾的微笑，伊雷文頓時僵在原地。史塔德全力散發出恥笑的氛圍，賈吉滿臉抱歉地「啊」了一聲，劫爾的神情則滿是無奈。沐浴在全場的目光當中，伊雷文嘴角抽搐，視線一刻也沒從利瑟爾身上移開。

「嗯……」

利瑟爾若有所思地別開臉，劫爾見狀嘆了口氣。他不可能沒注意到伊雷文內心汗如雨下，只是最後再賣個關子做為報復而已。

「伊雷文也很努力了，懲罰就到此為止吧。」

伊雷文興高采烈地站起身，馬上和史塔德展開無聲的殺氣攻防。利瑟爾好像完全沒注意到，繼續吃著水果；同樣身為「殺氣？那是什麼？」的人種，賈吉也看著利瑟爾，高興地笑了。

這傢伙還是一樣寵自己人。劫爾想道，轉身走向門口，準備從這個吵雜的空間撤退。有這麼多人在，照顧利瑟爾的人手也夠了。

「劫爾。」

「啊？」

「謝謝你。」

這是為了什麼事情道謝？

對上那雙看透一切的眼瞳，儘管不可能，他還是錯覺自己的所有行動都在利瑟爾掌握之中。這種事一般應該令人反感，不可思議的是他完全不覺得厭惡。

既然獲得了感謝，表示自己多少滿足了他的期待吧。那就好，劫爾走出房門，嘴邊隱約帶著笑意。

65

宿醉臥床的隔天。

利瑟爾的身體狀況已經好轉許多，不過還是想避免劇烈運動，因此打算看書度過這一天。他一手拿著書走出房間，這畢竟不是拋開理性的讀書週，一直窩在房裡未免太無趣了。

到常去的咖啡廳好了？利瑟爾想著，正要走下階梯時，碰巧與走上樓來的女主人四目相對。

「啊，利瑟爾先生，你來得正好。」

「找我有事嗎？」

「有你的信，也不知道什麼時候拿來的，就擺在玄關的椅子上。」

利瑟爾跟著折返的女主人走下階梯，接過了那封信。

信封黏得很牢，正面只畫了一個箭頭，寫著「貴族」兩個字，是「貴族收」的意思？女主人大概想也沒想就判斷這封信是給利瑟爾的，應該稍微猶豫一下才對吧？利瑟爾忍不住想。

「也沒寫寄件人是誰呢。」

「是啊，感覺有點恐怖哦……」

話雖如此，住在這間旅店又有「貴族」之稱的就只有自己一個人，這也沒辦法。利瑟爾露出苦笑，隨手將那封信夾進手上的書裡。至於他為什麼不把書收進腰包？只能說他現在是想把書拿在手上的心情。

「謝謝妳，女主人。」

「如果是什麼奇怪的信，你就不要理它喔！」

一闔上書本，薄薄的信封便完全消失在書裡。看見女主人擔心的模樣，利瑟爾微笑向她保證沒有問題，然後走出旅店。

「（該到哪裡讀書好呢？）」

他手上那本書，是上次伊雷文為了參加宴會拿來條件交換的古書。利瑟爾一開始就覺得解讀過程會是場長期抗戰，因此在閱讀其他書籍的空檔持續解讀，但直到現在還無法得知其中的內容。

今天就好好靜下來深入解讀也不錯，得找個可以久坐的地方閱讀才行，他想。

「（空間舒適，可以專心集中注意力的地方……）」

真期待。利瑟爾雀躍地走在街上，一群孩童跑過他身邊。

不曉得是要到學舍，還是去玩耍？經過他身邊的是那些認識的孩子們，一注意到利瑟爾，他們急忙停下腳步，回過頭來用力揮著手。

這是不必回應的招呼，但利瑟爾還是揮揮手回應。孩子們看了露出開心的笑容，又跑走了。

同時，小孩子響亮的笑聲傳入耳中，宿醉已經恢復真是太好了，他忍不住有所感慨地想。這都要歸功於賈吉昨天妥適又盡心盡力的看顧。

「（啊。）」

他忽然想起一個地方。

從前，賈吉曾經領著他進入店鋪深處的舒適空間。沉靜的氛圍，舒服的椅子，他面露喜色端出來的紅茶和肉桂餅乾也是極品。

賈吉總是告訴利瑟爾，隨時都歡迎他過來。利瑟爾明白這不是客套話，也知道把這當成社交辭令會傷了賈吉的心。賈吉一定會徹底發揮他經商的手腕，在不影響生意的情況下完美款待他的。

而且在賈吉的店裡，不論書讀得再怎麼專心也不必顧慮周遭的情況，越想越是理想。

「（不知道賈吉在不在。）」

他能輕而易舉地想像那位高䠷的店主在商店裡勤快忙碌的模樣，嘴角多了幾分笑意。利瑟爾瞥了手上的書本一眼，決定轉而前往賈吉的道具店。

聽見利瑟爾說想借店裡的空間一用，賈吉樂意之至地將他迎進後頭。

「那就，那個……請慢慢坐……！」

「謝謝你。」

賈吉垂下眉毛，高興地露出軟綿綿的笑容，利瑟爾也向他道了謝。

記事用的紙張、光澤墨黑雅致的黑筆優美地陳列在利瑟爾眼前。一旁準備了紅茶，精緻的銀托盤上盛著精準切成黃金比例的生巧克力，巧妙擺在不打擾閱讀，但伸手可及的距離。

「賈吉，你真會款待客人。」

「沒有，別這麼說……」

看見賈吉立刻準備好這些東西，利瑟爾佩服地讚嘆。賈吉露出害羞的笑容，又回到店裡去了。由於這是為了冒險者開設的道具店，這個時段的客人並不多。

「（是他親手做的嗎？）」

目送賈吉離開，利瑟爾拿起托盤旁附上的小叉子，叉起一塊巧克力放入口中。甜度意外的內斂，和想像中一樣美味。

不愧是賈吉。利瑟爾心想，攤開書本低下頭，一縷髮絲滑落頰邊。之前的解讀成果只分辨出圖解和文章部分而已，希望今天可以釐清詞彙的單位。

利瑟爾鼓起幹勁，將書本翻到準備解讀的那一頁。

賈吉回到店裡，呼出一口氣。

他按著浮躁的胸口，明明沒有人看見，卻開始打掃店裡掩飾心情。要是不這麼做，臉頰好像就要不受控制地露出傻笑了。

「（感覺就像跟利瑟爾大哥很親近一樣，好高興……！）」

再怎麼忍耐，喜悅還是一點一滴湧上心頭，這麼想太厚臉皮了嗎？但是……他在心裡為自己辯解。利瑟爾為了找地方看書，隨意來到自己的店裡，此舉彷彿視他為朋友或夥伴一樣親近，賈吉甚至有點感動。

賈吉擁有優異的鑑定眼光，專長雖然在於鑑定物品，但身為商人，他看人的眼光也有獨到之處。他知道利瑟爾並不是待誰都同樣親切。

倒不如說，利瑟爾或許是與人保持距離，卻又不讓周遭察覺的那種個性。他絕不闖入別人的領域，也不會允許別人走入內心。正因如此，賈吉受到他接納的喜悅更是成倍增長。

在賈吉心目中，利瑟爾是理想的大人。

「（好令人嚮往哦……）」

氣質清靜高貴，舉手投足又洗鍊優雅，不論發生什麼事都保持一貫沉穩的微笑，從沒見過他狼狽失措的模樣。他確實保有自己的想法，卻不會將之強加於人，反而持續向周遭人們學習。

交談起來也覺得他不會過度主張自己的看法，自然而然營造出對方容易開口的氛圍。利瑟爾並不算是容易親近的人，但待在他身邊相當令人安心。意想不到的是，利瑟爾其實滿有行動力的，有時候行為又難以預料，所以相處起來時常被他嚇到，但就連這一點也轉化成了教人移不開目光的魅力。

「最重要的是，他還能說服劫爾大哥和伊雷文接受自己的意見……」

賈吉喃喃自語，脫口說出那二人的名字。劫爾和伊雷文都討厭別人對自己的行動指手畫腳。

劫爾有時候會獨自造訪這間道具店做鑑定。忘了什麼時候聽他說過，這是因為萬一被利瑟爾看見，「他會鬧彆扭」。回想起利瑟爾帶來的那些充滿個性、某種意義上相當罕見的迷宮品，賈吉也不得不同意。和從前比起來，總覺得劫爾也更容易親近了，但賈吉還是怕他。

至於伊雷文，則是時不時跑到店裡來叫他做飯給他吃。他總是把賈吉烹調的大量料理連著甜點吃個精光，心滿意足地離開，是個隨心所欲、為所欲為的人。

「（我也不算是個性強勢的人，但也要有商人的樣子，堅持自己的意見才行……！）」

面對那二人，利瑟爾卻能帶著和煦的微笑，說服他們接受自己的意見。賈吉雖然有個個性豪放的祖父，卻生性怯懦，對他來說，利瑟爾是值得尊敬的人物。

說利瑟爾是自己的目標好像顯得太不知分寸了，但只是參考一下應該沒有關係吧。賈吉的首要目標，就是學習他那種無論遭到什麼人糾纏，都臨危不亂的從容態度。

「（啊，剛才為利瑟爾大哥泡了上次他說懷念的那種紅茶，但真的好嗎？是不是該選現在當季的茶葉比較好……）」

賈吉忽然在意起這件事，手邊的動作也顯得心神不寧，看來距離目標還很遙遠。

中午，店裡的客人正好都離開了。

該吃午餐了，賈吉關上店門，趕緊走向店舖深處。他悄悄打開門，往裡面一看，利瑟爾還保持著和剛才完全相同的姿勢低頭看書。

沒有笑容的表情、低垂的眼睛，賈吉在心裡發出謎之讚嘆，躡手躡腳踏進房裡。巧克力和紅茶都有所減少，看來不至於不合利瑟爾的胃口，他鬆了一口氣。

「利瑟爾大哥，午餐時間到了……你有什麼想吃的東西嗎？」

他看書看得相當專注，賈吉喊他之後，利瑟爾沒有馬上抬起視線，過了數秒才忽然抬起頭，眨了眨眼睛。他看看賈吉，又看向窗外，才發現已經到了這個時間，於是放下書本。

「連午餐都讓你招待沒關係嗎？」

「當然，只要利瑟爾大哥不嫌棄……！」

「謝謝你，那我就不客氣囉。」

看見利瑟爾露出微笑，賈吉也一下子笑了開來。利瑟爾說菜色都交給他決定，賈吉於是連忙開始準備，心裡一邊想著該煮什麼才好。

如果只有他自己一個人，隨手弄個早上的剩菜就解決了，但有利瑟爾在可不能馬虎。其實利瑟爾一點也不介意吃早餐的剩飯，可是賈吉本人無法接受。

他伸手去收拾桌上那壺紅茶和盛裝巧克力的托盤，利瑟爾也啪答一聲闔上書本。

「咦？」

書本闔上的瞬間，有什麼東西掉了出來，它滑過桌面，差點掉到地上，賈吉趕緊伸手壓住。

「利瑟爾大哥，有東西掉了耶。」

賈吉無意間看了一眼手上的東西，是一封平凡無奇的信。信封正面畫了一個箭頭，只寫著「貴族」兩個字，大概是寫給利瑟爾的吧。賈吉皺起眉頭。

竟然用這麼簡陋的信封，寄件人到底在想什麼？要是換做自己，一定會使用設計富有巧思、獨一無二的迷宮品信封，小心翼翼、端正均衡地寫上收件人的名字……賈吉忿忿地想著這些有點離題的事情。

「對了，都忘了有這封信。」

看見他伸出手，賈吉交出信封，利瑟爾一派稀鬆平常地拆了封。

「聽說是早上在旅店的椅子上發現的。」

「咦，這……不是有點可疑嗎……」

利瑟爾就在賈吉憂心的凝視當中攤開那封信。利瑟爾讀信的表情平靜無波，看來並不是什麼大不了的信，賈吉放下心來。

收件人的寫法雖然有點怪，但他也常聽見街頭巷尾稱呼利瑟爾為「旅店貴族」，也不到不合常理的程度。究竟是惡作劇，還是什麼報告事項，又或者一反信封髒汙的外觀，其實是一封情書呢？儘管知道偷看不太恰當，賈吉收拾茶壺的時候還是瞄了信紙一眼。

『你的同伴在我們手上，要我們放人就在晚上六點鐘響的時候，一個人到指定的地方。』

利瑟爾點點頭，把信紙摺好。

「這麼說來，你之前煮的培根蔬菜燉湯非常美味呢。」

「啊，那今天就做這個吧。」

賈吉愣愣點了個頭，茫然走向廚房。

他從食材專用的保存庫當中取出整塊的培根。這個保存庫是迷宮品，食材放在裡面就不會腐敗，但是目前確認過的同種類保存庫尺寸都偏小。

將培根切成有點厚度的小塊之後，放入倒了橄欖油的鍋子裡。一邊聽著劈里啪啦爆出油花的聲音，將培根炒至金黃色，然後把這段時間迅速切好的蔬菜全部放入鍋子裡，和橄欖油拌勻炒熟。

鍋中飄出培根煎熟的香味，賈吉在思考完全停止的狀態下，熟練地將水加入鍋子裡。他仔細舀起雜質，然後拿出一瓶他以獨家配方製作的高湯素，拿湯匙加進鍋子裡。

「（在我們手上……在手上？在手上要……做什麼……）」

趁著熬煮鍋中食材的時間，賈吉將今早做好的麵包放進爐裡重新溫熱。

等到食材都燉軟了，他往鍋裡撒上胡椒鹽，接著從保存庫拿出香腸加進湯裡。再稍微燉一會兒，然後盛盤撒上香芹就完成了。

利瑟爾不知何時又讀起書來，賈吉在桌上擺好餐具，小心不打擾到他。他將培根蔬菜燉湯、切成等分的麵包、沾麵包用的小碟橄欖油，還有湯匙都擺到餐墊上，這時利瑟爾注意到餐點的香氣，微笑著闔起書本。

「看起來真美味。」

「謝、謝謝誇獎……」

「那我開動囉。」

確認賈吉坐到他對面，利瑟爾拿起湯匙。

「嗯，果然非常好吃。」

利瑟爾稱讚道。看見他甜美的眼神和微笑轉向自己，賈吉終於露出軟綿綿的笑容……但下一秒，他卻維持著那張笑臉，臉色一下子刷白。

「利、利瑟、利瑟爾大哥，信，剛才那封信……」

「你想要嗎？」

「不、不需要……！」

利瑟爾明明知道他想說什麼，卻揶揄似地這麼說，賈吉都快哭出來了。他苦惱地想，自己這種反應難道很奇怪嗎？

那顯然是恐嚇信，而且是太過露骨的典型恐嚇信。

「好了，賈吉，再不吃就要冷掉囉。啊，這個麵包也好好吃。」

「啊，麵包請沾著旁邊搭配的橄欖油食用……不對，絕、絕對不能去哦，利瑟爾大哥！拜託不要去！」

「別擔心，你先冷靜下來吧。」

賈吉接過利瑟爾端給他的水一口灌下，試圖讓一片混亂的腦袋冷靜下來。涼水流下喉嚨的感受稍微鎮定了心神，雖然他還是很不知所措。

他聽利瑟爾的話，也喝了一點燉湯。雖然做得匆忙，味道還算不錯，他鬆了口氣。難得要煮給利瑟爾吃的東西，老實說他想煮些更講究的料理，但總不能讓利瑟爾空著肚子等。

「（既然利瑟爾大哥說沒問題，那就沒問題吧？）」

賈吉放鬆了肩膀，利瑟爾彷彿在等待他冷靜下來似地在這時開口。

「說到我的同伴，你首先想到的是誰？」

「咦？這個嘛……劫爾大哥，還有伊雷文。」

「那麼，請你想像一下那兩個人被抓住的情形。」

聽著利瑟爾溫柔敦促的說話聲，賈吉嚼著麵包思考。

為了把他們抓走，應該會想辦法催眠他們吧，想到這裡，賈吉一下子臉色刷白。但他想像中的那二人首先會避開催眠行動，即使奇蹟般無法避開，無論被下了毒還是遭遇任何暗算，他們都一樣生龍活虎。賈吉臉上又恢復了血色。

為了拘束他們，應該會用繩子之類的東西把他們綁住吧，想到這裡，賈吉一下子臉色刷白。但他想像中的劫爾能夠輕而易舉扯斷繩索，伊雷文也會用暗藏的小刀割斷繩子。賈吉臉上又恢復了血色。

萬一對方拿利瑟爾的事情來要脅，他們應該無法抵抗吧，想到這裡，賈吉一下子臉色刷白。但聽見對方口中說出利瑟爾名字的瞬間，他想像中的二人就瞬間將對方殺得血肉橫飛了。賈吉臉上又恢復了血色。

「……不太有辦法想像耶。」

「對吧？」

利瑟爾氣定神閒地撕開麵包，賈吉也點點頭放下心來。

他不經意地想，雖然完全不可能發生，但萬一劫爾和伊雷文之中有一個人，或者他們兩人都被抓走，利瑟爾會答應赴約嗎？

恐怕不會吧。賈吉這麼猜測，但他還是跟隨自己的好奇心問出口。

「利瑟爾大哥，就算劫爾大哥他們被抓，你也不會去吧……？」

「是呀。假如他們真的被抓住，要不是在玩，就是有什麼計畫吧。」

打擾他們的興致也不好，利瑟爾答得乾脆。他這麼說，想必是出於對那二人絕對的信任。有點羨慕呢，賈吉在心裡喃喃說道，開心地露出軟綿綿的笑容。利瑟爾不會身陷險境就太好了。

「咦，但是……這樣的話，信上怎麼會寫『在我們手上』……」

「我想，應該只是計畫綁架他們而已吧。距離指定的時間還很久，可能是打算在時限之前抓到人質吧。」

「好、好隨便哦。」

「畢竟人質拘束在身邊越久越不利呀。」

也有可能是期待他誤會某個熟識的人已經被抓走了。對方要是這麼想實在太瞧不起他了，利瑟爾有趣地笑了。

「對方一定覺得微服四處閒晃、不諳世事的貴族，一定會立刻怕得說什麼都照做吧。」

聽見這句話，賈吉疑惑地偏了偏頭。照利瑟爾的說法，聽起來好像嫌犯一心以為他是個如假包換的貴族一樣。

在這座王都裡，知道利瑟爾住哪間旅店的人都早已知道他是冒險者了。既然如此，寫出這封恐嚇信的應該是最近剛來到王都的人？這麼做恐怕是為了錢……賈吉絞盡腦汁思考，忽然有什麼東西撫上他的額頭。

「利瑟爾大哥……？」

他低垂著臉龐，顯得有點駝背，利瑟爾的指尖緩緩推他，要他抬起臉來。賈吉害羞地別開視線，順從地抬起下顎，坐直身子，碰不到他額頭的手指便離開了。

他依依不捨地稍微探出身子，利瑟爾於是讚許地又摸了摸他的額頭，指尖從額頭滑下他的臉頰。賈吉瞇起眼睛，懷著安適的心情接受他的撫觸。

「只是，要是他們對你出手就傷腦筋了。」

「咦……？」

賈吉眨眨眼睛，探詢地看向他。在利瑟爾收回的那隻手後頭，紫晶色的雙眼閃動甜美的光彩，真摯地看著這裡。

「史塔德有能力自衛，但我有點擔心你。」

這話的意思是——賈吉才剛這麼想，便倏地抽開身。

他低著頭，使勁將背脊抵在椅背上，忍不住抬手掩住自己的臉。另一隻手緊緊抓著桌巾，彷彿死命忍耐著什麼，隨之響起餐具輕微碰撞的聲音。

他想掩飾自己瀕臨顫抖的手，但雙手不聽使喚，只是在原處繃得死緊卻動也不動。他的眼角發熱，淚水自然而然盈滿眼眶，他忍著不讓它流下。

「（這不就……表示……）」

自己起了這種反應也是不可抗力，賈吉拚命壓抑住湧上心頭的衝動。

都是利瑟爾不好，是他的說法不對。這次被盯上的是「利瑟爾的同伴」，不必擔心劫爾和伊雷文，史塔德也有能力自衛所以沒有問題，然後……利瑟爾竟然說，要是他們對自己下手就傷腦筋了。這麼說豈不是好像……

「……為……什麼……！」

「嗯。」

賈吉勉強擠出的嗓音有點嘶啞，微微顫抖。利瑟爾那聲溫柔的回應，絕不是要他繼續說下去的意思，而是理所當然的肯定。就像在告訴賈吉，至今為止他一直是這麼看待他，他願意肯定賈吉心裡所有的期待。賈吉覺得自己的臉，甚至頸子都好燙。

「關於這封信，和我有關的就只有你們而已。」

一定有許多人會批評利瑟爾冷酷，抨擊他擁有救助人質的力量就應該不分對象，出手救人。但正因如此，他這番話才讓賈吉高興得想哭。

自己肯定也是應該遭到譴責的人，賈吉嚥了嚥口水，硬是壓制住喉頭的震顫。利瑟爾說出了他的想法，自己也必須告訴他才行。賈吉緩緩放開掩著臉的手掌。

「我……沒有……問題的。」
「賈吉？」
「不用擔心我，所以……！」
他抬起低垂的臉龐。
二人四目相對，利瑟爾敦促般微微一笑。賈吉用力吸了一口氣，豎起眉毛說道：
「請你不必擔心任何事情，盡情在這邊讀書吧！」
賈吉下定決心這麼宣告，利瑟爾聽了眨眨眼睛，露出意想不到的笑容。

真是個輕鬆牟取暴利的工作。到了晚霞與夜色在天空中各據一方的時刻，一名男子看著某間道具店笑著這麼想。
貴族乖乖待在王國的頂點裝腔作勢不就好了，偏偏無論哪個國家，都有貴族愛跑到城下閒晃，不曉得是想體會優越感，還是想光明正大獲得庶民崇敬。只要瞄準這些傢伙就能賺到大筆金錢，太輕鬆了。
綁架貴族並非上策，會驚動一大票騎士、憲兵出來救人，即使想辦法拿到錢也逃不掉。最棒的下手目標，是和貴族交好的城下庶民。
綁架庶民，要求貴族支付贖金。縱使要求大筆金額，對於貴族來說都是零頭，大部分情況他們都會爽快付錢。只要別直接對貴族下手，出動的憲兵人數並不多，立刻就能逃到國外。
說到底，會在城下亂晃的貴族根本沒有足以使喚騎士的地位。頂多花個半天，輕鬆就能賺到大錢。

「貴族大爺咧？」

「一樣，甩開護衛單獨行動。真是的，貴族全是些和平日子過太久的呆子。」

「他泡在獵物家正好。只要在他眼前拿劍抵著他親近的店主，他肯定馬上吐錢啦。雖然對那些還在等人質的傢伙有點不好意思，咱們還是直接在這搞定吧。」

一旦「工作」過一次，他們就不能繼續待在同一個國家。

這些男人從一國輾轉到另一國，剛抵達王都就找到了絕佳的獵物。那是個微服出遊還住在旅店的奇怪貴族，得趁著他還沒有離開市街之前完事，速度決定一切。

他們不費多少力氣就打聽到與那個貴族親近的人，是某道具店的店主，看起來一副懦弱樣。男人們確信計畫將會成功，用布覆蓋住自己不禁露出扭曲笑容的嘴巴。

緊接著，他們躍出原本躲藏的小巷，推開目標店舖的門猛衝進去，舉劍指著對方。

「不准動！」

店裡只有身材非常高眺的店主一個人，他嚇一跳回過頭來，看起來就是個和糾紛無緣的普通人。動搖的神色一瞬間閃過那雙眼睛，接著店主不甘示弱地瞪了過來，和他的氣質一點也不搭調。

「喂，這裡有個貴族吧！把他交出來！」

「不曉得那個貴族大爺會為你出多少錢？你可要拚命求情，免得他丟下你不管啊！」

男人們高聲大笑，沒有注意到他們的獵物緊緊握住了拳頭，壓抑渾身的顫抖。

「……絕對是劫爾大哥比較強，伊雷文也比他們更壞。」

「啊?!這傢伙在碎念什麼啊？」

「你給我閉嘴把貴族交出來！」

男人們威嚇道，舉劍準備揮向遲遲不行動的店主。人質只要留一口氣就能用，砍個兩、三刀他就會聽話了。

「我不會讓你們……打擾利瑟爾大哥。」

店主緊盯著襲來的劍刃，清晰地這麼說。男人們確實聽見了這句話，浮現他們心頭的是愉悅，看來這傢伙跟那個貴族相當要好，可以期待貴族付出高額的贖金。他們心裡只有這個醜惡的想法。

男人們再清楚不過了，眼前這個店主怕他們。竟然還敢抵抗，真是勇敢——他們帶著嘲笑揮下劍，這時，一道聲音在店內響起。

「『這些人是不速之客。』」

劍刃忽然碰到了什麼東西，發出高亢的撞擊聲。

男人們搞不懂發生了什麼事，地板上忽然伸出好幾支長槍，木紋轉變成硬質的色澤保護著店主，男人們狼狽地大吼：

「你幹了什麼好事，唔!!」

又有無數長槍從天花板出現，擋在怒吼的男人面前。他們警戒地準備退後，但就連撤退也不被允許，地板、天花板、牆壁上伸出了無數的長槍，擋住男人們的去路。

他們一步也動彈不得，連手臂都舉不起來，在槍尖團團包圍下有如被釘在原地。男人們冷汗直流，這些長槍一把也沒有貫穿自己的身體，絕對不是奇蹟般的巧合。

「喂、喂，等等，是我們錯了，所以……！」

「聽見你們道歉我也不會高興的。」

「要多少錢我們都給你!!」

「就算給了錢我也沒辦法原諒你們。」

眼見店主搖頭，男人們七嘴八舌地求饒，想盡辦法攏絡對方。一看就知道這人是個普通的青年，只要拚命道歉一定能讓他良心不安，塞給他大筆的金錢就能動搖他的心意。

但這些期待都輕易粉碎了，無論他們說什麼，店主都不願點頭。付錢也好、博取同情也罷，店主不點頭就是不點頭。面臨隨時都會被長槍刺穿的危機，男人們焦急不已，終於發飆大吼：

「咱們都已經說不會對那個貴族下手了！你又有什麼好不能原諒的！」

店主聽了眨眨眼睛，彷彿一時間忘記了現在身處的狀況。

「因為，你們想要危害利瑟爾大哥呀。」

他發自內心不可思議地這麼說，男人們茫然看著店主。

青年翡翠色的眼睛好像在思考什麼似地緩緩別開，接著再次轉回他們身上。那雙眼睛逐漸失去光彩，方才的困惑也漸漸淡去。

眼神中只剩下可能失去唯一一人的絕望，以及為了阻止這件事發生在所不惜的決心。男人們正想開口，繼續向高眺青年居高臨下的那雙眼睛求情，下一秒……

「那你們還活著，不是很奇怪嗎？」

無數的長槍以貫穿身體之勢逼來，他們被推落絕望的深淵。

賈吉悄悄打開店舖深處的門。往門內看去，利瑟爾仍然專注讀著書。剛才那些人有點吵，不過看來沒有打擾到他，賈吉放心地呼了一口氣。沒想到自己真的會被盯上。

他偶然注意到利瑟爾面前的那杯咖啡所剩無幾，趕緊動手為他準備下一杯。剛才他也將茶點換成了戚風蛋糕，看來利瑟爾還滿喜歡的。

「……啊，謝謝你，賈吉。」

「不、不會，你太客氣了……」

賈吉端出剛泡好的咖啡，利瑟爾注意到他，微笑道了謝。賈吉有點害羞地搖搖頭，儘管擔心打擾他看書還是開了口。

「還有，那個……寄恐嚇信的人果然跑來了，我把他們抓起來請憲兵帶走了……」

「竟然發生了這種事？」

利瑟爾稍微睜大眼睛，抱歉地垂下眉頭。

「對不起，我沒有注意到。你一定很害怕吧？」

「我、我還好！」

他確實很害怕，怕得渾身發抖，但賈吉故作逞強地露出笑容。

利瑟爾露出讚許的微笑，忽然朝他伸出手。他聽話地把背駝得更低一些，利瑟爾的手掌便彷彿看透他的恐懼般撫上他的臉頰，指尖輕輕拍著他的臉以示安慰。這觸感使得賈吉軟綿綿地笑了開來。

「賈吉，你的商店真的很厲害呢。」

「是呀，我也非常感謝它……」

「是一種叫做『王座』的樹對吧？真想看看它生長在野外的樣子。」

利瑟爾開始思考，不知道附近在哪裡可以看到？如果是利瑟爾的話，有一天說不定真的能看到「王座」，賈吉點點頭心想，在利瑟爾對面坐下。

王座是一種特別的樹木，沒有固定棲地，獨自一株生長在任意的森林。外型五花八門，據說它會長成與周遭樹種完全相同的外觀，價值卻無以計量。

它的特性是對居住於其中的生物的絕對守護。王座只會在最早落腳的生物身上發揮這項特性，大多都是在上頭築巢的鳥兒不知不覺間獲得了王座的權利。

一旦鳥兒離開，王座便成了普通的樹木，靜靜佇立在原地，再也不會發揮任何特性。這是所有人爭相追求，卻無人可得的夢幻樹種。

「為了自己的君王殉死，真是盡忠的樹。」

利瑟爾的指尖離開書本，撫過桌子的木紋。

「感覺很合得來。」

「？」

「不，沒什麼。」

怎麼了？賈吉看向利瑟爾，只見他開玩笑似地瞇起眼笑了。

「賈吉，你見過成樹嗎？」

「是的。不過樹不是我找到的，是它剛好混在爺爺給我的種子裡面……為了將來自己開店的時候有木材可以使用，我小時候種下的樹正好就是王座。」

種下的種子長出了有點奇特的樹，根據給予的魔力量不同，它的成長速度也隨之改變。賈吉每天勤奮地為它澆水，偶爾撒下磨成粉末的魔石，不到十年就將它培育成枝葉繁茂的大樹。

「但是，王座的木材還是不足以建造整間店吧？」

「是的，不過它的影響力好像可以遍及整個建築物。」

第一次看見王座發揮效果的時候，他嚇了一大跳，賈吉說。利瑟爾微笑以對，正因為賈吉看了只是嚇一跳，沒有四處炫耀，所以現在才沒有喪失王座的權利吧。

「幸好是賈吉這樣的好孩子住在王座裡，一定也有人因此逃過一劫吧。」

王座這個名字並不是源自它絕對守護的特性，而是因為獲得權力的人會成為如假包換的王者：凡是能力所及，這棵樹會實現主人的所有願望。

它能夠驅逐入侵者，反之也能拘禁對方；它能利用香氣催生幻覺，催眠恐怕也難不倒它。利瑟爾被下了讀書禁令的時候，賈吉曾說在這間店裡讀書絕不會被發現，王座除此之外也還有許多可能。

無論多麼傷天害理的事，在王座裡面一定都能恣意妄為。

「是這樣嗎……？」

「是呀。」

但他並不打算把這件事告訴賈吉，沒有必要刻意害他煩心。

畢竟賈吉願意主動使用的王座效果，也只有店內裝潢而已。輕輕鬆鬆就能增加店裡的貨架和桌椅，和平真美好。

「嗯？這麼說來，只要待在這間店裡，賈吉就能打贏劫爾……」

「不不不可能不可能不可能！我會被砍死的！」

看見賈吉鐵青著臉死命搖著頭，利瑟爾興味盎然地笑著說下去。

「那麼，請你對我做些什麼吧，幻覺之類的效果讓我很好奇……」

「都說不可能了嘛……！應該說，我、我不想對利瑟爾大哥做這種事……」

賈吉泫然欲泣地拒絕。看來玩笑開得太過分了，利瑟爾沒再堅持，不過想體驗看看王座的效果確實是他的真心話。

接著，利瑟爾向賈吉道了謝，感謝他發揮勇氣。賈吉聽了露出內斂卻有點驕傲的笑容，不曉得為什麼也向他道了謝，實在很符合他的作風。

後來，賈吉拚命堅持利瑟爾獨自回去還是太危險了，於是利瑟爾一邊讓賈吉招待了豪華晚餐，一邊在店裡等待劫爾來接他回去。期間沒再發生什麼事，他度過了一段安穩和諧的時光。

再過幾分鐘就到了晚上六點，他們單方面約定的時間。

暗巷深處，四面圍繞著廢墟，唯有月光照明，幾個男人聚集在這裡。

「你覺得他們綁架人質成功了沒？」

「對方只是個商人，不可能失手。不過失手也沒差，反正只要貴族吐錢就好啦。」

「信上也沒寫在我們手上的是誰嘛！」

他們哄堂大笑。

指定的時間即將到來。對方可是貴族，男人們打從一開始就不認為他會提早抵達，於是開始七嘴八舌地討論計畫得逞之後要拿贖金去做什麼。

遠方傳來鐘聲，正好到了指定的時間。一道腳步聲準時朝這裡靠近，男人們聽了紛紛閉上嘴巴，粗鄙的笑容依然留在他們臉上。

「面對平民竟然知道要守時，這個貴族大爺還真規矩！」

其中一名男子率先開口。

一個披著斗篷的男人從巷子暗處現身，只看得見他的嘴巴，但這種地方不可能有人迷路誤闖。看來人的身材，他們確定獵物來赴約了，男人於是繼續說下去。

「不用我說，錢你帶了吧？應該沒笨到空手過來？」

他們靠過去包圍了披斗篷的男子，但對方動也不動。怕了？男人們見狀笑道。

「拿錢出來就放過你，反正對貴族出手也是吃虧。」

「……吃虧？」

聽見獵物終於開口這麼說，男人們哈哈大笑。一無所知的貴族給出這種答案也不奇怪，這人完全不理解自己對周遭有什麼樣的影響，地位想必也不怎麼樣。

不過，即使是下級貴族，財力也已經夠了。他們也沒時間好聲好氣地跟他解釋，這種時候還是速戰速決，揪住領口來個下馬威最快，其中一個男人朝他伸出手。

就在這時，那隻正要碰到斗篷的手卻從腕部脫離，掉落地面。

「……什……啊……」

「混帳東西，你帶了多少人來!!」

率先出手的男人按著鮮血噴湧的手腕，發出不成聲的慘叫，同夥們讓他退後，險惡地瞪向突然出現在獵物身邊的男人。

那是個留著長瀏海，遮住雙眼的男人。地面還有其他影子在蠢動，他們往上一看，只見幾道人影悠然站在四周的廢墟屋頂上，背著月光居高臨下看著這裡，在地面曳出長長的影子。

「咱們交代過你一個人過來吧！」

發現自己被包圍了，男人們這麼怒吼道，就在他們眼前，獵物忽然屈起身子，渾身微微顫抖。還來不及納悶他怎麼了，便爆出一陣歡快的笑聲。

「被說要一個人過來，哪有人真的會自己過來啊？腦袋有問題欸。」

那是個習於嘲諷的聲音，語調一點也不像是白天他們鎖定獵物時看見的那個人。

「你、你到底……」

「哈哈哈哈！好久沒看到這麼蠢的傢伙啦！」

男人們不敢置信地瞪大眼睛，對方在他們眼前唰地扯下斗篷，光潤的艷紅色頭髮在半空飛揚。

「鏘鏘，而且來的還不是本人咧，節哀順變！」

看見對方臉上嗜虐的笑，男人們啞口無言。

在城下亂晃的貴族身邊不可能跟著這種護衛，也不可能在短短半天內採取這麼徹底的對策，豈止無視他們開出的條件，甚至想到要殲滅他們。

男人們只是運氣太好，至今為止一切都太順利了。真正位高權重的貴族不可能是他們這點小角色足以輕易撼動的存在，他們只是在這個瞬間之前，碰巧沒有遇過這種對象而已。

「你們在這個國家做太多壞事，我會很困擾欸。萬一傳出我們捲土重來之類的謠言，對那個人來說不太方便啊。」

「什……什麼……」

「哎，雖然不是盜賊事業，傳出奇怪的謠言他應該也是湊湊熱鬧而已啦。」

對方百無聊賴地轉著手中的小刀，男人們愣愣看著他。

對話雞同鴨講，對方沒有回答任何疑問，但他們還是自然而然聽懂了背後的含義。

王都，盜賊……凡是在這一帶的黑社會活動，不可能沒聽過他們的名號。史上最兇惡的盜賊團，為所欲為，極盡殘忍暴虐之能事的惡黨，在黑社會甚至有人對他們投以憧憬的目光。

據說他們已經被國家組成的討伐隊全數處死，但生活在暗處、聽過那些惡徒的不法分子，對此都半信半疑。因為率領盜賊團的那些人物究竟是什麼來歷，至今仍未公開。

「該、該不會是……佛……」

「乖，閉嘴喔。」

他手中迴旋的小刀一閃，沒有反射出半點月光。

正要開口的男人喉頭噴出鮮血，甚至發不出慘叫，揮下小刀的伊雷文卻好像已經喪失興趣，看也不看眼前震驚錯亂的男人一眼。

「那點程度怎麼可能會死。」

「拜、拜託放過我們！我們手頭上的錢全都給你！」

男人們大呼小叫也只是徒勞，伊雷文無趣地放下握著小刀的手。

「誰需要啊，那點零頭。」

想對利瑟爾下手不可能獲得原諒，這些傢伙沒搞清楚這點還努力求饒，模樣可笑至極，伊雷文受不了似地梳起瀏海仰望天空。

他受不了的不是這群匪徒，而是賈吉——那傢伙太天真了。聽說他多少嚇唬了對方一下，但憑這點程度，這種鼠輩根本不可能反省。

「要我做什麼都願意」只是隨口說說，應該把這種人的額頭按到地上，叫他拿命來賠。逼他們反省到這個地步，他們才會理解自己犯了什麼罪過，這是常識吧。

「對吧？」

「啥？」

精銳盜賊沒附和他，伊雷文的手肘往他側腹拐了一下，隨手射出染血的小刀，站立在廢墟上的那些人隨即悄無聲息地躍下地面。

斷手的男人和割裂喉嚨失聲的男人都沒有生命危險，還可以玩很久。伊雷文只拋下一句話：「隨你們處置。」

「咳咳……這是貴族小哥的指示？」

「他主動把這件事告訴我啦，那就表示我看不順眼的話，愛怎樣處理都可以。」

是這樣嗎？精銳盜賊在內心喃喃自語，但沒說出口，這是處世之道。

利瑟爾不像是特地費工夫應付這種小角色的人，但如果說這是他對於前佛剋燙盜賊團成員的體貼，那就說得通了。萬一這種耍小手段賺點小錢的盜匪集團，被人說成佛剋淺的殘黨，實在太侮辱他們了——雖然在乎的點偏離了正題，對他們而言卻是絕佳的體貼。

但真正的用意，也只有利瑟爾自己明白。

「不過確實，我也不太想被人家當成這種對貴族出手，然後吃大虧的小雜碎。」

「是喔。對隊長出手的傢伙也見到了，我沒興趣啦。啊——肚子好餓。」

現在到賈吉的店裡去，不知道來不來得及跟利瑟爾一起吃晚餐。伊雷文這麼想著，走向點著街燈的大街。

今晚原應賺到鉅額贖金的男人們，無能為力地目送那道背影離去。

他們沒遭到拘束，卻動彈不得，只能在原地發抖。對於接下來即將發生的事，包圍他們的那些人眼神裡染滿了愉悅與索然，他們連慘叫聲都發不出來，就從暗巷裡消失了蹤影。

66

利瑟爾難得一個人跑來買衣服。

冒險者的裝備有一套就夠了，他的裝備是以最高超的技術，運用最高檔的素材紡織而成，總是常保如新。

但平時穿的休閒服就不是這麼回事了。先不論交通手段，前往阿斯塔尼亞的事幾乎已經底定，但那裡的氣候四季如夏，利瑟爾並沒有適合的衣服。

「（涼快的打扮……嗯……）」

他拿起看到的衣服，不太瞭解地偏了偏頭。

在原本的世界，他只要穿上下人準備好的衣服就好，剛來到這一邊的時候，也是由劫爾為他選了幾套衣服。利瑟爾知道怎麼穿才是符合常識的打扮，但是面對五花八門的服飾，卻不太清楚哪一件適合自己。

反正能穿就好了——他這麼說會惹來伊雷文滔滔不絕的反駁，賈吉聽了還會哭出來。利瑟爾已經有經驗了。

「（要是伊雷文或賈吉在這裡，他們一定會全都幫忙決定好，但……）」

一起出門買東西的時候，伊雷文會展現出驚人的堅持。

那時候他們不曉得逛了幾家中心街的商店。伊雷文挑選自己的東西總是喜歡就買，但對於利瑟爾卻毫不妥協，精挑細選。多虧他如此講究，利瑟爾才能挑到任誰看了都覺得品味高雅的衣服，幫了他一個大忙。

賈吉也一樣毫不妥協，但他沒有自己的堅持，重點在於是否配得上利瑟爾。換言之，看見他像現在這樣，挑選這種每件多少錢的現成衣物，賈吉一定會哭出來。之前在中心街的店舖，看見利瑟爾受到店員相當於貴族階級的應對態度，賈吉的表情真是心滿意足。

「（對了，請人幫我挑選就可以了？）」

想起那時的事情，利瑟爾忽地抬起臉尋找店員。

不過還沒有看到店員，他就在敞開的店舖前方看見了眼熟的顏色。翡翠色映著日光，光澤柔順的髮絲底下是一張有點不服氣的表情，但利瑟爾知道這並不代表他心情不好。

對方也注意到了利瑟爾，於是轉向這裡，垂在肩上的髮絲隨著動作滑落。

「西翠先生，你好。」

「利瑟爾。正巧……」

利瑟爾面帶微笑打了招呼，西翠也點了個頭踏進店裡。

聽見他的說話聲不自然地打住，利瑟爾納悶地循著他的視線看去，發現西翠緊盯著自己拿在手上的衣服。

「……那是你要穿的？」

「很奇怪嗎？」

「該說奇怪嗎，各方面都不適合吧？」

利瑟爾攤開手上的衣服仔細打量。

怎麼看都是普通的衣服，設計簡單，任誰穿起來都不顯突兀。

「感覺很涼快，設計又簡樸，我覺得不錯呀。」

再怎麼努力為它取名字，他手上那套素色的衣物也只能稱為「布做的衣服」和「布做的褲子」。

利瑟爾並不是沒有品味，如果要挑選其他人的衣服，他能夠輕易選出適合對方的服飾。但是一換作自己的衣服，他卻會選擇由知識歸納出的最佳解答。

也就是適合生活在市井之間的冒險者，平凡無奇的衣服。偏偏這種衣服穿在他身上突兀得不得了，卻只有利瑟爾一個人不知道這個事實，也難怪賈吉和伊雷文那麼拚命。

「你認真的？」

「咦？」

「就算是開玩笑，我也不想看你穿這套衣服啊。」

什麼意思？利瑟爾一臉不可思議，西翠回以一道一言難盡的眼神，開口說：

「你還是不要再自己一個人買衣服比較好吧？」

有這麼嚴重嗎？利瑟爾露出苦笑，把手中的衣服放回架子上。

西翠不可能對這件事視而不見，最後於是陪利瑟爾一起挑選衣服。

「不好意思，還讓你陪我。」

「別在意，反正也是我主動提的。」

他本來就有事找利瑟爾，而且也不是急事。西翠帶著利瑟爾來到中心街靠近外側的服飾店，一邊牽制著不知為何老是想走安全路線的利瑟爾，總算成功讓他買了接受範圍內的衣服。

那些戰利品已經收在利瑟爾的腰包裡了。

「伊雷文和賈吉也是一樣，大家常常帶我到中心街買東西……所以才有人懷疑我是貴族嗎？」

「放心吧，即使你不到中心街買東西，大家還是會照樣懷疑的。倒不如說，你穿著廉價的衣服反而更引人注目吧。」

「引人注目……」

「嗯。」

利瑟爾忍不住納悶為什麼。

「話說回來，西翠先生，你有事找我？」

「是啊。不是什麼重要的事，不過我們找個地方坐下來聊吧。」

雖說是中心街，但這裡屬於外圍，許多店家的價位對平民來說雖然奢侈，但勉強負擔得起。因此街上熙來攘往，沿途開設的店鋪生意也相當活絡。

話雖如此，現在吃午餐還有點早，每家餐廳都還有空位，利瑟爾他們物色了一家適合的店走了進去。堪稱王國英雄的S階冒險者，以及在冒險者圈子之外也擁有超高知名度的「旅店貴族」，周圍視線紛紛匯聚到這雙人組身上。他們習以為常地忽視眾人的目光，在服務生指引的位子上坐下。

「要吃點什麼嗎？」

「難得都來了，就直接吃午餐吧。」

「那我也這麼辦。」

西翠隨便點了幾道菜，重新面向利瑟爾。

儘管出身貴族，但西翠已經以冒險者身分生活了比貴族時代更長的歲月，對他來說，中心街高雅矯飾的餐廳待起來實在稱不上舒適。但是和利瑟爾坐在一起，不知怎地反而覺得坐在這種地方相當自然，真不可思議。

他喝著服務生端來的水這麼想道。自己和眼前這位沉穩的男子，是否成功結下了一點緣分？

「我們要離開帕魯特達爾了。」

利瑟爾聽了只是面帶微笑，微微偏了偏頭。

這種反應也是理所當然，畢竟西翠的語調沒有危機感，表示他們不是因為碰上什麼威脅才打算離開。而且，轉移陣地對冒險者來說也不稀奇。

「各位打算轉移據點嗎？」

「只是隊長說想去跟之前照顧過他的人打聲招呼而已，要不要轉移據點還不確定。」

「也可以等到解除冒險者身分之後再打招呼呀？」

「但接受護衛委託比較能輕鬆找到馬車。」

西翠他們身為S階，也賺了不少錢。

他們有能力長期租借馬車，不過考量到不使用時還得多費工夫照顧馬匹、維護車體，還是接取護衛委託，讓委託人負責這些事情來得輕鬆多了。即使不接委託，旅途中也必須擊退魔物，晚上也得守夜，這方面對他們來說沒有差別。

「你們的隊長打算在王都落腳對吧？」

「是啊，這裡的公會也不囉嗦。」

只要不是太素行不良的人，前S階冒險者走到哪個國家都大受歡迎，因為他們的戰力和人脈是緊急時刻的保險手段。

但這座王都有優秀的騎士防守，公會也不會頻頻要求他們重新考慮退出事宜，環境足以讓冒險者退隱之後安穩生活。

「我們還要回來辦理退出手續，在那之前應該會在撒路思一帶晃晃吧。」

隨著引退的時間接近，西翠他們的隊伍暫時縮減了冒險者活動，但西翠從來不打算離開隊長，打定主意跟著他到最後。隊伍中所有繼續留下來擔任冒險者的隊員都是這麼想的。

「你的隊長非常受大家景仰呢。」

「算是吧。」

「他看起來非常值得依靠，我也得好好向他看齊才行。」

對喔，利瑟爾也是隊長。西翠有點失禮地邊想邊望著利瑟爾，這時餐點一盤接一盤端到了他面前。撲鼻的香味喚醒了遲來的空腹感，他拿起叉子立刻開動。

「那麼，出發時間應該跟我們差不多囉？」

聽見利瑟爾這麼說，西翠嚥下口中正在咀嚼的那塊肉。

「什麼，你們也要離開王都？打算換據點嗎？」

「我們在討論要不要到阿斯塔尼亞去。」

所以剛剛才在找涼快的衣服啊。西翠恍然大悟，忽然又有個疑問。

「我以為你會對撒路思比較好奇？」

「撒路思我當然也想去，不過現在還是迴避一下比較好。」

「為什麼？……啊，原來如此。」

西翠問出口之後，隨即想到可能的原因，於是點了點頭。

他知道利瑟爾他們與魔物大侵襲的核心有所牽連，這並不是什麼珍貴的情報。畢竟大批民眾都看見他並肩站在馬凱德的領主身邊了，這消息不脛而走，已經足以傳入西翠耳中。冒險者在大侵襲當中大顯身手這件事，本身沒什麼稀奇。

但是，還有一項是他身為S階冒險者才有辦法取得的情報——這場大侵襲有一半是人為造成，而且幕後黑手居然是撒路思的要人。既然如此，利瑟爾肯定和他有瓜葛。

「做得太張揚了？以你的作風，肯定是故意引起注目的吧。」

「這我不否認。」

面對西翠懷疑的目光，利瑟爾乾脆地回以肯定。

「這個國家願意放著我們不管，還真省事。」

利瑟爾張嘴吃下沙拉裡的番茄，看向窗外。

看不見王城的全貌，但可以看見它稍微探出的尖塔。住在那裡高不可攀的掌權者，肯定知道利瑟爾他們與幕後主使者有所接觸，所以才會派遣騎士到旅店去找他。

當時利瑟爾跟騎士說過，沒有必要封他們的口，但一介冒險者所說的話，上位者真的願意相信？沒有動用武力強制把他們架過去，應該是因為有一刀在，動粗無法達到目的吧，他想。

「不是因為你們的行動完全是老樣子嗎？」

西翠說得輕描淡寫。

「上面也知道你們不是主動拿這種事到處亂說的傻子囉。」

「他們對冒險者這麼寬容？」

「是對『你們』才對。」

這真不是該對B階冒險者說的話，利瑟爾有趣地笑了。

是雷伊向上面提出了什麼建言，還是沙德在報告裡寫了什麼，又或者是出席宴會那一天，有哪位貴族見到利瑟爾一行人，因而察覺到了什麼？無論如何，這都是破格的待遇。看來國家高層的想法相當開明，利瑟爾想起原本世界那位跳脫所有框架的王者，嘴角泛起笑意。

「……沒想到你的笑法還滿多變的。」

「咦？」

「沒什麼，你別在意。」

怎麼了？聽見西翠喃喃說了些什麼，利瑟爾抬起頭，但他已經帶著平時不服氣的表情繼續用餐了。大概也不是什麼值得介意的事情，利瑟爾不再追究。

「所以呢？你們真的不去撒路思？」

「是呀，感覺他們對我們的印象也不太好。」

「這樣啊。」

西翠點點頭咬了一口麵包，沒再多說什麼。

除了隊友之外，西翠沒認識什麼稱得上朋友的人。好不容易剛與利瑟爾熟稔起來又要分別，他確實感到可惜，但冒險者總是不會在同一個地方停留太久。

既然彼此都是冒險者，就還有機會巧遇，不如期待下一次再會。西翠自己在心裡想通了，把盛著麵包的盤子推向利瑟爾。

「謝謝你。」

「不會。話說回來，阿斯塔尼亞不是很遠嗎？」

「是呀，我們還在想，要去的話應該是騎馬吧。嗯……」

你會騎馬？西翠一臉意外，利瑟爾假裝沒注意到，兀自沉思。

搭馬車顛簸兩個禮拜實在太無聊了，伊雷文一定會不耐煩。儘管先前從酒館老闆口中聽說了魔鳥騎兵團的消息，但目前看來，他沒有辦法善用這項情報。

只要拜託雷伊一聲，他一定願意幫忙談妥這件事，可是這一次也不太適合麻煩他。

「西翠先生，你見過魔鳥騎兵團嗎？」

「嗯，我到過阿斯塔尼亞啊。怎麼了，你有興趣？」

即使這一次沒有機會搭上線，利瑟爾還是試著想向西翠打聽一點情報。單純是因為他對騎兵團相當感興趣，另一方面，那是他們即將前往的國家，情報收集得越齊全越好。

「聽說他們要到王都來。」

「騎兵團？什麼時候？」

「據說是最近，不過沒有聽說詳細的日期。」

利瑟爾伸手去拿玻璃杯，回想起從酒館老闆口中聽說這項情報之後傳入他耳中的消息。

「只不過，最近騎士好像有一場公開演練，有可能是那個時候。」

「以那個國家的作風，說不定想把這當作一個驚喜吧。」

打著騎士公開演練的招牌，實則是與騎兵團一同舉辦聯合演練。回想起阿斯塔尼亞使者為建國慶典帶來的精采絕倫的表演，這確實是他們會喜歡的安排。

如果真是如此，預先聽說了這件事或許有點可惜，利瑟爾半開玩笑地想道。在他面前，西翠逐漸清空盤子裡的餐點，繼續說下去。

「該不會打算突然現身，嚇大家……」

他說到一半忽然打住，停下手邊用餐的動作。垂下眼眸想了沒多久，西翠又立刻抬起眼凝視著利瑟爾。

「要我幫你跟他們商量一下嗎？」

「你的意思是？」

「我可以拜託騎兵團，請他們回阿斯塔尼亞的時候一起載你們過去。騎兵團裡面有個我認識的人，這趟他一定會過來。」

西翠不愧是S階冒險者，握有很好的人脈。

這麼一來，確實可以迅速抵達阿斯塔尼亞。畢竟可以全數略過途中的各種阻礙，根據他耳聞的情報，過去一趟或許花不到一星期。

太誘人了，而且有機會的話他本來就想騎乘魔鳥試試。沒有任何理由拒絕，利瑟爾粲然一笑。

「所以呢，有什麼條件？」

「太好了，你都知道我想說什麼了。」
西翠也舒展眉間的皺摺，愉快地笑了。
「不過我也不打算出什麼難題為難你們，只是希望你們幫忙接個委託而已。」
「如果是連S階冒險者都難以達成的委託，我實在沒有自信……」
「你這話是認真的？」
他是發自內心的認真。
無論挑戰迷宮頭目，還是解決任何委託，劫爾總是面不改色地說「沒問題吧」，所以利瑟爾也毫無疑問地覺得「原來沒問題啊」。只不過對於委託階級這種看得見的劃分標準，他還是很有分寸的。
有劫爾和伊雷文在，打鬥方面無須擔憂，不過一旦牽涉到戰鬥以外的要素，他們還是有可能難以達成委託。
「先前有指名委託，我們就直接接了，沒想到另外一個有點難以拒絕的委託人也同時提了委託。這個時間點我們不想降低身為冒險者的評價，所以希望你們代為完成那個指名委託。貴族老是這樣……」
西翠厭惡地發著牢騷，不過利瑟爾聽了一點也不受傷，他現在是冒險者。
「既然指名要找各位，對方應該無法接受改由我們負責吧？」
「他們只是想要S階的頭銜而已，有你隊上的一刀就沒問題。」
原來如此，利瑟爾聽了點點頭。這樣的話說不定沒問題。
實際上，西翠也是確定由他們代打沒問題，才會拿這件事跟他交涉。委託方面的決定權基本上掌握在隊長手中，只要有任何一點不妥，他的隊長會事先阻止他的。

「委託內容是？」

「到某家店當保鑣，這工作實在不太適合你就是了。」

「我確實長得沒什麼壓迫感……」

「我說過很多次了吧？你全身上下都是破綻。」

西翠的雙唇勾起弧度，揶揄似地這麼說。太失禮了吧，利瑟爾見狀露出苦笑。

不過他沒有說錯，利瑟爾確實不適合這個工作。做保鑣這一行，威壓感比實力更加重要，出事的時候保鑣的確必須負責應對，但搶在不肖之輩闖禍之前先挫光他們的氣勢，也可以說是保鑣最重要的職責。利瑟爾長得一副任誰看來都是個性沉穩的樣子，無法期待發揮後者的效果。

「不過，我也不擔心你們。」

「我會加油的。」

利瑟爾忽然在意起一件事，於是開口問道：

「另一個委託不行嗎？」

「嗯？」

「假如不需要露臉，我們可以私底下幫忙完成。」

「那確實是取得魔物素材的委託沒錯，但是……」

西翠聳聳肩，放下手上的叉子，叉尖碰著盤子發出輕微的聲響。

「地點是『水中庭園』的深層。」

那就沒辦法了，利瑟爾一聽立刻放棄。

「水中庭園」是座距離王都有段距離的迷宮，路程大約耗時一天半，它數一數二的高難度在國內外都相當出名。

原因在於，這座迷宮幾乎每個角落都被水覆蓋，到了深層必須潛水移動，除非可以連續下潛五分鐘以上，否則根本無法好好前進。即使在水裡，魔物也會理所當然地來襲，在低階魔物的攻勢下陷入隊伍全滅的危機也是常有的事。

「感覺還是保鑣的委託比較安全。」

「對吧？」

利瑟爾的魔銃在水裡也能使用，但他憋不了那麼久的氣。劫爾和伊雷文應該有能力輕易攻略那座迷宮，但這是利瑟爾自己以隊長身分接受的交換條件，他一個人袖手旁觀未免太不合理了。儘管這在原本的世界是理所當然，但現在不一樣。

交涉成立，利瑟爾微微一笑，西翠也同意地點點頭。

「謝啦。我們也會在騎兵團抵達之前搞定委託的。」

「麻煩各位了。那委託的地點在哪裡呢？」

也許是還沒吃飽，西翠正準備追加點餐，被利瑟爾這麼一問卻突然閉上嘴。他總是略微蹙起的眉心又皺得更深了些，尷尬地別開視線。

看見他舉到一半的手，一位服務生朝他們走近，西翠勉為其難開了口。

「實在不太想讓你去那種地方……」

女子們唇邊掛著一抹嬌艷的笑，歡聲笑語傳入耳中。

夜幕降臨之後，她們一個個站在暗巷裡，魅惑的肢體裹在洋裝底下，渾身散發的色香牢牢勾住男人們的視線不放。他們被困在香艷的笑容裡，受到艷麗的唇瓣吸引，一旦被她們招手般揮動的美麗指尖引到身邊，就再也無法脫逃。

只要接受了她們撒嬌般繞在你頸子上的纖白手臂，一切就結束了。男人們錯覺自己受到乞求渴望，絲毫沒有注意到那雙手臂蘊藏著蜘蛛捕捉獵物般的意圖，就這麼消失在門板的另一側。

日落後的小巷深處，興奮躁動的氛圍正悄悄膨脹，和寂靜無聲的大街大異其趣。

「有這麼好的地方，為什麼不告訴我？」

「因為事情會變成現在這樣啊。」

穿過風塵女子守候的巷弄，就來到了一座以乾涸噴水池為中心的狹小廣場。

廣場的地面上幾乎擺滿地攤，利瑟爾正蹲在其中一個攤子前面發著牢騷，目光牢牢盯著手上那本書。劫爾俯視著他，無奈地嘆了口氣。

每個地攤上都擺著五顏六色的提燈，遠看營造出一片夢幻的空間，但這裡絕不是那麼冠冕堂皇的地方。老闆全都是看到有人不小心碰到商品就威脅對方付錢的人，客人也都是動輒拿刀要脅殺價的傢伙。

「我可以看看這個嗎？」

「……請便。」

利瑟爾正在這種地方，露出溫煦的笑容愉快地逛街買東西。

確認老闆點了頭，利瑟爾拿起平放在墊布上的書本。瀏覽一下內容，果然不負期待，是一般市面上絕對不會流通的書籍。不愧是伊雷文口中的地下商店，利瑟爾心滿意足地闔上書封。

「這本書我買了，請問多少錢？」

「金幣三枚。」

「你是活膩了喔？」

利瑟爾正要開口，一道夾雜嘲笑的聲音卻從他身後拋來。

在危機四伏的地下商店，利瑟爾還能一如往常買東西，正是因為站在他身後的那兩人。一刀的名號在地下社會就和檯面上一樣威震八方，伊雷文則是在地下社會反而更引人恐懼，有這兩人跟著，還有誰敢對他動粗？到處有人投來刺探的目光，想知道率領著那兩個人的利瑟爾究竟是何方神聖。

「金、金幣一枚……」

「答話啊，你耳朵沒聾吧？我在問你是不是活膩了啦。」

「……銀幣……五十枚……好嗎……」

太可靠了。聽見這段有如恐嚇的對話，利瑟爾面露苦笑。

一開始他聽了也忍不住阻止伊雷文，但重複幾次之後，利瑟爾已經完全明白這是這個場合正常的對話。在一般的市集是從合理售價往下殺價，但在這裡不一樣，必須經過殺價才能以合理價格成交。

伊雷文還在脅迫店主，似乎覺得還有很大的砍價空間，不過利瑟爾阻止了他。這價錢也差不多了，他付了三十枚銀幣，站起身來。
「原來走到深處還有這種地方，好東西真多呢。」
「也有很多假貨。」
利瑟爾將剛買到的書本收進腰包。聽這個說法，他已經到過黑市危險度較低的表淺地帶閒晃，劫爾實在啞口無言。
扒竊、恐嚇在地下商店都是家常便飯，雖然靠近表層的地段稍微收斂一點，利瑟爾在這種奇怪的方面還真是充滿行動力。趁著他的注意力被躍入眼簾的下一本書吸引，伊雷文三兩步湊近劫爾，壓低聲音不讓隊長聽見。
「大哥，我跟你說，隊長在那邊已經被人下手過一次啦。」
「我想也是。」
這人一看就是隻肥羊，旁人一定覺得他是好奇心旺盛的貴族，不知天高地厚跑來這種地方亂晃。利瑟爾在表層社會擁有相當的知名度，但他與地下社會沒什麼瓜葛，因此這裡也沒什麼人聽過他。
結果他就這麼被人盯上，有一次地下知名的扒竊大師甚至把他的腰包整個摸走。但利瑟爾到了現在仍然沒發現這件事，這都要多虧某精銳盜賊的快手，在他被扒之後立刻把腰包扒回來，眨眼間又繫回他腰上。
「時間差不多了。」
利瑟爾忽然仰望天空這麼說。
儘管捨不得離開書本，但今天他們還有其他目的：達成與西翠交換條件所接下的委託。

「雖然可惜，書還是改天再逛吧。」
「隊長，我是覺得你應該不需要提醒啦，但你最好不要自己一個人來喔。」
「沒問題的，只要學你剛才那樣說話就可以了吧？」
「什麼，我好想看喔……不是啦，一直有人跑來找你碴不是很煩嗎？」
廣場擺不下的地攤把狹小的巷子也擠得水洩不通，利瑟爾踏進其中一條小巷，聽了伊雷文的說法心領神會地點頭。
他容易遭人糾纏，這點利瑟爾有所自覺，也沒有遲鈍到需要反問別人為什麼……但他確實不太釋懷，自己明明只是如常行動而已。
「我已經努力表現出冒險者的樣子了，但總是不太順利。」
「你還沒放棄……」
話說到一半，劫爾啪地拍了他後腦一下，伊雷文於是閉上嘴。
一行人就這麼一面閒聊，一面往巷子更深處走。走著走著，周遭的氛圍逐漸轉變，幽暗的巷弄不再，眼前是一片妖冶貴氣的空間，沿路上的店門也換成了氣派的金屬大門，有壯碩的男人擋在門口。
這一帶高級娼館林立，是地下商圈的中心地帶，一夜之間在此流動的金額相當龐大。
「我們也要當那種保鑣喔？」
「不知道耶，對方都指名S階了，應該有什麼特別的需求吧。」
「故意找S階接待客人之類的？」
「那單子上就不會寫保鑣了。」劫爾說。

利瑟爾他們的目的地也是娼館。

而且格調還比周遭的高級娼館更加突出，唯有被選中的貴賓才能涉足，是名副其實的最頂級娼館。據說只是想和這裡的女子交談，也得付出數十、數百枚金幣。

正因如此，這家娼館才敢光明正大向階級S冒險者提出委託吧。從這種作風彷彿感覺得到店家的自負與自信，他們沒做過什麼虧心事，反而以這家娼館的名聲為傲。

「啊，就是那裡了。」

時不時與華貴打扮的人們擦肩而過，利瑟爾來到目的地門口，停下腳步。

娼館外牆漆成一片漆黑，但看起來並不陰森，反而充滿高級感。大門前站著一位身穿黑禮服的男子，看見利瑟爾走近，他俐落地彎腰行禮。

「歡迎光臨。請問貴賓是由哪位介紹的？」

「我們是冒險者，來代為執行委託，聽說詳情已經告知過貴店了。」

需要與委託人交涉的場合，劫爾基本上都丟給利瑟爾處理。他漫不經心地看著利瑟爾交談的背影，無意間注意到伊雷文不知怎地一臉嚴肅，看得他皺起眉頭。

難得見到這傢伙這麼認真的臉色。問他怎麼了，只見伊雷文面無表情地轉向他。

「隊長站在娼館門口的畫面對我來說太衝突了我實在無法接受。」

他發自內心覺得這根本無關緊要。

「劫爾、伊雷文，我們走囉，對方說要跟店主打聲招呼。」

「嗯。」

「好喔——」

大門緩緩敞開，門縫裡流洩而出的光線筆直割裂幽暗的夜色。

一如預期，內部金碧輝煌的空間展露眼前，宛如一座使人忘卻現實的樂園。有多久沒到這種地方來了呢，利瑟爾望著店內，露出微笑。

委託人，也就是店主要求他們辦的並不是什麼難事。

客人進房時他們必須站在門口迎接，見過客人之後就在隔壁房間待命，等到客人離開時再出來送行。與客人見面的時候會有人稍微引介一下，就這樣。

換言之，娼館這麼做是為了向貴賓強調「今天我們特地為您準備了階級S的冒險者擔任保鑣」。

「S階用在這真浪費。」劫爾說。

「所以才奢華呀，他們應該是這麼想的吧。」

在身穿禮服的男人帶領之下，利瑟爾他們朝著今天的工作地點，也就是這棟建築的最頂層走去。

今天來訪的是位上流貴族，不僅是娼館的常客，還是個大主顧，而且聽說他還要帶一位友人過來。這是吸引新貴賓的機會，娼館方面想必也鼓足了幹勁。

順帶一提，利瑟爾他們甚至沒有受過接待權貴的講習，一般不可能同意他們負責這種委託，但店主一見到利瑟爾就立刻點頭了。隊伍裡還有知名度比S階更高的一刀，對方不可能有什麼怨言。

「是說隊長穿黑色好不適合喔——」

「會嗎？」

伊雷文忽然狡黠地笑著這麼說。利瑟爾一面爬上階梯，一面低頭看著身上那套店家出借的服飾。

那是和走在他們前方的男人一樣的黑禮服。為了維護娼館的門面，服裝精緻得拿給下級貴族穿也不奇怪，版型修身，但沒想到還滿方便活動的。

「我穿起來很奇怪嗎？」

「確實不適合你。」

利瑟爾看向劫爾這麼問，他嗤笑著這麼回應，然後又補了一句：「但也不算奇怪。」那就好，利瑟爾決定不去在意這件事。就是因為這方面想法隨性，西翠才會叫他從此以後再也不要自己挑衣服吧。

「伊雷文，你別穿得太邋遢哦。」

「我不擅長穿這種死板的衣服啦。」

劫爾他們也換上了禮服，服裝外側還各自佩上自己的劍。這打扮某種意義上來說有點詭異，不知為何穿在他們身上卻不會不搭調，甚至還相當適合。

「大哥穿黑色很搭欸，太安定啦。」

「很安定喲。」

「囉嗦。」

這一連串缺乏緊張感的對話，聽得領頭的男人心裡略有點不安，不過利瑟爾一行人還是來到了最頂層。走廊上陳列著各式擺設，開有幾道門扉，男人指向其中一扇，告訴他們那就

是今天貴賓要使用的房間。
接著，男人交代他們在這裡等待客人過來，自己就先離開了。他大概也得為迎賓做準備吧。
「房間裡面一定是極品美女喔？」
「不可以偷窺女性的房間哦。」
男人指示的那扇房門稍微開著一條縫。
伊雷文正準備湊過去偷看，利瑟爾便抓住衣角阻止了他。看見他刻意嘟起嘴唇，利瑟爾微微一笑，招手要他過來，為他整理起了點縐摺的領子。
利瑟爾的手背偶爾碰到他的下巴，伊雷文於是偏著頭，拿臉頰去蹭他的手。隔著手套的觸感他大概不太滿意，利瑟爾叫他別妨礙到動作，他便不情願地離開了。
「如果要穿得隨便一點，頂多就這樣吧，別太過火了。」
「謝謝隊長——」
「你還可以接受穿得隨便一點啊？」
「禮節確實也很重要，不過我們今天不是侍衛而是保鑣，對吧？穿得稍微隨性一點，反而比較有保鑣的架式呀。」
利瑟爾有趣地笑著這麼說。這傢伙的想法還是一樣靈活，劫爾半是無奈、半是佩服地點點頭。利瑟爾不拘泥於陳舊的規矩，卻深諳它的價值，在貴族社會一定很懂得巧妙周旋，絕不會樹立敵人。他有個不受常規束縛的王，說不定他也是為了在君王和周遭之間負責調停，才學會這種思考方式。

「真有一套。」
「榮幸之至。」
利瑟爾回以微笑。他明明只說出結論，但利瑟爾肯定聽懂了他的意思，劫爾嘆了口氣。
就在這時，開著一條細縫的門扉忽然發出聲響逐漸打開。
伊雷文小聲「喔」了一聲。
「哎呀，真的是一刀喲。」
「哎呀，真的是一刀呢。」
從敞開的門扉後頭現身的，是兩位頂著相同臉蛋的貓族獸人。
一人摺耳，一人立耳，蠱惑的唇瓣勾起笑弧。她們的肢體柔軟靈活，瞳孔在光線下縮緊，兩條貓尾有著黑天鵝絨般的毛皮，像牽手那樣交纏在一起。
「聽到你的聲音還覺得不可能呢。」
「第一次看見你不是單獨行動呢。」
二人咯咯發出銀鈴般的笑聲。
她們戲耍似地對彼此悄聲耳語，築起兩人世界，利瑟爾和伊雷文則滿臉意外地看向劫爾。他認識娼館這兩位高嶺之花，也就代表……
「劫爾，原來你平常都在這麼高級的地方玩呀。」
「啥，大哥原來是這裡的常客喔？」
「怎麼可能。」
劫爾露骨地皺起臉否認。這誤會要是擺著不澄清，難保不會扯上毫無根據的猜疑，主要是笑得奸詐狡猾的那個傢伙會到處亂說些捕風捉影的話。

跟她們是買香菸認識的，劫爾簡單解釋道。原來如此，利瑟爾聽了明白過來，他身邊的伊雷文則發出無趣的抱怨聲，總之劫爾先瞪了那傢伙一眼。

「那你就是一刀的飼主囉？」

「那你就是一刀的主人囉？」

兩位女子喀喀喀踩著高挑的鞋跟走近，她們反弓著背，上半身微曲，湊過去以仰望角度打量著利瑟爾。

縱然表現出興味盎然的態度，那兩雙眼瞳卻猜不透真心，善於隱瞞應該是她們的職業特性使然吧。四隻眼睛眨也不眨，目不轉睛地凝視他，利瑟爾悠然瞇起眼笑了。

「初次見面，妳們好。」

與獸人交談不需要多餘的言辭，她們不喜歡花言巧語。

利瑟爾只說了這麼一句，便靜候她們的反應，兩雙瞇細瞳孔的貓眼也盯著他不放。過了幾秒，她們緩緩眨了眨眼睛，尾巴晃了一下。四隻眼睛仍然鎖著他，但眼珠裡的瞳孔慢慢張開了。

她們對自己抱持的感覺是厭惡呢，還是好感？如果是後者就太好了，利瑟爾保持著一貫的笑容，輕啟雙唇。

「改天可以到妳們的店裡打擾嗎？」

雖然只是猜測，但利瑟爾有十足的確信。

這家娼館稱之為地下商家的頂點當之無愧，而她們在這裡又擁有首屈一指的地位，但這對她們而言也不過是消遣罷了。她們的本業，應該是劫爾所說的那間商店才對。

常有人說貓戀家，哪一邊才是她們待起來舒適自在的空間，恐怕根本不用說。她們擁有自己獨特的世界觀，利瑟爾對於她們經手的商品相當感興趣，說不定會有和其他地下商家截然不同的書籍也不一定。

「怎麼辦才好呢？」

「怎麼辦才好呢？」

她們直起上半身，彼此耳語的姿態十分誘惑，日常生活中不可能遇見這樣的人。她們的存在感強烈得教人不得不同意，如果有男人遇見她們之後耽溺其中就此無法自拔，那也沒什麼好奇怪。

接著，她們各豎起一隻指頭，輕輕碰觸彼此的唇瓣，艷紅的指甲惹人注目。

「一刀允許的話你就來吧。」

「你要拜託就拜託一刀吧。」

利瑟爾看向劫爾，只見後者一面嘆氣一面點了頭。她們見狀有趣地瞇起眼笑了，接著忽然抬起臉，動了動耳朵。她們勾起貓尾瞥了階梯一眼，輕盈地轉身折返。

「時間到了呢。」

「時間到了喲。」

利瑟爾不發一語，目送那雙美麗的背影消失在門後。

邀約的話語、乞求的聲音她們早已習以為常，要閃躲也是輕而易舉。感覺她們只願意讓中意的人進到店裡，所以利瑟爾原以為會遭到拒絕，不過看她們允許他過去，還把劫爾也捲了進來，大概不是完全不能接受吧。

引人期待的手腕也是一流的。利瑟爾露出苦笑，看向階梯。

「不愧是貓族獸人，耳朵很靈敏呢。」

她們離開之後數秒，登上階梯的腳步聲才終於傳入利瑟爾耳中。

「我也聽到了啊。」

「別扯到我啊……」

伊雷文產生了謎樣的競爭意識，一邊碎碎念一邊站到門邊，劫爾則站到另一側，皺著臉抱怨為什麼需要自己允許。

利瑟爾也站到門扉正中央，手扶上門把，提醒伊雷文別靠在牆壁上。這時，客人終於接近到聽得見談話聲的距離，但利瑟爾一聽卻偏了偏頭。

同樣注意到什麼似的，劫爾也蹙起眉頭，伊雷文則小聲「呃」了一聲。

「真是的，到現在我都邀請你幾次了！偶爾到這種地方來不是也很好嗎？」

「享受美酒並不需要美色吧？不過我很喜歡這個地方，感覺沉眠著我還沒見過的迷宮品呢！」

「你總是三句不離這個。」

熟悉的說話聲。

一個是低沉快活，耳熟能詳的聲音，另一個則是他們在某宴會上聽過一次的嗓音。兩位貴賓登上最後一級階梯，一看見利瑟爾他們便意想不到似地停下腳步。

怎麼回事？身穿禮服在前方領路的男人回過頭去，只見一位貴賓面露驚愕之色，另一位貴賓看起來則是大喜過望。

「非常抱歉，請問有什麼冒犯到兩位貴賓的地方嗎……？」

「不是的，正好相反。這真是絕佳的款待，我太感動了！」

面露喜色的貴族悠然邁開腳步，越過領頭的男人站到利瑟爾面前，極其愉快地開了口。

「你好呀，利瑟爾閣下，聽說先前小犬受你關照了！」

「受到關照的是我們才對呀，雷伊子爵。」

利瑟爾微微一笑，雷伊則露出快活的笑容。身穿禮服的男子摸不著頭緒，只得拚命佯裝冷靜，不著痕跡地強調店裡今天特地為他們聘僱了一刀的隊伍當保鑣。

客人比原先預期的更加高興，貴族甚至親口誇讚娼館有眼光，店家也樂得心花怒放，報酬給得特別大方。一行人順利完成了委託，總算沒有讓西翠丟臉。

67

那座名叫「懷古洋館」的迷宮，儘管距離王都最近，卻是造訪的冒險者人數最少的一座迷宮。

並不是因為這裡有特別強大的魔物出沒，也不是因為設有眾多的陷阱。當然，這裡並不是沒有魔物，也不是全無陷阱，但就這些方面而言，懷古洋館的難度可說比其他迷宮還要低。即使如此，冒險者還是不喜歡這座迷宮，這是有原因的。

懷古洋館，別名「最惡質迷宮」──這就是利瑟爾他們今天造訪的迷宮。

「喔──我連這個迷宮大門都是第一次看到欸。」

「畢竟它實在太乏人問津了，每次馬車都過站不停呀。」

三人仰望著那扇有如洋館大門的奢華門扉。

像平常一樣，今天公會馬車也完全不打算在這裡停下，利瑟爾請車夫在這附近停車的時候，周遭冒險者臉上的表情十分精彩。目的地不是迷宮就不要濫用公會的馬車啦，他們皺起臉來，接著又納悶這附近有什麼地方可去，左思右想終於想起這座迷宮的存在，臉上一陣愕然。

懷古洋館就是這麼令冒險者們退避三舍，由於位置距離王都不遠，曾經進過這座迷宮的人應該也不少。大多數人都鐵青著臉默不作聲，看了實在教人期待。

「劫爾，你曾經突破過這座迷宮吧？」

「實在不太想到這裡來。」
「你這樣講我們就更好奇了，對吧，隊長！」
「是呀。」
看見利瑟爾期待地點頭，劫爾蹙著眉頭別開視線。要是自己一個人他絕對不想來，但如果問他以現在這個陣容，他是不是真的發自內心不想進去，劫爾實在難以立刻給出答案。
看見他的反應，利瑟爾也有趣地笑了。這種心情他不是不明白。
「能看見過去的迷宮，感覺很有意思呢。」
這座不可思議的迷宮，能夠映照出造訪成員的過去。想要隱藏的回憶、想要誇耀的事蹟，內容五花八門，完全不知道這是什麼原理，常見的迷宮作風。
問題在於，能看見過去的不只有自己，同行的夥伴也看得見。
「這一趟是我擅自決定的，如果你們真的很不想進去，現在還來得及撤退哦。」
「沒差，也沒那麼排斥。」
「也沒做過什麼虧心事嘛。」
伊雷文怎麼說得出這句話？利瑟爾和劫爾不由得看向他，伊雷文則露出了燦爛無比的笑容回應。他這麼說恐怕是故意的，但毫無疑問，這也是他的真心話。
考量到這座迷宮的性質，利瑟爾原以為他們會不想進去，現在看來誰也不介意，真是太好了，利瑟爾點點頭。最介意的反倒是自己吧，想到這裡，他露出苦笑。不過那份介意也無足輕重，比不過想進這座迷宮看看的好奇心，頂多只是「萬一映出自己小時候的樣子好害羞哦」這點程度而已。

「那我們出發吧。」
「能看見過去，最早是多久以前的過去啊？」
「我那一趟出現了滿早之前的過去……但那時直接快速通過，也記不太清楚了。」
「機會難得，今天就好好享受吧。」
一碰觸門扉，那道門便緩緩敞開，三人毫不猶豫地踏進造型有如室外大門的迷宮入口。

迷宮內部相當寬敞，令人聯想起雅致洋館的玄關大廳。
「內部真的像洋館一樣呢，光線雖然明亮，但氣氛感覺會有幽靈出沒。」
「感覺會有很多鬼魂系的魔物喔。啊，可能也會有傀儡娃娃系。」伊雷文說。
「啊，我知道，你是說整個身體後仰，然後手腳並用爬下階梯衝過來的那種吧？」
「隊長你到底知道了啥？那是哪來的知識啊？」
伊雷文的反應好像覺得他有點嚇人。在他從前讀過的小說裡面，傀儡娃娃系的魔物就是這樣襲擊冒險者的，難道不是嗎？利瑟爾一面納悶，一面仰望又高又遠的天花板。
放眼望去一扇窗戶也沒有，散布各處的燭臺上點著蠟燭。數量照理來說不足以照亮整間大廳，整個空間卻維持著不可思議的明亮度，令人不禁讚嘆：不愧是迷宮。
在劫爾他們無語的視線當中，利瑟爾走近附近的燭臺，試著朝燭火吹了一口氣。小小的火光只是搖曳了一下，並不會熄滅。
「我竟然習慣了隊長那種充滿探究心又突然的行動，我好想誇獎自己。」
「那傢伙真的會在意這種莫名其妙的事……」

伊雷文面無表情地點頭，劫爾則嘆了口氣，利瑟爾在二人面前將頭髮撥到耳後點點頭。看來他領會了什麼道理，真是太好了，他們倆已經習慣到有辦法這麼想了。

「今天的委託必須前往這座迷宮的最底層。」

該出發了，利瑟爾回過頭，重新複習一次他們今天的目的。

【「懷古洋館」的頭目素材】

階級：A～

委託人：巨大寶石愛好家

報酬：五十枚金幣

委託內容：據說「懷古洋館」頭目的法杖前端鑲有巨大的寶石，希望能取得那顆寶石。另外，只接受毫無破損、形狀完整的委託品，其餘概不承認。

「委託來到A階，報酬也相當優渥呢。」

「要的是頭目素材，這報酬算公道吧。」

「這種討伐委託的報酬不太會降低，該說滿好賺的嗎？不過也沒啥追加外快，所以酬勞都差不多，也沒有說哪一個特別划算啦。」

說到階級A，已經是高階冒險者才能接受的委託了，無論難度還是報酬都三級跳。

利瑟爾他們的隊伍階級是B，確實能夠接取A階委託，不過如果問其他B階冒險者是不是也都這麼做，答案幾乎是不可能。即使在升上B階之前意氣風發地解決比自己階級高一階的委託的冒險者，來到B階之後都不敢貿然對A階委託出手，這個檔次的委託難度就是差這麼多。

晉升高階的門檻如此之高，但利瑟爾毫不知情，只要劫爾他們說沒問題，他會面不改色地選擇A階委託。順帶一提，周遭看著他拿起A階委託的眼神，與其說是放棄，倒不如說心領神會的意味比較濃厚。

「不破壞法杖牠會一直施放魔法攻擊。」

「靠……」

「那我專心負責抵擋魔法比較好嗎？」

「這樣比較輕鬆。」

「那我們就可以照常攻擊啦。」

其實這座迷宮一共只有五層，沒有傳送魔法陣。魔物並不是特別棘手，不曉得迷宮的意思是叫大家別抄捷徑、老老實實過關斬將，還是強迫大家接受這座迷宮的洗禮。

劫爾上一趟造訪這裡的時候，打倒頭目之後出現了回程的魔法陣，但使用過一次就消失了。

「不過，這裡距離王都很近，只有五層，魔物也不強，對於新進冒險者來說非常理想呢。」

利瑟爾筆直橫越玄關大廳，不可思議地說道。這怎麼想都不像這麼惹人厭的迷宮。

「雖然頭目強度突然比前面的魔物高出這麼多，有點詐欺嫌疑就是了……」

「啊，反正菜鳥不要進到頭目那層就好了嘛。什麼過去的投影也是，不要看就好啦。」

前進方向有兩道左右延伸的階梯，但半途纏繞著鎖鏈封鎖起來了。正面有扇被階梯環繞的大門，看來只能打開它前進。

蠟燭的火光時不時搖曳，但室內的亮度絲毫不受影響，利瑟爾不可思議地望著燭火，在門前停下腳步。門上釘著一面銀色牌子，上面刻著「Ⅵ」。

「和先前不一樣，難道是隨機的……」

「劫爾？」

「這裡開始會有魔物出沒。」

沒得到自己追問的答案，卻聽見劫爾這麼說，利瑟爾點點頭，打開門扉。他的意思是去了就知道吧。

門後是一座有如舞廳般的寬敞大廳，雄偉的裝飾柱整齊排列在寬廣的空間當中，挑高的天花板施有精工，懸掛著豪華水晶吊燈。三人環視周遭，踏著大理石地板往前走了幾步。

「哦？」

忽然有黑影從牆壁、地板上幽幽浮現，有的身體渾圓長著手，有的呈現人形，穿著燕尾服，姿態五花八門。一如他們的預期，鬼魂系魔物開始在半空飛舞。

「猜得沒錯。」劫爾說。

「這種魔物出現在天花板挑高的地方就會到處亂飛……」

物理攻擊對鬼魂系的魔物幾乎無效，牠們就像魔力的聚合體一樣。耐著性子多砍幾次多少能夠削弱牠們的強度，不過大多數冒險者都會準備好附有魔力的武器迎戰。

話雖如此，劫爾和伊雷文的武器是一流的迷宮品，附有對魔力的加護，因此平常的攻擊對鬼魂一樣有效。上空撲來的黑影刷刷刷被兩人一個接一個斬除。

「數量多是很煩沒錯啦，但打起來還是滿輕鬆的。」

「確實，照這樣看來不太可能因為魔物全滅……」

就在這時——

『…………——嗎？』

一道聲音傳入耳中，利瑟爾說到一半忽然打住。槍口朝向天花板的魔銃浮在手邊，他環顧四周，尋找聲音的主人。

「嗯？隊長你剛才是不是說了啥？」

「沒有，這聲音不是我，比較像是……」

來了嗎，劫爾厭惡地皺起臉。這就是這裡被稱作「最惡質迷宮」的原因，也是冒險者不願涉足的理由——這座迷宮映照過去的特性，對所有人都一視同仁，誰也躲不過。

『嗨，利瑟爾，你又在看書了嗎？』

一道人影在大廳中央悠悠浮現。

那是利瑟爾生來一起相處至今的人，也是劫爾和伊雷文只見過一面的人……話雖如此，眼前的人影比起劫爾他們見過的相貌還要年輕許多。

「啊，是父親大人。」

「我想也是喔?!哇靠，這是怎樣太猛了吧，可以這樣看到過去喔？」

利瑟爾父親的身影彷佛投影在空無一物的空間當中，隱約有點透明。

幻象劇團曾經使用過投影雨、雪等天候的魔道具，這座迷宮的投影給人的印象也類似，但更加鮮明，存在感相當突出，那位團長看了一定會大喜過望。
鬼魂仍然在他們視野邊緣飛舞，這時男人影像面前的空間忽然起了波動。
『嗯，書很有趣！』
微小的波動，映照出蹲坐在地上的幼小孩童。
劫爾和伊雷文的視線不由得牢牢固定在那裡。甜美的紫水晶眼瞳，澎潤柔嫩的臉頰，柔和的五官，和緩的微笑——是他們看慣了的臉孔。
「隊長好小！好矮！嗚哇，這不是小時候的隊長嗎！在看書欸！」
『今天在看什麼呀？』
「喂，你後面。」
「欸……等……我在意那邊在意得受不了啊！」
沒錯，只要保持冷靜，這座迷宮的魔物不可能讓人陷入苦戰。
但越是不希望別人看見的影像、不想被人看見的模樣，就越容易進入視野，再加上那些想要隱藏的過去對別人來說最有吸引力，所以實在很難保持冷靜。
這點對劫爾和伊雷文來說也不例外，就連剛才輕描淡寫地說「不要看就好」的伊雷文，也忍不住一直盯著那邊看。
「嗚哇……好嬌小……看起來好有教養……」
「這傢伙就是生在很有教養的家庭啊。」
不論注意力分散，還是從視野之外遭到魔物攻擊，二人都能輕鬆應付，對他們來說效果不大就是了。二人一面看著小利瑟爾的方向，一面揮劍斬殺靠近的魔物。

「原來『VI』指的是六歲呀。」

利瑟爾理應動搖得最為強烈，卻是徹底的冷靜。這時候的我還是有達到六歲小孩平均身高的，只有這一點，他不著痕跡地在心裡為自己辯解。

『來，就寢時間差不多到囉。』

『但是，我還……』

『不行喲。』

幼小的利瑟爾緊緊把書抱在懷裡，但是就這麼被溫柔伸出的雙臂連著書本一起抱了起來。溫暖的體溫裹住他的身體，大手緩緩撫摸他的頭。

小利瑟爾意識到自己原本遺忘的睡意，眼瞼差點沉沉落了下來，但他用力抓緊書本抵抗睡魔，在父親的臂彎裡仰頭看向俯視著自己的那道微笑。

『父親大人，再一下下就好……』

「你還那麼小的時候就書籍中毒是怎麼回事？」劫爾說。

「怎麼這麼說呢，每個孩子都跟父母要過繪本吧？」

「你手上那本怎麼看都不是繪本欸。」

這沒什麼稀奇呀，利瑟爾笑著射穿了圓滾滾的鬼魂。但二人知道他現在愛書愛得多狂熱，實在難以接受他的說法，再加上小利瑟爾手上拿的那本書看起來不像幼童讀的單薄繪本，他們更不覺得正常了。

但內容真的是適合小朋友閱讀的故事沒錯，這時候他還無法閱讀大人都嫌難的艱澀書籍。

『我已經說不行囉，利瑟爾。我們約好了，書只能看到睡覺時間呀？』

『……對不起。』

『雖然很想滿足你所有的願望，但對我來說利瑟爾比什麼都重要，我們的約定也是為了利瑟爾好哦。』

父親從可愛的兒子手上抽走書本，臉頰磨蹭著臂彎裡的溫暖，接著邁開腳步。只見他橫越大廳，走向空無一物的牆壁，就在他穿透柱子，正要消失在牆壁另一端的時候：

『所以在你睡著之前，我就念給你聽吧。』

這樣就不算違背約定了吧？他們看見父親輕聲耳語，臉上帶著寵溺又憐愛的笑容。小利瑟爾聽了高興地瞇起眼笑，稚嫩的臉龐撒嬌似地挨上父親肩膀。

二人穿過牆壁之後，說話聲戛然而止。映照過去的影像就此結束，沉默籠罩了大廳數秒，只有鬼魂的笑聲在空間裡迴盪。

「……好甜！」

伊雷文大喊。

「你爸超寵你的啦！」

「看這作風就知道是你父親。」

「你們兩個怎麼這樣一直默默盯著看，實在太難為情了。」

利瑟爾苦笑道，雖然嘴上這麼說，但從表情和態度一點也看不出他哪裡害臊。剛才的情景他隱約有點印象，實際上類似的對話常常發生，所以也無法分辨那到底是什麼時候的記憶。

不過，還真令人懷念。利瑟爾感慨地想著，射穿了飄浮在天花板附近的最後一隻鬼魂，牠的手套隨之飄落下來。

「啊，那一頭的門打開了欸。」

「殺光魔物門就會打開。」

「假如不這麼安排，大家就可以不看幻影一路衝刺過去了。」

位於他們進入的那扇門正對面的那扇門發出吱嘎聲打開了。

如果無法打倒所有魔物，同樣的幻影是不是會不斷重播呢？利瑟爾他們討論著這件事，正準備跨出步伐前往下一層，這時大廳中央再次產生波動。

利瑟爾一行人停下腳步往那裡看去，出現的是與剛才不同的人影。

『之前那個陷阱設在哪裡啊……』

「啊，是我欸。」

剛開始留長的紅色頭髮紮成一束，在腦後一晃一晃，是幼小的伊雷文。

「伊雷文，你明明跟我一樣矮呀。」

「是喔，我也不太記得了說……」

「瘦得像竹竿，你沒吃飯？」

「有啦，我吃超多欸。」

小伊雷文每走幾步就停下來張望四周，如同劫爾所言，他的體型纖瘦，天生就是這種體質吧。但腳步相當輕盈，一點也不覺得這孩子身體孱弱。

只見他倏地蹲下身，把手伸進地面，大廳地板上突然映出一個圓形洞口。

『喔，是兔子。太好啦，今天晚餐吃肉！』

他從圓形洞穴抓出一隻兔子。

「伊雷文從小就喜歡讓獵物掉進自己的陷阱裡呢。」

「被你這樣講好像我小時候超級不可愛的欸。」

小伊雷文隨手拔出腰間的小刀，俐落地處理兔肉。動作比現在笨拙，不過在利瑟爾看來手法已經相當精湛，不愧是獵人之子，他不禁佩服。

『不對，如果用這隻兔子當誘餌去抓熊，晚餐說不定會更豪華！看體型很大的傢伙困在陷阱裡又很有趣！』

「的確不可愛啊。」劫爾說。

「真的欸，這小鬼超不可愛的啦。」

「就是你啊……」

現在伊雷文的性格從這個時期已經可見一斑，幼小的身影就這麼甩著手上的兔子，走進牆壁消失了。

「成功抓到熊了嗎？」

「怎麼可能，抓得到兔子已經算很好啦。」

看來沒有演變成六歲小孩挑戰抓熊的故事。

伊雷文說，這時候他還在練習怎麼設下狩獵用的陷阱，那天也只是在巡視父親指導下設置的陷阱而已。距離他能夠獨當一面狩獵，還要再過好一陣子。

即使如此，他卻想得到挑戰抓熊，這種思維實在太有伊雷文的風格了。

「喂，走了。」

「嗄——還沒看到大哥的欸！」

「特地浪費時間看那個幹嘛？」

還不如趕緊結束委託，劫爾準備邁開腳步。伊雷文攔下他，吵著說好想看、好想看，劫爾不為所動地朝著門口走去，一副「誰理你」的樣子。但下一秒，他卻突然停下腳步。

感受到有人拉他手臂，劫爾心裡湧現一股不祥的預感。他回過頭，看見閃亮的笑容和一雙盈滿期待的眼睛筆直仰望著自己。

「機會難得嘛。好嗎？」

「……」

劫爾放棄了。

「隊長太神啦！這就是讓人很好奇嘛！」

「我也很好奇。說不定意想不到的可愛哦，劫爾的五官這麼端正。」

「其實小時候都被誤認成女孩子之類的？太讚啦！」

「下一個出現的也不一定是我啊。」

聽見伊雷文放聲大笑，劫爾不悅地咕噥道。

說得沒錯，利瑟爾點點頭。回想似乎是隨機出現，有時候也會連續出現同一個人的過去。但都到了這時候，下一個出現劫爾的可能性相當高，這裡可是迷宮啊。不論好的意義上還是壞的意義上，迷宮見機行事的能力可是眾所公認。

「喔，來了！」

大廳中央出現了波動，利瑟爾和伊雷文興味盎然地看著那裡，映入他們眼簾的是——

「臉長得超兇！明明還小卻超兇！附近的孩子王看到都要嚇哭啦！」

「五官跟想像中差不多，但實在談不上可愛……」

「很平常吧……」

六歲，一般來說還是可愛感最顯著的年紀。

不論什麼樣的小朋友都很有孩子的樣子，基本上都會有種和長相容貌無關的可愛。剛才出現的利瑟爾和伊雷文也一樣，即使長得並不是特別亮眼，也一樣可愛討喜。

但小劫爾全數放棄了這些孩童的特權。他相貌端正，儘管稚嫩卻顯得相當清秀，同時卻帶著淩厲的目光。四肢以六歲孩童而言相當修長，最不尋常的是他整個人的氣質特別鋒利。

『…………』

仰望虛空的那雙眼眸彷彿有著身經百戰的滄桑，那張臉上看不出孩童的情緒起伏，小劫爾微微皺起臉，表情苦澀，宛如看見了不速之客來訪。

『……下雨了嗎……』

小劫爾周遭投影出嘩啦啦落下的雨滴，利瑟爾試著伸出手去碰，雨滴沒有碰到手，直接穿透過去。

原本以淩厲目光瞪視天空的小劫爾忽地轉身折返，背影難以親近，氣勢不輸成年人，那道背影彷彿是孤高的展現。即將走出大廳之際，他們聽見小劫爾說話了。

『衣服好像還沒收……』

「大哥，我對你好失望。」

「啊？」

三人離開第一間大廳，穿過走廊之後立刻看見一道階梯，於是走了下去。

「大哥，你是生來背負著什麼痛苦的過去喔？」

「沒，我在母親疼愛之下很普通地成長。」

「那時候你已經開始習武了嗎？」利瑟爾問。

「大概只拿過木棒當劍打來打去吧。」

面對剛才那個小劫爾，竟然有辦法正常跟他玩耍，附近的孩子真不簡單。二人興高采烈地這麼起鬨，劫爾聽了無奈地嘆了口氣。

「你們為什麼就這麼不想承認我只是個普通小鬼？」

「應該反過來說吧，大哥，你為什麼會說那樣叫普通啊？」

為什麼？即使他們這麼問，那對劫爾來說都是理所當然的事情啊。最後他下了結論，這兩個聊得正熱絡的傢伙只是拿他取樂而已，劫爾決定置之不理。反正他們也不是特別在意什麼，只要不作回應，他們應該很快就會膩了。

「該怎麼說呢，我好像懂了劫爾為什麼會被侯爵家收養，然後接觸到劍術。」

「很有天生註定的感覺喔。」

聽見利瑟爾那句話，劫爾也隨便點了個頭，這方面他深有同感。

雖然對長期累積壓力的神經質歐洛德不太好意思，但被侯爵家收養對於劫爾真的是太剛好了。嚴格的訓練他求之不得，在這裡也沒有什麼他厭惡的事情。

「如果回憶的年齡就這麼繼續上升，說不定可以看見劫爾進入侯爵家的情景呢。」

「不太可能吧。」

聽見利瑟爾開心地這麼說，雖然只是猜測，劫爾還是插嘴說道。

走下鋪著鮮紅地毯的階梯之後，地毯繼續往前方筆直延伸出去，通往一扇巨大門扉。和第一層見到的大門一模一樣，門上的銀色牌子刻著「SHYNESS」（羞恥）。

「上次也是這樣。第一層是年齡，第二層之後內容就不一樣了。」

「每一層各有不同主題的意思嗎？」

「我只來過一次，不確定。」

可以確定的是，回想的年齡並不會逐層上升。

每一層都會映照出契合主題的過去，不過內容和年代都是隨機的。之前劫爾造訪這裡的時候，第一層刻的數字是「XII」，可能每一層各有概括的主題範圍，細節則是每一次進入迷宮都會變動吧。

「那就表示這層是羞恥的過去？我只有不好的預感欸……」

「是啊，畢竟還得邊看邊打鬥。」

是這時候？還是那時候？伊雷文嗯嗯啊啊地沉吟著猜測，打算先做好心理準備。利瑟爾見狀有趣地笑了，他伸手推門，沒費多少力氣，門扉開啟的模樣卻顯得相當沉重。門板另一頭，是和剛才相同的豪華大廳。

「明明只是雜魚，數量卻多得要死，這種模式真的馬上就膩了欸。」

「重複好幾次的話感覺很容易厭煩呢。」

和剛才一樣，魔物從牆壁和天花板湧現。假如同樣的關卡一直持續到最深層，劫爾他們肯定會膩煩的，幸好還有頭目等在最後，算是稍微好一點吧。利瑟爾想道，操控飄浮在半空的魔銃。

他們才剛開始殲滅魔物，大廳中央的空間便起了波動。

『——我竟然……輸了……？』

「啊，這次是從大哥先開始！」

出現的是小時候的劫爾，看起來比六歲的時候長大了不少。

這時的他身高已經抽長，但肌肉還跟不上成長速度，體格因此顯得瘦削。他孤高的氣質沒變，目光更顯凌厲，看起來凶神惡煞，正筆直凝視著眼前的歐洛德。

二人手中持劍，歐洛德則跪在地上。

「這是什麼時候的事呀？」

「……在侯爵家接受劍術訓練，第一次跟那傢伙交手的時候。」

「啊，第一次比試就已經贏了？」

「隊長，你看起來好開心喔。」

不過伊雷文也明白這種心情，他點點頭。

即使是剛學會拿劍，完全沒有打鬥經驗的時候，他們還是無法想像劫爾敗給什麼人，老實說，也不想看見他落敗。當然，與劍術老師交手不可能打從一開始就百戰百勝，但總是教人忍不住覺得，如果是劫爾，說不定真的有可能。

但這件事究竟哪裡羞恥了？看見劫爾滿臉不悅地咋舌，利瑟爾偏了偏頭。

「這件事很丟臉嗎？」

「你仔細看。」
劫爾斬落出現在眼前的巨大黑影，不情願地指向還在成長中的自己，一副一點也不想讓人看見這副模樣的態度。
『你到底使了什麼手段，劫爾貝魯特!!』
『……沒，只是我打贏了，而你輸了而已。』
『不可能！這種事怎麼可能發生！』
歐洛德喘著氣大吼。少年劫爾煩悶地蹙起眉頭，轉過身準備從他面前離開。
「啊。」利瑟爾的目光停留在少年的手臂上，他應戰的動作也同時停了下來。幸虧伊雷文不著痕跡地拋出小刀，利瑟爾才沒有遭受魔物攻擊。
「衣服上有破口呢。」
「吃了他一擊。」
劫爾苦澀地啐道。這是應該感到羞恥的事情嗎？利瑟爾看著他心想。
劍術才學習一個月左右的人，打贏了自幼持續累積嚴格訓練的對手，而且只吃了對方一擊，這是值得驕傲的成就吧。在他這麼想的時候，一旁的伊雷文說著「啊，原來如此」，乾脆地表示理解，這也許是什麼劍士特有的堅持也不一定。利瑟爾一邊感到不可思議，一邊看著歐洛德茫然自失地面對難以接受的現實，接著那道身影便從大廳消失不見。
由於這是劫爾的記憶，所以無從得知歐洛德後來的狀況吧，迷宮也沒有那麼萬能……大概沒有。
「水晶吊燈會反射光線，好難看清楚哦。」

「沒想到鬼魂不太會出現在陰暗的地方欸。」
「出現在陰暗的地方也看不到。」
好了，那就繼續討伐魔物吧，利瑟爾伸手遮住光線，將槍口轉向上方。
鬼魂系魔物沒有確切的核心，他不太清楚「討伐」的標準，也有的鬼魂必須擊中數發才會消滅，因此利瑟爾盡可能以連續擊發的方式作戰。魔力量仍然相當充足。
總有一天，某魔物研究家也會解開這類魔物的奧祕嗎？這條路感覺永無止境，他邊想邊擊殺了半空中另一隻鑽過水晶吊燈縫隙的鬼魂。
『利瑟爾，你的臉色很差哦。』
這時忽然傳來一道嗓音，看來下一段幻影開始了，三人紛紛朝那裡看去。
「隊長，你老爸的出現率很高欸？」
「不曉得為什麼耶，難道我到了這個年紀還在想念父母？」
「不是吧。」
假如有其他冒險者在場，一定會吐槽他們：為什麼每次幻影開始的時候所有人都盯著看？正常來說，這些關卡是所有人努力假裝沒在看幻影，拚命以最快速度結束戰鬥才對，但這三人反而放緩攻勢，採取旁觀態度。
『這是至今最難受的一次。』
『哎呀，你這種倔強的個性究竟是像到誰呢？』
循著父親的視線看去，利瑟爾坐在他對面的位子上。這時的利瑟爾年紀和剛才的劫爾差不多，目前看見的劫爾和利瑟爾，都隨著階層推進成長了不少。

利瑟爾和父親之間隔著一張桌子，白色的桌巾上排列著豐盛料理，看來他們正在用餐。

『連續一整個星期都指定起司料理，菜單也會讓廚師很傷腦筋的。』

『可是，這也是為了改掉挑食的習慣……』

你本來會挑食？感受到另外二人的視線，利瑟爾回以苦笑。

現在的利瑟爾確實沒有任何討厭的食材，在他們的印象當中，利瑟爾應該是個什麼都吃的人。但以前，有一樣東西他不吃。

『不久前我糾正殿下，說他太偏食了，結果殿下說「最好你有資格說我啦，利茲你還不是一樣不吃起司」……』

『不可以學那位殿下那樣說話哦。』

「就算這麼說……你的解決方式未免太暴力了。」劫爾說。

「我想說只要吃習慣就贏了呀。」

「隊長，你在這種奇怪的地方很果斷欸。」

回想當中的利瑟爾，正不發一語地將料理放入口中。

他向廚師提出這種無理取鬧的要求，要是邊吃邊露出痛苦的表情，對烹調的人未免太失禮了。但利瑟爾平時沉穩的微笑銷聲匿跡，臉色蒼白，一副吃得心如止水的樣子。

有些食材他不喜歡，但真的要吃還是吃得下去。如果只是這點程度，利瑟爾能夠毫不介意地放入口中，因此對他來說，「不吃」的食材是真的不能接受的東西。第一次吃到起司的時候，他憑著意志力逼自己吞下去，結果馬上吐了出來，這時候吃到面色如土也是很合理的。

「想法暴露在臉上了呢。」

「害臊的點太無關緊要了吧。」劫爾說。

「劫爾的回憶也是呀。」

隨著一聲「我吃飽了」，利瑟爾和父親的身影也跟著消失不見。

「如果是隨機的也沒辦法啦，但既然都要看，應該播個更害羞的給我們看嘛。」

「判斷標準應該是我們的自我意識吧。即使是客觀來說可能相當羞恥的舉動，只要當事人自己不覺得害羞，我想也不會出現。」

魔物的數量順利削減，主動攻擊的魔物差不多都殲滅了，只剩下在半空中不規則浮遊的雜兵。牠們有如落在光芒中的一滴黑影，拖著尾巴自由自在地遊動，一邊發出不曉得是叫聲還是什麼聲音的嗡嗡聲。

「時不時會看見鬼魂系的魔物，但幾乎沒見過不死系呢。」

「這一帶沒有牠們會出現的迷宮。」

「就算有啦，還是不要碰到不死系比較好喔。嘿咻！」

伊雷文忽然收起雙劍，拿起小刀投向鬼魂。刀刃似乎經過魔力加工，一擊中魔物便散出青色的火焰。

利瑟爾看了突然感到疑惑。在半空飛行的鬼魂用魔銃就能夠擊殺，平時伊雷文會開開心心丟給利瑟爾解決，一邊「在這邊！在那邊！」地指揮他。他根本不必特地投擲飛刀應戰，事後還得撿回小刀很麻煩的。

「（啊，原來如此。）」

利瑟爾察覺他這麼做的意圖，忍不住笑了。聽見他推測判斷標準是自我意識，伊雷文應該有什麼想法吧。說到底，伊雷文一開始看見這次的主題，好像就有股不好的預感。

「不死系又臭又髒根本沒什麼好……」

『……！』

聽見傳入耳中的聲音，伊雷文嘴角抽搐。映在大廳裡的是某個房間，和鮮艷的紅髮。

『你生、氣了……！』

『別怕，我還沒生氣呢。』

『……嗚……』

『來，別憋住氣，很難受吧？』

他紅腫的手腕巍巍顫抖，死命抓著那人伸來的手掌，像要守住自己般抱著自己的肩膀，緊緊伏在低矮的茶几上。隨著嗚咽聲，散在茶几上的髮絲微微晃動。

從旁看不清他低垂的臉龐，但他牢牢握住的手上有水滴滴落，利瑟爾再清楚不過了。

『對、對不……』

他以額頭磨蹭緊握的那隻手，彷彿在乞求原諒，縱然心懷恐懼，離開對方卻令他不安，那姿態是如此矛盾。

「——嘎啊啊啊啊啊啊啊！！」

下一秒響起足以蓋過所有聲響的慘叫，慘叫聲的主人朝著四面八方射出飛刀。小刀無論速度或威力都相當驚人，每一把都精準射中魔物，沒有半點差錯。

「你看我早就知道事情一定會變成這樣，因為我是在遇見隊長之後才感覺到羞恥心的嘛?!隊長又說是看什麼自我意識所以絕對是最近的事情嘛?!好了啦門要開了快點門開好慢喔快點開啦!!」

大混亂。

伊雷文平時寧可捏造出虛假的情緒也要藏起真正的感受，但現在的他早已沒有那種餘力。他猛然逼近利瑟爾和劫爾，平常血色較顯淡薄的皮膚染得通紅。

「好了啦快點……!……!可惡大哥你怎麼動也不動啦！」

「沒關係呀，我們都已經看過一次了。」

「一次都不想被人看見的場面就在眼前重播欸拜託你設身處地顧慮一下我的心情好嗎！」

再怎麼推劫爾都不動如山，伊雷文使盡全力往他的腳後跟踹了下去，但劫爾還是動也不動。「好懷念喲。」、「真懷念。」利瑟爾他們深有感慨地看著這段過去，到底是什麼意思?是故意找他麻煩，尋他開心，還是覺得逗他好玩?可能以上皆是吧。

「好了啦！快點走了！」

伊雷文丟下文風不動的劫爾不管，抓起利瑟爾的手臂。反正只要利瑟爾跟著他走，劫爾也會跟上來的，伊雷文就這麼衝向門口。看來終於要被他強制帶離了，利瑟爾苦笑著邁開步伐。

「你不必那麼害羞呀。」

「不可能!!」

不愧是人稱「最惡質迷宮」，手腕相當毒辣。

第三層，「PLEASURE」（愉悅）。

「愉悅喔……簡單說就是要把我們跟人睡覺的樣子放出來喔？」

「簡直令人無地自容呢。」

儘管面色還有幾分憔悴，伊雷文算是恢復過來了，正嫌棄地抬頭看著銀色牌子。利瑟爾在他身邊溫煦地笑著同意，看得伊雷文不禁掩面，真不想看見隊長臉上掛著那種笑容贊同這種話。

就在劫爾無奈地望著這一幕的時候，利瑟爾毫不猶豫地伸手推門，真是勇猛果敢。

「愉悅也分成很多種，無論如何我們都無法避免看見第一個人的過去，如果真的是那種場面，就當是運氣不好吧。」

「隊長你好有男子氣概！」

映照出來的是伊雷文的身影，他正在某處的賭場，俯視著趴在地上的男人。那男人的眼神染著憎惡，抬起布滿血絲的眼睛仰望他。

伊雷文睥睨著男人，帶著毫不掩飾的嘲諷張開嘴巴，露出鮮艷得彷彿帶有劇毒的紅。他單手靈巧地把玩著硬幣，將它丟進堆在桌上的大把金幣當中。

『作弊？造假？在這邊都是常識啦，為這種事發飆個屁，雜魚。想要公正高潔地比一場，我看你還是去跟小鬼打撲克牌啦！』

「你真是人渣。」

「伊雷文，對你來說這很愉悅嗎？」

「咦？把自信滿滿跑來挑戰的傢伙打到屁滾尿流，不是超爽的嗎？」

尤其是注意到他作弊，還故意跑來挑戰的傢伙最棒了。在賭場，沒有能力識破作弊手法是你的問題，那種人無法看破伊雷文的手法，又無法中途退出對決，一步步被他逼上死路的絕望神情真是太棒了。把那些走投無路，氣到發飆失控衝過來打人的傢伙修理到趴在地上，又是另一種樂趣。

伊雷文理所當然地這麼說道，利瑟爾和劫爾實在無法理解。

「小心不要招人怨恨哦。」

「你放心，最近我很小心啦，免得牽連到隊長。」

「那就好。」利瑟爾說。

知道愉悅並不限定於性欲之後，伊雷文說他也想看看另外二人的過去，因此殲滅魔物之後，三人繼續留在這座大廳。條件是一旦出現那方面的場面，所有人必須不動聲色地離開這裡。

利瑟爾的回憶是半夢半醒之間，坐在床上看自己最陶醉的書。閱讀時他基本上不會想睡覺，對他來說那是極為難得的瞬間，令人心蕩神馳。

劫爾則是在某處懸崖上，與巨大龍族戰鬥的回憶。其他隊伍一旦碰上這個主題，幻影播出的大多數都是伊雷文所說的那種場面，相較之下利瑟爾他們實在是以相當健全的結果收場。

順帶一提，被映出「那種場面」的冒險者會精神死亡。

第四層，「ANGER」（憤怒）。

這一次不曉得是誰先呢？看見大廳中心起了波動，明知道這種態度有點輕率，利瑟爾還是一面射殺附近的魔物，一面期待地這麼想道。

幻影悠然搖蕩，從腳邊開始顯現。黑色佔據了那人足部大部分的面積，紅磚在地面排列出的紋樣從靴底逐漸擴展。這紋樣似曾相識，利瑟爾追溯自己的記憶。人物不用說，當然是劫爾，只憑地磚的紋樣難以確定地點，但這恐怕是——

『要是有人來追——……』

「咦？」

下一秒，有人揪著利瑟爾的領子，把他藏到了大廳裡林立的粗大石柱後方。

事情發生在一眨眼間，但毫無疑問是劫爾動的手。這裡理應沒有自己必須躲藏的強敵，即使真有那麼棘手的魔物，劫爾也不喜歡讓利瑟爾離開自己的視野。既然如此，意思很明顯了。

「唉呀真是的，大哥認真打起來很嚇人欸，避難避難。」

伴隨著什麼東西碎掉的哐啷聲，伊雷文急急忙忙躲了進來，和利瑟爾一起藏身在柱子後方。他抬手撥亂了自己的瀏海，眼見利瑟爾完全沒有往身後偷看的意思，伊雷文瞥了他一眼。

「如果不想讓人看見的話，我不會看。但有點令人介意呢。」

「啊……尤其是不想讓隊長看見吧，我也不希望隊長看見這時候的我啊。」

劃破空氣的銳響傳到柱子後方，時間上只過了不到十秒便平息下來。

傳入耳中的只剩下幻影播放的破壞聲。究竟是什麼事情讓他憤怒得這樣大鬧？劫爾在戰鬥中鮮少破壞周遭環境才對，利瑟爾看向一旁想道。

劫爾不想讓他看見，伊雷文也不想讓他看見的場面──他忽然想到一個可能，雖然當時他只能斷斷續續掌握周遭的狀況。

『────，…………啊。』

響起劫爾的說話聲，微啞的低沉嗓音壓得更低，聽不清他說了什麼。

但這樣也好。利瑟爾垂下眼瞼微微一笑，從柱子後方的通道走向魔物全數殲滅後應該已經敞開的門扉，目光一次也沒有轉向大廳中央。

這種不介入過深的作風讓人很自在，伊雷文與他並肩邁開腳步，瞇起眼笑了。

「魔物全都丟給你解決了呢。」

「你應該責怪隊員擅自行動吧。」

利瑟爾穿過門扉，往前走了幾步，回頭看向跟著走出大廳的劫爾。

他無奈地嘆了口氣，態度一如往常，但蹙起的臉孔又更兇惡了幾分，利瑟爾見狀露出揶揄的笑容。

當劫爾露出極為厭惡的表情，就表示……

「很難為情嗎？」

「咦，真假?!大哥也跟我同樣下場啦，活該──」

總之伊雷文先挨了一擊。

好了，接下來就是頭目了。利瑟爾一行人往前走去，門扉在他們身後緩緩闔上。巨大的門板閉合起來相當沉重，門縫一點一點逐漸掩起，遺留在縫隙另一端的，是一雙平靜得不像憤怒的眼瞳。

但強自壓抑、祕而不宣的情緒，正在那雙眼睛深處狂暴地肆虐。

『把他納入手中興奮的心情，我不是不能理解。不過……』

在塌陷的城牆當中，他開口說道，從引發這樁慘劇的元兇腹中拔出大劍。

彷彿對著那男人說話，卻不是說給任何人聽，那道嗓音孤伶伶落在寂靜的大廳裡。

『你覺悟吧。』

門扉發出聲音闔上，將那段過去封在門內。

在那之後，利瑟爾他們順利完成委託，回到了公會。

史塔德坐在櫃檯目不轉睛地看著他，利瑟爾請他辦理委託結案手續，收下報酬，當場把那些金幣分成三等分，交給劫爾他們。還是一樣，利瑟爾無從得知一般冒險者的報酬分配方式。

「這座迷宮還滿有趣的呢。」

「嗄，我已經不想再去了啦。」

伊雷文收下金幣，噘起嘴唇皺著眉頭說。

如果只負責看別人的過去當然很有趣，但自己的過去也會毫不留情映照出來給人看，這比想像中還要悲慘，這是伊雷文這次痛切的體會。

「劫爾呢？你之前說沒有那麼排斥，再去一次應該……」

看見劫爾蹙起臉，利瑟爾乖乖放棄了。

歸根究柢，劫爾在進入迷宮之前沒有面露難色，只是因為上一次看見的過去沒什麼不可見人、不堪入目的內容。在他還是個獨行冒險者的時候，進入那座迷宮沒什麼問題。

但現在已經不一樣了，今天他注意到了這一點。一個人獨自進去還好一些，但這座迷宮的魔物對劫爾來說沒什麼魅力，他不會想到這裡打發時間，恐怕不會再次造訪。

「如果邀請賈吉和史塔德，不知道他們願不願意來？」

「隊長，你想看他們兩個小時候的樣子喔？」

「還滿想看的。」

劫爾嘆了口氣，只給了他一句忠告：「別鬧。」

68

王都的氣氛相當喧鬧。

縱然沒有建國慶典那種蓬勃的朝氣，但飽含期待與憧憬的氣氛已經足以鼓動人們的情緒。孩子邁步奔跑，大人悠然步行，就連平時從不出城的人們，今天也一塊聚集在南邊的城門口。

群眾在引導下穿過城門，期待地望向城門前完成了某項準備的平原。平時城牆外側沒有絕對安全的保障，但只有這一天不必擔心，這裡設下了徹底的警備措施，即使是沒有戰鬥能力的平民，也可以放心在王都外側行動。

「（本來想早點辦完事情早點回去，沒想到竟然被迫參加這種浪費時間的活動。）」

人潮往城門外側流動，卻有位男子逆著人流前進，他頂著一張貌美的面孔，頭髮是暗夜的顏色。

男子正值壯年，應是性格穩重下來的年紀，但他深沉的赤紅色眼瞳仍然銳利，濃重的黑眼圈相當醒目。看他快步行走的模樣，或許有人會覺得他心煩氣躁，但還是惹得擦肩而過的女性紛紛忍不住多看一眼，他渾身那股與周遭截然不同的氣質，或許也是原因之一。

男子穿越人群，沿著城牆步行，一看見通往城牆內部的門扉，便毫不猶豫地走向站崗的騎士。

「今天城牆上方僅限本演練的相關人士通行。」

「要不是有人邀請，我才不會來。」
男子將送來的邀請函硬塞給騎士，直接穿過門扉。
騎士急忙確認手上那封邀請函，一看見抬頭便不敢置信地回過頭去。但男子並未回應那道視線，在石砌的狹窄空間當中默默登上層層疊疊的階梯。
儘管點著油燈，通往城牆上方的階梯仍然十分幽暗，男子終於接近出口，抬頭可以看見四角形的一方藍天。
照進內部的光線使得他皺起眉頭，男子跨出腳步，登上距離天空更近的位置。
「風真大……」
一陣風沙沙吹動他的頭髮，男子一面煩悶地喃喃自語，一面環視周遭。
在高聳的城牆上方，吹來的風帶著點涼意，但也許多虧了此刻萬里無雲的晴天，他並不覺得冷。以均等間隔排列在城牆上的觀眾席已經開始有人入座，名義上是相關人士，但在場大多數人大概都是來看熱鬧的，跟這場演練沒什麼關係吧。
還真閒。他在內心啐了一句，開始尋找今天把他叫到這裡來的罪魁禍首。
「沙德，這邊！」
「駁回，不用這麼大聲我也聽得到。」
沙德響亮地嘖了一聲，走向設立於觀眾席後方的空間。
雷伊這男人本來就引人注目，分明與他同年，至今卻仍保留著少年般的快活氣質，同時切合這年紀的沉穩舉止又牢牢吸引旁人目光。那頭金髮襯在藍天下十分亮眼，一身華服打扮符合他憲兵統帥的地位，坐在高貴的座椅上相當適合。

「我們上一次見到面是什麼時候呀？」

「去年，你不請自來跑到馬凱德那次吧，之後就沒見過了。」

「哎呀，也沒過多久嘛。請坐吧！」

在雷伊敦促之下，沙德一屁股坐到椅子上，蹺起雙腿。坐法粗暴得不太像貴族，或許是因為他心裡煩躁的緣故，素有工作狂之名的他，現在應該要在商業國伏案工作才對。

「不過，不愧是一次也沒在社交界露過臉的商業國領主登場！」

雷伊打趣地笑著靠在扶手上說道。

「你看看，周遭所有人都在看你！」

「令人不快。」

沙德只有大侵襲那一次曾經在公眾場合露面，此後即使在商業國內部他也不曾現身。其實他本人還是照常到各處巡邏視察，是利瑟爾送的眼鏡大大發揮了功效。

戴著那副眼鏡，即使在熟人面前報上名號，對方還是會反問他是誰。效果實在太過強大，要說是完美的便利性實在有點微妙，不愧是利瑟爾開到的迷宮品。

因此沙德仍然不習慣被人觀看，此刻匯集過來的視線不可能令他自在，更別說那些目光還充滿了好奇。

「尤其是淑女們都高興得眉飛色舞呢，你也差不多該定下來了吧？」

觀眾席依照參加者的身分劃分組別，各組之間留有左右間隔，中間只有低矮的支柱區隔，視野非常開闊。

淑女們聽說長期隱身幕後的商業國領主終於要在這個場合露面，原本紛紛揶揄地耳語：

既然領主刻意不在人前現身，一定是相貌難以見人吧？已屆壯年卻還娶不到妻子，個性一定很惡劣吧？但此刻看見沙德本人，那些淑女們紅著臉頰滿臉錯愕，她們的表情從這邊望去也一覽無遺。

「駁回，我沒那個閒工夫。」

但沙德看也不看她們一眼。

雷伊聳聳肩，彷彿在說能把沙德叫到這個場合已經有如奇蹟。不論什麼時候見到這位友人，他心裡都只有工作，今天能把他叫出來，靠的也不是雷伊自己的力量。

「竟然特地跑來送行，你個性也圓融了不少嘛。」

「你沒資格說我。」

「確實沒錯！」

聽見沙德立刻這麼回答，雷伊大笑出聲。

沙德瞥了友人愉快的神態一眼，略微蹙起眉頭，因為和上一次見面時相比，他發現現在的雷伊已經有某些地方不一樣了。這點他們雙方皆然。

「即使搬出他的名字，本來覺得你來與不來的機會也是各半，果然還是在信上提一下不吃虧！」

沙德回想起大約一週前收到的那封信。

那是坐在隔壁的這個男人不定期寄來的信，信件內容大多是炫耀自己的收藏品，但偶爾又寫著重要情報，所以無法完全視而不見，這一點特別可惡。但一週前那封信上寫的，卻是某位冒險者即將離開這個國家的消息。

他看了忍不住皺起眉頭，被因薩伊發現了。一聽說事情原委，老翁便說著「快去快去」，把他趕出了商業國，沙德覺得這真是他一輩子的失策。但即使因薩伊沒趕他來，此刻他也不是完全不可能坐在這裡。

「最近在王都這邊，他們離開的消息也傳得沸沸揚揚。他本人倒是笑著說，冒險者旅居各國明明就是很平常的事情。」

「那傢伙不論有意無意，總是把周遭耍得團團轉，說起來這也滿有他的風格。」

「這點正是他的魅力所在呀？」

雷伊勾起嘴角。這麼說來，這傢伙也一樣是折騰別人的類型啊。沙德皺起臉，惡狠狠叫他也被別人耍得團團轉試試看。體驗過那種辛勞，他一定就不會那麼輕易肯定了。

雷伊卻笑著說，那真是求之不得。這傢伙還真蠢，沙德咋舌一聲，換了一隻腳蹺。

「對了，你那副眼鏡是怎麼回事？」

雷伊忽然看向插在沙德胸口的眼鏡這麼問。

「不太像你自己挑的呢。」

是情人送的嗎？眼見雷伊興致勃勃地打量那副眼鏡，沙德也低頭瞥了它一眼。

確實如此，要是讓他自己選，應該會挑一副完全不同的吧。沙德邊想邊挑釁地瞇起雙眼，難得他露出這種表情，雷伊正覺得意外，便看見沙德報復似地吊起唇角。

「別人送的。你最愛的冒險者，送給我的頂級迷宮品。」

「要我出多少錢我都願意！」

「駁回。」

眼見雷伊馬上上鉤，沙德哼笑一聲，帶著幾分痛快的心情向城牆外遠眺。一望無際的平原上，聚集在此的群眾正在有說有笑地聽從指揮整隊。

「好了，時間差不多了，我想他們應該也快來了吧。」

大概是知道沙德當然不可能出讓，雷伊沒有半點惋惜……不，他還是稍微覺得有點可惜，一邊側過身環視城牆上方。

果然如此。聽見這句話，沙德看向排列在周遭的椅子，除了雷伊和沙德的座椅以外，還剩下三人分的空位。再看看雷伊那副愉快得不得了的模樣，沙德輕易猜到了他在等誰。

過一會兒，城牆上再度騷動起來，這次現身的是三位冒險者。

「太猛了吧，超級ＶＩＰ席位欸！」

「雖然說我們持有邀請函，但這麼簡單就放行沒問題嗎？」

「他們不覺得你是冒險者吧。」

見過他們的人紛紛為了這一行人的登場交頭接耳，沒見過的則偏著頭疑惑：為什麼要這麼大驚小怪？雖然是個沒見過的貴族沒有錯……納悶的視線不偏不倚投向利瑟爾。

儘管沐浴在螫人的目光當中，那三人看起來卻毫不介意，與其說他們態度坦蕩，倒比較像是從容不迫。看見這副模樣，初次見面的人做夢也想不到他們只是區區的中階冒險者吧。

「利瑟爾閣下，這邊！」

聽見呼喚聲，利瑟爾抬起了原本看向城牆下方的視線。

說要參加這次活動的時候，是雷伊提出要招待他們到城牆上觀戰的。看見雷伊舉手招呼，利瑟爾微微一笑，壓著被風吹動的頭髮往那邊走，冷不防看見坐在雷伊隔壁的人物，他眨了眨眼睛。

「今天感謝您盛情招待，子爵閣下。」

「太拘謹啦！」

「不好意思。不過我沒有想到伯爵也來了。」

「同意，原本我也不打算來。」

沙德粗魯的語調聽得利瑟爾露出苦笑，三人在坐著的雷伊他們面前停下腳步。

雷伊招呼他們坐下，但利瑟爾拒絕了，反正演練開始之後也要站起來觀戰。看見利瑟爾和從不露面的商業國領主也理所當然地交談，周遭許多人相當震驚，但利瑟爾依然沉穩地繼續說下去。

「馬凱德狀況如何呢，稍微安定一點了嗎？」

「還不算完全復原，但原本的人潮物流已經恢復，城門也終於修復完成了。」

「那就不再需要魔力裝置了呢。」

「嗯，再過不久就會銷毀吧。」

那是異形支配者為了施行魔法所準備的裝置，經過利瑟爾和妖精們調整之後，現在成了持續展開守護商業國的魔力護盾的裝置。這還真諷刺，沙德嗤之以鼻，但他還是不忘活用這些魔力裝置。為了守護商業國，即使是恨之入骨的幕後主使者他也不惜加以利用，看來他那句話裡並沒有感傷的情緒。

「銷毀也太浪費了吧？」

「那麼強大的魔力裝置，本來就無法運作太久呀。」

伊雷文原本眺望著草原，希望演練快點開始，聽見他們這番話便提出了疑問。利瑟爾邊回答邊尋思似地看向一旁。

「它們真正發揮功能的期間，應該不到十天吧？」

「差不多。」

沙德也點頭，現在那些裝置只剩下聊勝於無的效果而已。

失去作用的魔力裝置只是無用的擺設，再加上利瑟爾他們已經將之改造成不受他人干涉、結界專用的裝置了，因此也無法用於其他地方。但放置原地萬一遭到非法人士利用也是徒增困擾，還是銷毀最為恰當。

「感覺那些裝置用了一些稀有材料，還能使用的部分拿到拍賣會之類的地方出售應該也很有趣哦。」利瑟爾說。

「如果撒路思沒來抱怨的話。」

沙德的語氣苦澀不堪，聽得利瑟爾露出苦笑，看來他為這件事操了不少心。

實際上，聽說帕魯特達爾和撒路思兩國仍在反覆進行慎重協商。某種程度上雙方已經達成共識，但和解的細節只能透過反覆磋商決定。位居整起事件中心的沙德似乎也有不少麻煩事需要處理，這次造訪王都也是為了出席相關會議。

「利瑟爾閣下，你沒有選擇前往撒路思是英明的決定，在塵埃落定之前我也不太建議各位過去。」

「我想也是。」

那就好，利瑟爾點點頭。「對了，」沙德想起什麼似地皺起眉頭，拿起放在座椅旁邊的皮製手提箱，擺在膝蓋上將它打開。

當然，它附有空間魔法，箱裡看起來一片漆黑，彷彿一灘焦油沉在裡面。

「因薩伊把要給你們的伴手禮塞給我了。」

「給我們的禮物嗎？」

「什麼什麼？」倚在城牆邊的伊雷文靠了過來，站在利瑟爾身後的劫爾也低頭看向提箱。在三人的注目之下，沙德的手腕沒入那片漆黑當中，然後拿出了什麼東西。

他朝利瑟爾遞出一個小紙袋。不曉得裡面是什麼？利瑟爾開心地收下，向沙德確認過可以拆開之後打開紙袋。往裡面一看，是個瓶子，瓶中裝滿了寶石般的小珠子。

瓶子本身也施有精緻的精工，相當美麗，利瑟爾他們三人看了不約而同心想：不愧是賈吉的祖父。

「這個是……？」

是小顆的糖果呢，還是大顆的寶石？利瑟爾透過陽光看著那些美得足以當作裝飾品的珠子這麼問。沙德回答他：

「暈車藥。」

「啊，我很需要。」

一起看著瓶子的伊雷文聽了，忍不住多看利瑟爾一眼。「我沒有騎乘過魔鳥，所以有點擔心……」看著利瑟爾公然如此宣告，他真想吐槽：你收到這個就滿足了喔？

該怎麼說呢，利瑟爾的價值觀有點偏離常軌，他現在恐怕比收到寶石更高興吧。

「他說不要咬破，含在嘴裡。你看起來不像會暈，但反正拿去用吧。」

「最近發現我會在意想不到的時候暈車，收到這個真的很高興，謝謝您。」

「我會把你這番話轉達給因薩伊。一刀，接下來是你的。」

「我也有？」

劫爾訝異地接過沙德遞來的盒子。伊雷文站在利瑟爾旁邊，喃喃說了句「這感覺是三段式搞笑哏」，不過在場所有人都假裝沒聽見。

任由利瑟爾探頭過來看他手邊的東西，劫爾打開盒子，裡面整整齊齊排列著刀劍的保養用具。這些基本上都是消耗品，收到確實很高興，但彷彿聽得見因薩伊的副聲道在對他說：「你是不是偷懶都沒好好保養大劍……」

「我有在保養好嗎……」

「劫爾做事很認真勤快嘛。說不定爺爺送這個是知道你勤於保養，所以很快就用完了呀。」

利瑟爾有趣地笑著這麼說，劫爾聽了皺起臉，即使如此還是一樣令人不快。說是這麼說，手上這些用具一看就知道是一級品，既然人家主動送來，收下也沒有損失，劫爾於是將盒子收進自己的腰包。

「接下來是……」

沙德看向伊雷文。伊雷文「嗯」了一聲，理所當然地伸出手，沙德見狀皺起眉頭，不過還是拿出一個手掌大小的箱子遞給他。

「啊，好正經的禮物喔。」

「那是什麼呀？」

「是消光劑喲，塗在刀子上，晚上之類的時候很方便。」

「這是一份確實看穿了伊雷文的背景，而且充滿危險氣息的禮物。收禮的人開心就好，利瑟爾點點頭，這時忽然看見消光劑的盒子和外盒之間，有一小張紙片露出來。

「伊雷文，這裡好像有東西哦。」

「啥？賈吉的爺爺寫信給我幹嘛，莫名其妙……」

伊雷文抽出那張紙條攤開。

『你啥時要繳清咱家天花板的修理費？』

後面附上具體到不忍卒睹的金額，伊雷文捏爛了那張紙。

那是必要行動嘛又沒有辦法，明明有的是錢還這麼小氣……伊雷文抱怨個沒完，但最後利瑟爾要幫他支付這筆錢的時候，他還是放棄似地將紙上寫的金額交給了沙德。

因薩伊大概是故意找他麻煩吧，身為行走各國的貿易商，因薩伊的貨物被佛剋燙盜賊團盯上恐怕也不只一兩次。先透過伴手禮暗示他猜到了伊雷文的背景，接著順勢刁難他一番，真符合因薩伊豪放的作風，利瑟爾笑著想道。

「那傢伙還塞了大量禮物和大量的信，要我交給他孫子。」

「啊，我可以替您轉交，晚點我們會見到他。」

因薩伊對賈吉的溺愛一點也沒少。

伊雷文還沒有直接目擊過因薩伊的愛，因此看見沙德真的從手提箱裡掏出大量禮物和大量信件的時候他都驚呆了，這個量已經超出了一般疼愛孫子的範圍。

沙德也一副打從心底不情願的樣子，應該是被因薩伊硬逼的吧。面對領主竟然還能擺出強硬態度，薑果然是老的辣。

「沒有我的嗎？」

「駁回。」

雷伊促狹地伸出手來討禮物，沙德則不客氣地揮開他的手。這時利瑟爾也伸手探向自己的腰包，難得收了人家的伴手禮，他想回送點東西。

但沙德本人注意到他的動作，卻阻止了他。

「與其說是伴手禮，送這些東西就像是為你餞別，你不必回禮。」

「但總不好意思單方面收受人家的贈禮。」

「這我同意。但如果你這麼想，我更不能收下任何回禮了。」

沙德一隻手移向胸口，輕輕覆上插在胸口的眼鏡。他紅玉般的眼瞳筆直看著利瑟爾，那動作宛如聽令於眼前那人，又像在宣誓什麼，或者交出自己的什麼。

一陣風沙沙吹過，吹動面對面的二人的頭髮。

「我已經收下太多了。」

他指的不只是迷宮品吧。是人侵襲的恩情，還是利瑟爾對於這件事相關的用心？或許以上皆是，也或許以上皆非。利瑟爾靜靜俯視著沙德，將因為身後的風而亂掉的頭髮撥到耳後。太不敢當了，他垂下眼瞼，微微一笑。

這麼說實在太過抬舉。自己不過是耳濡目染之下有樣學樣的贗品，他們以那種態度對待自己，只是因為沒見過唯一的真品吧。明知道他們不希望自己這麼想，但他還是不禁產生這種想法，利瑟爾也覺得這樣好像太自我本位了。

「那麼改天買了特產的時候，再讓我回禮吧。」

利瑟爾笑著這麼說，沙德聞言哼了一聲，環抱雙臂。

「哎呀，我好羨慕呀！」

「當然，我也會送給子爵的。」

利瑟爾說完，忽然感覺到伊雷文拉他的衣服，於是他回過頭，依言走近城牆邊緣。往底下的草原一看，熟識的孩子們正蹦蹦跳跳地朝這裡揮手。

怎麼可以對貴族這麼無禮！父母急忙阻止孩子們，但一看見他們揮手的對象是利瑟爾，家長們一瞬間面無表情。利瑟爾悠然揮手回應，便聽見孩子們純真喜悅的聲音混在人群的喧囂之中傳來。

「他很懂得閃躲吧？」

眼見沙德凝神望著那道背影，雷伊顫動喉頭咯咯笑著這麼說。沙德瞪了他臉上的笑容一眼，習慣性嘖了一聲。

「駁回，這不過是預料之中的反應。」

「確實沒錯，我也不是真的覺得他會有所回應。只不過，一旦接觸到理想之後，先前以為是真實的事物也會輕易失去價值。」

兩人看著前方交談，話聲被風吹散，除了彼此之外並未傳入任何人耳中，也沒有人注意到他們的對話。即使注意到也只會一笑置之，當它是玩笑吧。

因為這段對話的本質，唯有在認識那人之後才有辦法理解。

「要他成為我們的王，他絕對不會點頭的。」

雷伊撐著手肘，瞇起快活的雙眼，沙德則依舊環抱雙臂，銳利的眼神直盯前方。循著二人的視線望去是那唯一一人，他不讓別人掌握自己的任何一點本質，卻能輕易看穿他人的本質；他會引發變化，卻不喜歡改變對方原初的性質；有時候他會慣著別人，但不會容忍貶損雙方價值的那種依賴。他是從不硬性支配對方的支配者。

就算有人說他們想太多了，雷伊也會笑著說沒有人能夠完全否定這種說法。

「哎呀。」

「……過度保護。」

一股奇妙的感受忽然竄過二人的背脊，彷彿有什麼東西穿透身體，就像一股惡寒。雷伊吊起唇角，沙德則挑起一邊眉毛。

緊盯著他們二人不放的，是站在利瑟爾兩側的漆黑與赤紅。那兩人回過頭盯著他們，逆光的陰影下看不見他們的表情，但那兩對視線確實銳利地朝這邊投來。他們的手絕沒有伸向劍柄，但同時也清楚傳達出，一旦發生任何利瑟爾不樂見的事情，他們沒有猶豫的理由。

太可惜了。雷伊稍微攤開雙手示意，一瞬之間的攻防戰立刻分出勝負，朝向這邊的威壓也解除了。

「啊，差不多要開始了，騎士的行進隊伍好整齊劃一哦。」

「咦——我看得很想笑欸。」

「你是小鬼啊？」

他們彷彿什麼事也沒發生似地繼續跟利瑟爾交談。還真了不起，沙德哼了一聲，他身旁的雷伊則大笑出聲。

「哈哈，被他們牽制了！」

「當然會被牽制，白癡。別把我扯進去。」

沙德咋舌說完，又以幾不可聞的聲音輕喃道，他從不打算要求利瑟爾做他不想做的事。他本來就和雷伊一樣，覺得這不過是不可能實現的憧憬。

說這些不是想請利瑟爾振興他們的王國，也不是要他奪取哪個國家的統治權；沙德只是從效忠利瑟爾這件事當中，看見了貴族的理想姿態而已。

「哎呀，不過我是不會放棄的。」

雷伊沉著地說道，金色的眼瞳裡浮現出思慮。所以就叫你別說出口了，沙德又響亮地嘖了一聲。

一聲笛響吸引眾人注意，利瑟爾一行人低頭看向平原上整隊完畢的騎士們。城牆上也有許多人覺得坐著看不清楚，因此像他們一樣站起身來遠眺。

視線另一端，筆直望著群眾與城牆上方，高亢宣告演練開始，那身影無疑是位正氣凜然，以榮光為傲的騎士。

「又臭又長的前言就不用了啦，不能趕快開始喔。」

「這很重要喲，尤其這一次還有驚喜，必須好好向大家宣告才行。」

騎士們對國王宣誓之後，分為兩個陣營，看來這次的公開演練是騎士之間的模擬戰。整

齊劃一的團體戰術是騎士的拿手好戲，他們一定會展現出令人驚嘆的陣型吧。

說到騎士團，歐洛德應該也在場才對，但所有騎士都穿著全套鎧甲遮住了臉，利瑟爾沒找到他。聽說他平時相當有才幹，利瑟爾雖然想看看他發揮實力的模樣，不過也沒有必要拚命找出他在哪裡。萬一他看見劫爾，表現因而受到影響，那就傷腦筋了。

「這一次公開演練的目的，是為了與某國軍隊攜手合作！」

騎士們已經分為左右兩邊展開陣形，一名騎士站在綜觀全場的位置高聲說道。來了來了，伊雷文興味盎然地輕聲說。

「為了彰顯兩國確切的友誼，證明我們應當守護的人民沒有國界之分，他們從遙遠的王國伸出了援手！」

這究竟是什麼意思？觀眾一陣騷動。

一望無際的平原上，看不見騎士口中所說的他國軍隊。在眾人愈發納悶的時候，觀眾當中最先注意到他們的，是被父親扛在肩上仰望天空的孩童。

「啊！」孩子指向天空，父親也跟著抬頭，看見藍天裡浮現的點點黑影，他瞪大眼睛，也催促站在身邊的妻子快看。騷動逐漸朝周遭擴散開來，人們紛紛仰望天空，訝異得發不出聲音。該不會是魔物？在不安傳遍人群之前，騎士高聲宣告：

「我們的友軍，阿斯塔尼亞王國魔鳥騎兵團抵達！」

黑影在轉眼之間變大，巨大的魔鳥現身，在天際縱橫翱翔。牠們鮮艷的羽毛從頭頂正上方飛過，觀眾興奮得高聲歡呼。被父親扛在肩上的孩子面前，一名騎兵在空中滯留了一瞬間，孩子帶著滿面的笑容拚命朝魔鳥伸出手。牠們在空中滑行飛翔的姿態將全場氣氛帶到最高點，自在飛行的模樣吸引了全場目光。

「阿斯塔尼亞還是一樣懂得炒熱氣氛！」

「要是有那種機動力，就能改變物流運輸的生態了。」

雷伊和沙德抬頭看著城牆上空的魔鳥，牠們一面響亮鳴叫，一面華麗地彼此交錯、迴旋飛行，兩人道出的感想也充分展現出個人特質。

利瑟爾的目光佩服地追隨著騎在魔鳥背上，高舉著長槍飛過他眼前的騎兵。遲來一瞬的風壓吹到臉上，他眨眨眼睛，抬頭仰望無數魔鳥展翅翱翔的天空。不同於騎士，騎兵團縱然擁有軍隊的威儀，同時卻也能感受到他們自由的風氣，對於不諳戰事的平民來說，一眼就看得出這些騎兵華麗、強大又富有魅力。

「騎兵們非常吸引眾人目光呢。魔鳥也比想像中更大、更鮮艷，真好奇他們的戰鬥方式。」

「感覺打起來是滿棘手的，但應該沒問題啦！」

「你的武器打牠們適性不錯吧。」

我們聊的是這個嗎？聽見劫爾和伊雷文討論：在牠們攻過來的瞬間先切掉哪邊、不對應該先搶下轠繩，利瑟爾忍不住看著他們。這兩個人也差不到哪去，他邊想邊點頭。

接著，四處飛行鼓動觀眾氣氛的騎兵們漸漸開始集合，他們分為兩隊，同樣在兩個陣營上方編成隊伍，面朝彼此對峙。

「利瑟爾閣下，要不要坐下來呀？雖說是演練，這也是正式的戰略模擬，短時間內不會結束的。」

「好的，謝謝您。」

利瑟爾微微一笑，轉身背向城牆下宣告演練開始的號令，以及群眾爆出的歡聲。

為了這場公開演練，王都方面已經盡可能驅除了草原上的魔物，演練結束之後，這裡便成為阿斯塔尼亞士兵們休憩的場所。王都派出的警備人力現在仍然持續守護草原的安全，顯見這絕對不是冷落友邦士兵的意思。

精彩震撼的公開演練閉幕之後，騎士排成整齊劃一的隊伍，凱旋遊行般往王宮進發。觀眾目送他們走遠，也紛紛懷著尚未冷卻的亢奮回到城裡，周遭時不時可以看見家長忙著把因為魔鳥而興奮不已的孩子拖回去。

留在現場的只剩下相關人員，有名無實的相關人士保留席上十分空蕩，只剩下少數真正與活動有關的人。

「不必多禮了。騎士人數減少之後，王宮內部沒發生什麼問題吧？」

雷伊是其中一人，利瑟爾一行人一邊聽著他對前來報告的憲兵發下指示，一邊和沙德悠哉地閒話家常。這時利瑟爾好像忽然聽見了什麼聲音，轉頭看向劫爾。

「剛才是不是有人叫我？」

「底下。」

劫爾指向城牆外頭。

利瑟爾從椅子上站起身往那邊走去，想看看是怎麼回事。伊雷文也一起跟了過去，往城牆下探頭一看，有道翡翠色的身影正抬頭望著這裡。

看他將手掌圈在嘴邊，剛才喊利瑟爾的確實是他沒錯。利瑟爾微微一笑，朝底下揮揮手，示意他聽見了。

「是誰？」

「S階。」

聽見身後劫爾和伊雷文簡潔過頭的對話，利瑟爾不禁苦笑，也將手圈在嘴邊，探出身子喊話。伊雷文將手擺在他身上，隨時準備好拉住他的領子。

「西翠先生，你們回來了？」

「都跟你們約好了啊。你怎麼坐那麼高級的位子？是委託？」

「是熟人好意招待。」

事到如今他已經不會再感到驚訝，但西翠還是帶著有點無可奈何、無法釋懷的心情。如果利瑟爾的階級是S，他的心情也不會這麼複雜了。西翠邊想邊仰望著那位現在還是階級B，尚屬中階冒險者的人物。

「我爬上去還是不太好，能不能請你們下來？」

「好。」

利瑟爾有趣地笑著又揮了一次手，表示他知道了。

西翠這麼說，言下之意是如果爬上城牆沒有問題，他會直接爬上來。沒有邀請函會被騎士攔下，表示他若無其事地透露他不必走階梯也可以爬上來的意思。從西翠站立的地面上，直接爬到現在這個地方。

雖然不知道他會使用什麼樣的方法，但可以肯定的是一定需要超脫常軌的體能。考量到階級S本來就是超越一定水準的冒險者才能到達的領域，利瑟爾也毫不懷疑他真的能辦到。

「不愧是S階。」

「只要有幾把小刀我也可以啊，簡單啦。」

「劫爾呢？」

「可以吧，沒試過。」

看來階級S還很遙遠，利瑟爾溫煦地笑了。自己實在不可能辦到。

「哪天我也想華麗地爬上城牆試試看。」

「你從門口上來。」

被沙德吐槽了。他說得沒錯。

「你們要出發了嗎？利瑟爾閣下。」

雷伊和憲兵交談完畢，坐到椅子上微笑問道。

「是的，也透過人脈和對方搭上線了。」

「哎呀，這下王都要變冷清了！」

雷伊快活地笑道。利瑟爾聽了不禁苦笑，這實在言過其實了。

劫爾站起身，伊雷文也跟著走近。畢竟不好讓西翠等太久，利瑟爾稍微和雷伊他們打過招呼，便轉過身去。

「那麼，再會。」

瞇起的雙眼帶著笑意，最後他只說了這麼一句話，與雷伊他們告別。

雷伊和沙德目送他們離開，視線一刻也不曾離開那道背影。

「再會嗎……」

雷伊忽然抬起頭仰望天空。

先前和利瑟爾交談的時候，他說不確定會不會再回到這個國家，看來是自己被他稍稍戲弄了一番，雷伊掩起忍俊不禁的嘴角。

沙德朝他瞪來，似乎在說這跟信上寫的不一樣。雷伊見狀笑了，高聲叫住利瑟爾。

「期待你回來的那一天，也很期待阿斯塔尼亞的迷宮品！」

「……絕對別帶麻煩事回來。」

利瑟爾回過頭來，雷伊前傾上半身，兩隻手肘放在腿上，沙德則是別開視線，但他還是一瞬間展開交握的手掌，朝他揮了一下。利瑟爾揚起下顎以示回應，接著高興地瞇起眼笑了。

接著，他毫不留戀地背過身離開，再也沒有回頭望。藍天之下，快活的笑聲在城牆上迴盪。

「是不是催促到你們了？」

「不會，請別擔心。」

「嗯。」

南門外側，西翠正等在那裡。

看見利瑟爾走近，他舉起一隻手打招呼，在原地等待他們過來。西翠身後可以看見一名阿斯塔尼亞騎兵，一隻魔鳥，還有一輛馬車，和平常的馬車車廂外形有些不同。
在這一帶從來沒見過這種樣貌的馬車，但利瑟爾總覺得以前好像在什麼書裡讀到過，他挖掘自己的記憶，印象中好像是跟第一次讀到魔鳥騎兵團這個名字同時間讀到的。
「是魔鳥車嗎？」
「你聽過？這種車很少見呢。」
「不是由馬匹，而是由魔鳥牽引的交通工具對吧。車廂四個角落的繩索繫在魔鳥身上……啊，原來它的構造在地面上也能移動呀。」
這是怎樣？眼見利瑟爾目不轉睛地打量著魔鳥車，全力滿足自己的求知欲，西翠納悶地看向劫爾他們。劫爾嘆了口氣，伊雷文則愉快地說了聲「哎呀」，西翠看了他們的反應便領會過來。
獲得知識這件事本身對於利瑟爾而言並沒有太大的魅力，他認為習得的知識必須經過實地活用才會真正成為自己的一部分。因此，一旦親眼見到原本只在書上看過的東西，利瑟爾往往會變成這副德性。
「利瑟爾，我想為你們介紹一下。」
「啊，不好意思。」
不過只要喊他一聲就會恢復正常，所以沒什麼問題。
「對方答應了嗎？」
「如果他們有可能拒絕，我就不會拿這件事跟你交換條件了。那個就是我認識的傢伙，今天來訪的騎兵團的副隊長。」

「認識的？」

「至少我不想把他稱作朋友……」

聽見西翠這麼說，利瑟爾他們沒問半句為什麼。

往西翠手指的方向看去，是阿斯塔尼亞士兵和魔鳥的身影；那位騎兵的舉動從剛剛開始就令人相當在意，只是一直沒人提起。所有騎兵的裝備都極為輕便，但這位騎兵身上佩有數個像是勳章的裝飾品，區別出他與一般士兵不同的身分。

這人確實擁有副隊長的地位，但看見他現在的模樣，大多數人想必會對西翠說的話大表贊同。

「今天你好努力哦，在剛才的戰場上顯得特別耀眼！你這雙翅膀劃破空氣的聲音總是讓我士氣高昂，絕對是我最棒的夥伴！……啊，怎麼會這樣，翅膀上的羽毛竟然有點亂掉了，快讓我看看，我馬上就讓你恢復原本美麗的模樣！」

好恐怖。

「論能力他還是滿優秀的，畢竟都當到副隊長了。」西翠說。

「這太嚇人了吧。」劫爾說。

「沒有正常一點的人喔？」伊雷文說。

「除了這傢伙以外幾乎都是正常人啊。只是牽線還是找這傢伙最適合，所以……」

一心一意和魔鳥說話的模樣豈止充滿愛意，他的愛根本在暴走。利瑟爾雖然一瞬間對這人有點想法，但既然是個優秀的人就無所謂吧，他轉念一想便接受了。

在剛才的公開演練當中，利瑟爾也見過他的身影，看見他以巧妙的指揮制住了容易莽撞猛衝的阿斯塔尼亞士兵們。在戰場上反而能夠採取較為理性的行動，這人真是太厲害了。

熱愛魔物這點與某魔物研究家相同，愛的方向卻天差地遠，研究家是一視同仁的愛，這位騎兵則是專一癡情的愛……不過兩種愛都相當沉重。

「喂，你差不多該讓我介紹一下了吧？」

「啊，我親愛的搭檔實在太美好了！多麼地完美無瑕！……啊……」

騎兵沉浸在自己與搭檔的世界當中，這下終於回神似地轉向這裡。

對了，是要引介這趟的客人給他認識。他看見西翠才想起來，接著看向利瑟爾他們，偏著頭想：我們要載的是貴族嗎？如果是貴族的話狀況又不一樣了，騎兵面有難色地皺起眉頭。

「西翠，他們就是客人？我記得你說是冒險者啊……」

「是啊，怎麼了？」

「這樣啊……」

不對，真的是冒險者嗎？看見騎兵一臉不可思議，利瑟爾露出苦笑。也不必表現得如此露骨吧，該怎麼說呢，阿斯塔尼亞的士兵都給他一種表裡如一的印象，是他們的民族性本就如此嗎？利瑟爾邊想邊重新面向騎兵。

「到阿斯塔尼亞的旅途中就請多多關照了，副隊長先生。」

「我是納赫斯塔魯斯，可以叫我納赫斯。回國旅程這五天也請你多指教了，這位貴客。」

原以為要花上一週，沒想到只需要五天。策馬疾行到阿斯塔尼亞也得花上十天，這麼想來魔鳥的速度實在快得超乎尋常。

不愧是以機動力著稱的魔鳥兵團。利瑟爾微微一笑，回握對方伸出的手，長期騎乘在魔鳥背上揮舞長槍的手掌結實又有力。

看來沒問題了。西翠見狀點點頭，接著又朝納赫斯開口，平時總是淺淺糾在眉間的皺摺蹙得更深了些。

「你小心載他們啊。」

「我知道。怎麼了，難得看你這樣操心別人。」

「他跟其他無關緊要的傢伙不一樣。」

西翠理所當然地斷言，接著轉向利瑟爾。

「看起來沒什麼問題，我就先走了。」

「你們也必須為出發做準備，這樣耽擱你真不好意思。」

「我要是有什麼不滿，一開始就不會這樣提議了。你知道的吧？」

西翠帶著不服氣的表情這麼回道，便向他們告辭。

作為一個冒險者他曾經往來各地，很清楚奔走各國的冒險者再見面的機率相當高。當然，除非其中一方丟了性命天人永隔，但這方面利瑟爾他們想必不需要擔心。

「後會有期。」

對冒險者這麼說不太適合，但這是西翠最想告訴他的話。利瑟爾凝視著西翠真摯的眼睛，看著那雙艷麗的翡翠色，瞇眼微微一笑。

「好的，後會有期。」

西翠展開眉心的皺摺，露出滿足的笑容走開了，看起來心情愉快到了極點。

「我還是第一次見到西翠那種表情。」

納赫斯稀罕地說道，接著看向利瑟爾他們。

「好了，那我們可以開始準備出發了嗎？」

「不，麻煩再稍等一下，不好意思。」

利瑟爾垂下眉頭微笑道，望向城門另一側的街景。魔鳥相當引人注目，來往的行人當中有不少人看著這裡，當中沒有他熟悉的面孔。

「哎呀——該不會是鬧脾氣鬧到不來了？」伊雷文說。

「也是，那傢伙哭得那麼慘。」劫爾也說。

「讓他們掉眼淚、鬧脾氣也不是我願意的呀。」

聽見利瑟爾這麼說，劫爾無奈地嘆了口氣。

說到底，離開這個國家最大的問題不是旅途距離、不是花費時間，也不是交通方式。該怎麼讓某兩位年輕人接受這件事，才是唯一的問題所在。

盡情親近利瑟爾的那兩位年輕人，真的能夠容許他離開嗎？劫爾發自內心感到懷疑，但既然利瑟爾提議離開王都，顯然表示這方面沒有問題。

利瑟爾也一樣，乍看之下對他們百般寵溺、放任，但也沒有用那麼嬌慣的方式教育他們。為了讓他們成長，利瑟爾可以毫不猶豫地推開他們，想必他也是判斷過這麼做無妨，才會選在這個時間點啟程。

「啊，來啦。」

伊雷文看好戲似地說著指向街道，循著他手指的方向看去，兩道人影正朝這邊跑來。

「蠢材你跑快點乾脆不要再抓著我了。」

「可是一放開你就會馬上跑走了，遲到也是史塔德你的錯啊……！利瑟爾大哥等一下先別走哇——！」

一個人冷淡又面無表情，另一個人則是一臉沒出息的樣子，眼裡積滿了淚水。劫爾無奈地看向利瑟爾，看見那人露出了褒獎般的甜美微笑。事到如今，叫他別這麼寵他們已經太遲了吧。

69

利瑟爾決定把出國一事告訴賈吉和史塔德，是在與西翠談好交換條件之後不久。交涉成立，代表他們的出發日期就訂在騎士公開演練那一天，利瑟爾也不可能再因為一時心血來潮，轉而決定去撒路思。

撒路思相關的不便對於利瑟爾來說就是這麼微不足道，微不足道到他有可能因為一時興起而改變目的地。他們與騎兵團順利搭上線，對於某部分人而言是不可多得的幸運吧。

「賈吉。」

「是、是的！」

今天，利瑟爾來到了賈吉的商店。

一如往常，他帶著需要鑑定的物品來光顧。決定出發前往阿斯塔尼亞之後，他們還是照常潛入迷宮，雖然利瑟爾獲得的迷宮品又是莫名其妙的東西：會隨著包裹的東西改變花樣的布。

來到道具店的只有利瑟爾和劫爾兩人，伊雷文一聽利瑟爾說今天要把這件事告訴他們，便說他突然有些想要的東西要張羅，奸巧地笑著不曉得跑到哪去了。

鑑定結束之後，利瑟爾一邊接過東西一邊喚了賈吉一聲，賈吉聽了露出軟綿綿的笑容回應。劫爾低聲說：

「……你還真敢在他這種狀態的時候把事情告訴他。」

「這也不是能夠拖延的事情呀。」

利瑟爾笑著這麼說，他也不是沒有任何遲疑。

但正如他所說，這件事沒有辦法延後，而且既然要告訴他，無疑是越早開口越好。賈吉納悶地看著他，利瑟爾也筆直望進他的眼睛。

「其實，我們決定要暫時離開這個國家了。」

這還是他第一次見到一個人這麼顯著地從幸福被推落絕望的瞬間，劫爾回憶起來這麼說。

賈吉維持著正要拿下鑑定手套的姿勢僵在原地，利瑟爾一面將那塊莫名其妙的布收進腰包，一面望著他。賈吉俯視著這裡，睜大的眼睛甚至忘記眨動，儘管覺得對他相當殘酷，利瑟爾還是溫柔勸慰似地繼續說下去。

「我們打算前往阿斯塔尼亞。未來預計會再回到王都，但還是會離開這裡很長一段時間。」

賈吉緩緩眨了一下眼睛，微張的雙唇顫抖，想說些什麼，卻一句話也說不出口。那雙顫動的眼瞳逐漸溢滿水氣，利瑟爾仰望著這一幕，絕不出聲催促，只是等待他開口。

他的嘴巴開闔幾次之後緊緊抿起，儘管猶豫不決，最後還是忍不住脫口而出。

「不……要……、……」

賈吉整張臉皺了起來，淚水同時奪眶而出，硬是把自己說到一半的話吞了回去。利瑟爾見狀垂下眉頭笑了，忍著嗚咽低垂的臉龐、為了不說出心聲緊緊咬住的嘴唇、忍不住撲簌簌掉著眼淚的雙眼，以他高挑的身材都掩藏不住。

真不想讓他流淚，利瑟爾邊想邊伸出手。

「賈吉。」

「……嗚……」

手心包覆住他的一邊臉頰，賈吉於是看了過來，眼神裡絕沒有一絲責備的色彩。他就是這樣的人呀，利瑟爾苦笑，用指尖抹去他不停流下的淚水。

「別哭。」

「對……不起……」

「你沒有做錯任何事情呀。」

賈吉顫動的眼瞳看向利瑟爾，平時彎駝的背脊躬得更低了。

他抬起不聽使喚的手，握住利瑟爾撫摸自己臉頰的那隻手掌。他說不出口的挽留都表現在這個動作上，一定是下意識的舉動吧。賈吉深吸一口氣，勉強控制住顫抖的嗓音，靜靜放鬆了手掌。

「我會難過……也是……沒有辦法的事情……」

「嗯。」

「捨不得也是……當然的……」

賈吉眨眨眼睛，一道淚水又隨之流下。

利瑟爾拭去了那滴眼淚，彷彿在表達把他弄哭的歉意，以及自己不希望他流淚的心思。他溫柔撫摸賈吉泛紅的眼角，賈吉很舒服似地瞇起了眼睛。

他知道利瑟爾對自己很溫柔，也知道他並不會對每個人都投以這種慈愛的眼神。所以沒問題的，賈吉露出笑容。

「但最讓我高興的還是，利瑟爾大哥做自己想做的事情。」

賈吉眼中仍然泛著淚光，露出了軟綿綿的笑容。利瑟爾見狀瞇起眼甜美地笑了，拭去淚水的那隻手誇獎似地梳理著他柔軟的鬈髮。劫爾站在利瑟爾身後，表情一臉無奈，卻也沒有多說什麼。

賈吉儘管害羞，還是任憑利瑟爾觸碰，這時他忽然別開視線開口。

「我想問個很奇怪的問題，那個，利瑟爾大哥也……會覺得捨不得嗎？」

「當然呀。」

利瑟爾有趣地答道，露出惡作劇般的笑容。賈吉聽了高興又感動得雙眼閃閃發亮，看見那道笑容又愣愣地眨了眨殘留水氣的眼睛。

「你以為我會滿不在乎地離開？」

「咦……啊，不是的！那個，我不是那個意思……！」

賈吉邊否認邊倏地直起背脊，但目光又不捨地追隨著利瑟爾離開的手掌。他紅著臉一時啞口無言，又戰戰兢兢重新躬下身子，利瑟爾見狀再次將手伸了過去。

「不是說你冷酷無情之類的，我完全沒有那個意思，只是……」

「只是？」

利瑟爾執起他的手，賈吉也順從地把手交給他。該怎麼說才好呢，他沉默不語。

利瑟爾臉上總是掛著沉穩的微笑，說穿了就是不會表現出太多樣的情緒。對於自己人，利瑟爾並沒有徹底隱瞞情緒，但確實無法想像他感到寂寞、捨不得離開的模樣。

「那個……」

賈吉在腦中一片混亂之下，就這麼說出了原本不打算說的話。

「我想要……知道理由吧……」

完蛋了。下一秒，賈吉絕望得忍不住蹲坐在地。

這就像是在叫利瑟爾如果真的捨不得，就拿出證據一樣，即使他沒有這個意思，這本來也是必須靠自己尋找的答案——「利瑟爾把自己視為自家人」的理由，他明明不打算問，卻不小心問出口了。

利瑟爾絕對不喜歡人家這樣刺探，賈吉想到這一點，臉上一下子沒了血色，原本泛著潮紅的臉頰一下子刷白，看得出他原本消退的淚水又再次盈滿眼眶。

「利瑟爾大哥……那個……這……我不是……」

沒有什麼事情比在憧憬的人面前出醜來得更教人痛苦，賈吉現在深有所感。

完蛋了，利瑟爾大哥絕對受不了我了……他泫然欲泣，卻忽然有人牽過他的手。賈吉戰戰兢兢地抬起視線，看見利瑟爾仍然握著他的手，為他褪去脫到一半的手套。

「別擔心，我沒有誤會任何事情。」

抬頭一看，利瑟爾的笑容映入眼簾。只見那人佩服地打量了一下手上那隻大手套，接著低頭看向賈吉。

「賈吉，你也變了呢。」

「咦……？」

利瑟爾注意到了。

最近的賈吉確實比較有自信了。剛才的失言就是個好例子，從前的賈吉一定會覺得這麼想「太不要臉了」，即使是下意識當中也不可能浮現這種想法。賈吉年紀輕輕就擁有自己的店鋪，而且經營得相當成功，卻一直沒有因而培養出自信心……但現在已經不一樣了。

利瑟爾也明白，賈吉剛才說那句話並不是有意的，而且賈吉自己也明白那句話代表什麼意思，因此才能夠立刻反省。既然如此，給他一個他尋求的答案做為獎勵也不為過吧？

「我只特別告訴好孩子喲。」

利瑟爾朝著蹲坐在地的賈吉伸出雙手，觸碰他柔軟的頭髮，彎腰靠近茫然仰望著這裡的那張臉龐，像說悄悄話一樣將臉靠了過去。他微微一笑，緩緩張開雙唇。

「你是我來到這裡之後最早交談的對象，也是最早引起我興趣的人。」

賈吉張著嘴，愣在原地動彈不得。他目送利瑟爾的臉龐移開，腦中思緒正在高速翻騰。

「（這麼說來一開始他身邊還沒有劫爾大哥在……這裡，指的是哪裡？王都？咦，所以一開始利瑟爾大哥身邊還沒有任何人，自己是最早……話說利瑟爾大哥究竟是從哪裡來的？咦，最早也就是第一個的意思，那什麼，那把劍，最早指的是那個時候……）」

也可以說他腦中一片混亂。

「你可以更有自信一點。」

利瑟爾說完，將手套放上他掌心，賈吉的淚腺隨之潰堤。

捨不得的事情就是捨不得，賈吉抽抽噎噎地哭了起來，利瑟爾笑著盡情安慰了他一陣子。這傢伙果然太寵年輕人了，劫爾無奈地嘆了口氣。

後來準備離開的時候，「王座」感知到賈吉過於強烈的情緒，店門一瞬間打不開，嚇了二人一跳。店主該不會想動用強制手段吧，他們回過頭去，只見賈吉一個勁地迭聲道歉，看來應該不是故意的吧。

早上接取委託之際，利瑟爾約了史塔德一起用晚餐。

史塔德當然不可能拒絕。到了太陽完全下山，比約定時間稍早的時候，利瑟爾來到公會，迎接他的是行雲流水般完成了所有工作，準備萬全的史塔德。

一打開公會大門，史塔德便快步朝他走近，利瑟爾微微一笑，對他開口。

「已經準備好了嗎？」

「是的。」

「那我們走吧。」

那張面無表情的臉淡然望著這裡，利瑟爾彷彿看見他身上飛出小花；誰也看不出史塔德的情緒變化，利瑟爾卻能輕易解讀。太好了，看來他很高興，利瑟爾邊想邊帶著史塔德走出公會。

他們的目的地是那間熟悉的酒館。見到利瑟爾造訪，那裡的老闆只會以一貫不適合做服務業的表情，對他說句「歡迎光臨」而已，而且那裡的客人音量適中，整個空間不會太嘈雜也不會過於安靜，很適合談話。

再加上料理美味，吃都吃不膩，沒有不光顧的理由。

「老闆，你好。」

「……歡迎光臨。」

「我們可以坐靠邊的位子嗎？」

老闆點了頭，於是利瑟爾和史塔德一起走向靠牆的座位。

店裡還有幾位客人，不過在安靜空間裡吵鬧的那種人不太會造訪這家酒館，看見利瑟爾他們出現而匯集過來的視線也立刻轉開了。這種氛圍讓人自在，二人邊想邊坐下。

「很榮幸接到你的邀約。」

「能和你一起吃飯，我也很開心喲。」

利瑟爾自然地這麼說。史塔德依舊面無表情地點點頭，但心裡並不像表面那樣不為所動，利瑟爾彷彿看見他背後不斷飛出小花。

老闆將水和擦手巾放在他們桌上，又離開了。等到老闆走遠，利瑟爾便開了口，畢竟要說這些還是在喝酒之前比較適合。

「我暫時沒有辦法跟你見面了。」

史塔德玻璃珠般的眼瞳目不轉睛地凝視著利瑟爾，淡漠的表情不動聲色，但心裡絕沒有這麼鎮定。

從史塔德放置手掌的部分開始，木製的桌子隨著發出來的劈里聲逐漸變色，顏色變深的部分已經完全凍結。到了表面開始結霜的時候，木桌終於喀一聲從凍結部分的邊緣破開。

「我們決定啟程前往阿斯塔尼亞。之後打算再回到這裡來，但不知道會等到什麼時候。」

但利瑟爾的目光從未移開史塔德的眼瞳，也絲毫不打算收回自己放在桌上的手。

「我們預計在這一次騎士公開演練的日子出發。」

寒冰逐漸侵蝕桌面，史塔德那一側已經幾乎完全凍結。桌上的玻璃杯也從底部被冰霜覆蓋，杯中倒滿的水由外側開始結冰。

最後，水終於從中心往外凍結。不負「絕對零度」之名的力量仍然在桌面持續擴展，即將碰觸到利瑟爾的手，但他的手依舊動也不動。

「我不要。」

史塔德的眼睛像人偶般眨也不眨，牢牢凝視著利瑟爾，朝他伸出手。儘管上一秒觸碰到這隻手的所有東西都凍結成冰，利瑟爾還是沒有避開，伸來的指尖碰觸到利瑟爾的袖子，接著緊緊握住。

「我不要。我想和你待在一起。」

他的聲調淡漠，態度任誰看來都是如此冷靜沉著，卻已經心亂如麻。

史塔德理不清自己的思緒，他努力想理解利瑟爾說的話，大腦卻拒絕理解。「為什麼」一詞支配了他腦中所有的想法，在這當中勉強道出的那句「不要」毫無疑問是他的真心話。

「史塔德。」

「是。」

史塔德抓著袖子的手下意識加重了力道。

他絕對不能對利瑟爾說「我要跟你一起去」，因為史塔德確信，利瑟爾對自己產生興趣的理由之一正是他身為「公會職員」的頭銜。既然如此，他就不想消除雙方之間的這個連繫。

這並非出於危機感或焦躁，而是史塔德自己選擇的。眼前這道微笑教會了他，人與人之間的連繫並不是應該死命攀附的東西，而是應該疼愛珍惜。

「直率坦白是你的優點，請把你真正的想法告訴我吧。」

聽見利瑟爾這麼說，他眨了一下眼睛。

不用說，從剛剛開始史塔德說的都是真心話，平常他也只說真心話。他不想要利瑟爾對自己失望、不想被利瑟爾討厭，但即使這麼想還是忍不住把心聲說出口，可見這是他如假包換的真心話。

忽然，史塔德緊抓不放的袖子輕輕從手中抽離，他伸出指尖反射性想挽留，下一秒卻停止了動作。

「如果你開口說真的不希望我去阿斯塔尼亞，我就不去。」

玻璃珠般的眼瞳微微睜大，儘管是難以察覺的小動作，但在認識史塔德的人看來已經是劇烈的表情變化。

「…………」

史塔德垂下視線，好像不知道該說什麼才好。他放在桌上的那隻手再度抓住利瑟爾的袖子，沒有痛覺的布料任憑他再怎麼使勁抓握都不吭一聲，只是靜靜綴起。

利瑟爾這話無疑是認真的，假如史塔德叫他別去，他真的會取消前往阿斯塔尼亞的計畫。

「……你好狡猾。」

「不好意思。」

換言之，他知道史塔德不會在此時此地說出這種話，所以才決定出發，然後現在像這樣把這件事告訴他。

假如利瑟爾像剛遇見他的時候那樣高潔地下令，史塔德就能什麼也不想，欣然送他啟程，但利瑟爾絕不會為他指出輕鬆省力的道路。假如那個狀態的利瑟爾叫他等，他就不會感覺到任何情緒起伏，能安然在這裡等他回來……但利瑟爾不允許。

看見利瑟爾一臉抱歉地說不好意思，史塔德又說了一次「好狡猾」。無論何時，讓利瑟爾擺出這種表情都不是他的本意。

「你真的願意容許我的任性嗎？」

「是呀。」

利瑟爾撫慰似地握住了他緊繃的手，史塔德一面為此感到高興，一面凝神望進利瑟爾的眼睛。該說的話他已經決定了。

「我現在正在全力鬧彆扭，所以除非你今天陪我一起吃飯一起回去一起睡覺，不然我就沒辦法好好為你送行了。」

「那真傷腦筋，要是你不來送行我會很寂寞的。」

利瑟爾有趣地笑了，乾脆地放開他的手站起身來。

他們得換張桌子才能用餐，利瑟爾交代史塔德在這裡稍候，便走向老闆。背後一直有道淡然的目光投來，如果是從前的史塔德，一定會毫不猶豫地叫他不要走吧。利瑟爾邊想邊露出微笑。

不過，史塔德還是沒有掩藏他發自內心的不滿，很符合他直率的作風。

「老闆，不好意思，我們把桌子弄壞了。這是賠償，再麻煩你幫我們準備新的座位。」

看見他放在吧檯上的金幣，老闆靜靜嘆了口氣。

理由很清楚，他想說的是：這金額賠償桌子未免太多了。但給人添了麻煩必須多付一點致歉費用，這點利瑟爾不打算退讓，老闆也心知肚明。他放棄似地收下費用，走去收拾剛空下來的桌子。

目送老闆離開之後，利瑟爾正準備回到座位，近處坐在吧檯邊的一位客人卻忽然開口。從這位黑髮男人的口中，流洩出他熟悉的聲音。

「難得我還以為可以看到他哭咧。」

聽見這句自言自語般的話，利瑟爾苦笑著停下腳步。

看來只有他一個人被看見哭泣的樣子讓他非常不滿，沒想到他竟然煞有介事地變裝跑來參觀。

「偷窺太低級囉，伊雷文。」

「我想看看那張沒表情的面具臉崩壞的樣子嘛。」

捲翹的黑髮，遮起雙眼的眼鏡，緊身的服裝也截然不同於他平常的穿衣風格。伊雷文放下蹺起的雙腿，老奸巨猾地笑著拿下假髮，絕對零度的視線朝這裡刺來。

利瑟爾一叫出那個名字，史塔德便已經明白這是怎麼回事，冰刃喀啦喀啦在他手中逐漸成形。

「不准打架，會給店家造成困擾哦。」

他們已經破壞了一張桌子，不能再給酒館添麻煩了。

二人從利瑟爾的語調聽出平時檯面下的拳腳相向也不被允許，於是乖乖放下手上的武器。但伊雷文不知為何跑來想跟他們一起坐到新的座位，結果又掀起一陣紛爭。

然後到了現在，二人站在即將出發離開王都的利瑟爾一行人面前。

「總、總算趕上了……！」

賈吉捲起垂下的袖子，上氣不接下氣地抬起臉來。他擦了擦額頭上的汗水，拉開高領的領口讓涼風吹進來，平復自己的呼吸。

「因為你跑得太慢才會拖到差點來不及啊蠢材。」

「是你跑得太快了！」

賈吉說著搖搖頭，甩開貼在肌膚上的頭髮，戰戰兢兢地看向利瑟爾。

一如往常的三人，他們身後陌生的阿斯塔尼亞騎兵，還有準備好的魔鳥車。這光景彷彿將利瑟爾真的要離開的事實再度無情地攤在他眼前，賈吉的臉又皺成一團。

「利、利瑟、大哥……我真的……好捨不得……！」

「看你哭成這樣，實在不忍心走呀。」

「我……我不是這個意思……但是……」

自從告訴他離開王都的事，賈吉每一次見到利瑟爾都眼眶含淚。雖然對他不好意思，但賈吉的反應也在預料之中，利瑟爾於是伸出手想安慰他。身高明明高人一等，賈吉卻以仰望的眼神看著這裡，就在利瑟爾的手即將碰到他的時候——

「咦，嗚哇——！」

有人從後面絆倒賈吉，他狠狠跌了一跤。站在近處的利瑟爾之所以沒有遭到波及，都是多虧了劫爾從後面拉著他的領子讓他退後，還有賈吉打死不肯捲入利瑟爾，因此憑著一股毅力阻止了自己反射性伸出去的手臂抓住他。

絆倒他的史塔德，當然也是預想到這些才會如此行動。賈吉雙手撐在地上，泫然欲泣地哭訴著好過分、好過分，史塔德把他踢到一邊去，站到利瑟爾正前方。

「我想了很久。」

雖然跌坐在地的賈吉令人在意，利瑟爾還是轉向史塔德。

在他的視野一隅，伊雷文拍拍賈吉的肩膀，往某個方向一指，賈吉於是朝著那方向看去。他指的是魔鳥車，只見伊雷文朝著站在魔鳥車旁邊的納赫斯比了個「開門」的手勢，納赫斯看起來有點納悶，但還是依言打開了車廂門。

「我總是單方面從你那裡獲得了很多，卻從來沒有給予你任何回饋。」

「不會，我總是承蒙你關照呀。」

「那是我為了自己高興所做的事情，我一次也沒有為了你選擇做過任何事。」

一看見車廂內部，賈吉背後轟隆隆打下一道響雷。

「座椅竟然只鋪著木板……！」他受到謎樣的打擊，倏地站起身來，雙手猛地插進圍裙口袋，掏出各式各樣的木工道具、布料，還有不知名的東西。「好啦他恢復精神啦！」在伊雷文的爆笑聲當中，賈吉就這麼怯生生又態度強硬地鑽進魔鳥車，毫不留情地開始改造內部裝潢。納赫斯大感混亂。

「我想要憑著自己的意思送給你一些什麼。」

史塔德乾脆地遞出一個小盒子。簡單的設計，優美的裝飾，利瑟爾收下盒子，露出高興的微笑。這不太像是餞別禮，而是更單純的禮物吧。

「我從來沒有挑選東西的經驗，也沒送過別人禮物，不知道送什麼才好，也不知道該到哪一種商店選購，所以也藉助了那個蠢材幫忙。」
首先等到贈送禮物的選項浮現腦海，接著思考該送什麼才好。在此之前，史塔德從來不曾感受過一丁點苦惱，這是他第一次認真絞盡腦汁苦思，一直苦思到時間差點趕不及。
「他、他正在用驚人的速度改造車廂，這該怎麼辦！魔鳥車很稀少啊！」
「絕對不會讓你吃虧啦，你就在一邊看著吧？」伊雷文說。
「那傢伙作風其實很強勢啊。」劫爾說。
好在意那邊的情況，利瑟爾邊想邊低頭看向手上的盒子。
看起來是可以立刻打開的構造，意識到史塔德那雙平靜無波的眼瞳似乎蘊藏著些微期待與不安，他於是當場揭開盒蓋。
「啊，是書籤呀。」
盒子裡放著一片書籤，像寶石一樣淺淺嵌在底座當中。
它的外觀足以匹配寶石般的珍藏，彷彿以水晶打造般熠熠生輝，換個角度便能看見它反射日光，閃耀出七彩的優美色澤。細緻的造型、精密的雕金，纖薄平滑的皮革緞帶穿過小孔繫在上頭。高雅清靜的設計，完全表現出史塔德心目中利瑟爾的形象。
「你喜歡嗎？」
「那當然，我很喜歡喲。」
利瑟爾以指甲前端輕輕從底座上勾起書籤，它薄如蟬翼，輕如紙片，不可思議的是拿在手中並不擔心它會輕易毀壞，或許是迷宮品也不一定。
「它好美。」

賞玩似地看過正反兩面，利瑟爾又小心翼翼將書籤放回盒中，收進腰包，朝著等待回應的史塔德露出溫柔的微笑。

「我會好好珍惜的。」

「你願意用它嗎？」

「當然。」

史塔德平淡的眼神目不轉睛地望著這裡，利瑟爾有趣地加深了笑意。

他伸出手，指背撫過史塔德的臉頰。那雙眼睛撒嬌似地瞇起，眷戀他手指的觸感般輕蹭過來，這才是他真正的心聲吧。但史塔德沒將它說出口，利瑟爾褒獎似地撫過他不曾被淚水濡濕的眼角。

「謝謝你，史塔德。」

聽見他這麼說，史塔德心滿意足地呼出一口氣。不遠處，賈吉一隻手拿著工具，彷彿完成一件大事似地露出軟綿綿的笑容，但那已經跟史塔德完全沒有關係了。

魔鳥車必須盡可能減輕重量，因此內部也只有最低限度的設備，但現在已經大不相同。

「軟綿綿的呢。」

「竟然能改良到這種地步……那個高挑的青年到底是何方神聖？」

「他是道具商人。」利瑟爾回答。

「?!」

利瑟爾一行人坐在車廂內，座椅比起原先的木板已經舒適許多。畢竟還是車廂內部，說舒適也只是最低限度，但坐起來不會腰酸背痛就已經是破格的待遇了。賈吉的厲害之處在於，他運用了各式各樣的素材，在大幅改造的同時又不破壞魔鳥車重量輕便的優點。

回想起賈吉眼眶含淚目送他們離開的身影，利瑟爾露出微笑。順帶一提，賈吉才剛哭出來，史塔德就嫌煩揍了他。

「收到因薩伊爺爺的伴手禮，賈吉看起來心情很複雜呢。」

「不想被當成小鬼吧。」

「人家送來的東西幹嘛想那麼多，收下來不就好了。哭成那樣還不想被當成小鬼喔，很好笑欸。」

「他可能希望爺爺把他當成獨當一面的商人對待吧。」

利瑟爾隔壁坐著伊雷文，對面則是劫爾，魔鳥車緩緩駛過地面。

談起魔鳥，大家首先注意到的往往是飛行能力，不過牠們其實也能在陸地上奔跑。儘管無法長距離持續奔馳，慢速牽引貨物還是沒問題的。

現在牽引著魔鳥車的是納赫斯和他的魔鳥，納赫斯騎乘在自己的搭檔背上，憐愛地撫摸著牠的羽毛。

「話說回來，各位為什麼會帶著魔鳥車過來呢？」

利瑟爾從窗戶探頭朝納赫斯問道。

「各位是在抵達這裡之後，才從西翠先生口中聽說我們的事情吧？」

「哦，魔鳥車是為了在有人受傷的時候派上用場啊，不過這次沒有半個傷兵就是了。」

原來如此，利瑟爾環顧車內。車廂雖然是由數隻魔鳥同時拉上空中，重量還是越輕越好，從這個角度想來這車廂算是頗為寬廣，不過考量到它運送傷患的用途就說得通了。

真想快點體驗空中飛行之旅，利瑟爾悠哉地看著車廂陰影處忽隱忽現的魔鳥尾巴。

「跟我們自己走的速度差不多啊。」

「因為拉車的只有一隻？」

劫爾他們側眼望著利瑟爾，隨口閒聊。

明明是徒步可以抵達的距離，他們為什麼要坐在魔鳥車上？只是因為利瑟爾覺得機會難得，想坐坐看而已。

搭乘魔鳥車的陸路之旅在幾分鐘內就結束了，一行人與騎兵團的其他成員會合。

騎兵團幾乎已經做好了出發準備。利瑟爾一行人受到他們親切友善的接納，准許他們同行的隊長也表示歡迎。對於騎兵團而言，魔鳥車上有沒有載人都沒有太大差別。

「好了，我們馬上就要出發囉。」

納赫斯喊了他們一聲，三人於是坐上魔鳥車。往車廂外看去，隨處可以看見五顏六色的魔鳥載著自己搭檔的身影。

老實說，利瑟爾他們本來還暗自擔心，萬一騎兵團裡都是像納赫斯這樣愛魔鳥愛到喪心病狂的人該怎麼辦，現在看起來並非如此，可以安心了。不過當然，這裡沒有騎兵不以自己的搭檔為傲。

「我現在要把車廂連接到魔鳥身上，可能會稍微搖晃一下，不用擔心喔。」

繩索連接到魔鳥車車頂的四個角落，繩索之間的中央部分再由繩索固定在一起。利瑟爾興味盎然地看著這一幕，看來並不只是單純把車廂拉到半空而已，還用盡了巧思減低車廂搖晃。

這時，納赫斯的魔鳥從利瑟爾眺望的窗前經過，利瑟爾的視線追著魔鳥望去，隨口跟正在固定車輪的納赫斯搭話。

「魔鳥也有各式各樣的顏色呢，每一隻都很美。」

「對吧！不過我的天使還是所有魔鳥裡面最美的！」

他的反應比想像中還要熱情。

「晚點我可以摸摸看嗎？」

「當然可以！順著羽毛的方向摸，牠會很開心喔。怎麼樣，你現在從這邊看也看得出來吧？我家搭檔那滑順的羽毛，這麼美麗的魔鳥天下少有啊！」

利瑟爾看看納赫斯的魔鳥，再看看其他魔鳥。雖然對講得口沫橫飛的納赫斯不好意思，但他完全看不出差別。

「眼睛的光輝也不一樣吧！你看看，我家搭檔漆黑的眼睛是這麼澄澈，彷彿閃爍著夜空裡的星光！」

利瑟爾看不出差別。

「你看看牠的嘴喙……那種令人屏息的艷麗光澤，甚至蘊藏著一股誘人的魅力……！」

利瑟爾看不出差別。

「確實很漂亮呢。」

「對吧！看來我們很聊得來！」

但利瑟爾是成熟的大人，所以還是笑著表示贊同。反正納赫斯聽了很開心，沒問題。

「看他那樣絕對不懂吧。」

「可是是隊長欸，還是有一點機會……好吧好像不可能。」

幸好劫爾和伊雷文這段對話沒有傳到納赫斯耳中。嘴上雖然這麼說，但魔鳥之間的差別他們也只看得出花色不同而已，內心全力贊同利瑟爾的看法。

不知不覺間，出發準備也結束了。關於魔鳥，利瑟爾雖然還有許多事想請教，但既然納赫斯已經約好要讓他摸摸看魔鳥，野營的時候想必還有機會詢問。

「你們都不怕高吧？」納赫斯問。

「我沒問題的。」

「嗯。」

「我也是！」

「那就好，注意不要搖晃車體喔。」

納赫斯留下這句話，便呼喚自己的搭檔過來，將專用的鉤環裝在牠的鞍座上，再將繩索的前端穿進去。其他繩索也分別繫在別的魔鳥身上，魔鳥車也準備好隨時出發了。

騎兵團隊長的啟程號令不知從哪裡傳來，利瑟爾側過身往窗外看去，伊雷文也探出身子，從同一扇窗戶看著底下的草原。一道澄澈的笛聲響起，緊接著傳入耳中的是眾多魔鳥一齊振翅起飛的聲響，還有彼此重疊的渾厚鳴叫。

下一秒，隨著輕微的搖晃，利瑟爾他們確實看見魔鳥車離開了地面。

「哇好厲害，飛起來了！」

「很平順的出發呢。」

魔鳥車從草原的花草上空往前滑翔，逐漸遠離地面。劫爾也撐著手肘，從另一側的窗子看著這一幕，陌生的飄浮感彷彿讓人心也浮躁起來，有點靜不下心。

「搭起來跟想像中一樣涼爽。」利瑟爾說。

「反而有點冷欸。」

隨著高度攀升，窗邊呼嘯的風也越來越冷。確認身邊的伊雷文已經縮回身體，利瑟爾扶上窗板。在他關上窗戶之前，王都逐漸遠離的城牆偶然間映入眼簾。

城牆上，他彷彿看見了那四個人的身影。但他不會再次打開窗子確認，因為該說的話都說了，該做的事都做了。

「飛起來比想像中還要穩欸。嗯？隊長，你好像很開心喔？」

「有嗎？」

不曉得那二人是怎麼登上城牆的，是和他們打過照面的那位貴族開口准許他們上去嗎？這還真是罕見的組合。

利瑟爾這麼想道，聽見伊雷文那句話露出了沉穩的微笑。

閒談　某憲兵長正經八百的一天

自從我心懷感激地接受任命，登上憲兵長的地位，不知道已經過了多久。跟其他憲兵長比起來我還年輕，欠缺經驗，每天都必須努力精進。我是庶民出身，卻能獲得這個肩負責任的地位，都是多虧身在憲兵體制當中才有可能，騎士可就不是這麼回事了。當然，我並沒有要否定騎士原則的意思。

但我確實以身為憲兵為傲，在這裡不受出身左右，人人都可以往上爬。憲兵這方面的特性，和負責管理我們的那位大人有強烈關聯，他出身貴族，受的也是貴族教育，卻能夠真正體現實力主義，這樣的人並不多見。

憲兵統帥是一位擁有子爵頭銜的貴族，家族代代負責管理這個國家的憲兵。平民之間也盛傳他是位相當優秀的人物，在女士之間尤其受到歡迎。

這種思維偶爾也會招致上層反感。話雖如此，那位大人再怎麼說態度還是相當親和，待人處世也巧妙圓融，聽說是沒有惹上什麼大麻煩。個性簡直和我完全相反，令人相當羨慕，雖然這樣拿自己和貴人相比很不知分寸。

我見過那位大人幾次，拜此所賜，子爵大人也認得我，實在不勝惶恐。

憲兵的體制以子爵大人為首，在商業國和魔礦國等大規模的城市會配置一位憲兵總長，都市各個地區再分別配置憲兵長，憲兵長底下則是為數眾多的憲兵。

這座王都有子爵在所以例外，不過一般把憲兵總長想成最高長官就沒錯了。換句話說，別以為憲兵長聽起來很風光，實際上就是被長官跟下屬夾在中間的管理階級。工作很有成就感，但也相當辛苦，現在就來介紹我身為憲兵長的一天吧。

每個地區各有一座憲兵值勤據點，一天的開始，我一定會先前往那裡。

慰勞過徹夜駐守在此的憲兵們，進行過業務聯絡之後，我會目送他們滿臉睡意地離開。雖然想叫他們挺直背脊，但畢竟才剛熬了一晚，又不是值勤時間，就睜一隻眼閉一隻眼吧。

朝會過後，憲兵們會解散到外面巡邏，毫不遺漏地巡視自己負責的地區。我身為憲兵長，平時都在值勤據點待命，但剛才聽值夜憲兵說晚上發生過一場糾紛，我今天必須出外調查事件真相。

在駐守憲兵的目送之下，我確認過腰際的佩劍，走出值勤據點。

我喜歡早晨充滿活力的街道，聽著人們剛開始活動時的喧鬧聲，可以切身體會到一天已經揭開了序幕。

「哎呀這不是憲兵大哥嗎，你也來聽我說一下！」

「早安。」

走著走著，我就像平時一樣被聚在街頭巷尾聊八卦的主婦們攔住了。

她們說的「一下」從來不只是「一下」，不過有時會從她們口中探聽到任何憲兵都不知道的傳聞。這真是幫了我們大忙，但她們究竟是哪來的情報？

「那個啊，最近不是有點亂嗎？我是說，有可疑的冒險者從其他地方流浪到王都來……」

「看起來真是喔逞兇鬥狠，態度又惡劣，有時候還會恐嚇勒索咧！」

「是我們憲兵力有未逮，實在非常抱歉。」

「哎呀，不用這麼說啦，憲兵大哥，你們也沒辦法對冒險者出手嘛。而且也是多虧你們在那些冒險者附近巡來巡去，實際上也幾乎沒什麼人受害呀。」

聽見她們呵呵笑，我才抬起剛才低下的頭。

正如她們所說，除非是現行犯，否則憲兵無法擅自拘禁冒險者。冒險者完全屬於冒險者公會管轄，憲兵對他們出手是越權的行為。每個國家的相關規定各不相同，但王都這方面的規定算是其中最普遍的一種。

正因如此，憲兵和冒險者公會在其他地方時常發生各式各樣的摩擦。幸好在王都，子爵大人和公會長的關係十分良好，我也不只一兩次見過兩位大人只是說聲「我希望能讓憲兵這邊處罰他們。」「請便——」就協商完畢。由於冒險者公會位於我負責的地區，因此我常常陪伴子爵大人同行。

「話說那些冒險者呀，聽說他們好像已經離開王都了！」

「我沒有接獲類似的報告啊……」

「好像是剛剛才發生的事情嘛！」

所以說妳們為什麼會知道？

「他們老是那樣為所欲為，走了正好清靜！」

「對了、對了，關於這件事呀，好像跟那個貴族有關係哦，那個『旅店貴族』！」

聽見少婦興奮地說出那個名字，我忍不住豎起耳朵。

綽號「旅店貴族」的那位沉穩男子，是頻繁出現在市井之間茶餘飯後話題的一位冒險者，他投宿在某間旅店，行為舉止充滿貴族氣質。雖然這綽號氣派得好像會壓過本人的氣勢，用在那個人身上卻教人心服口服。

我也不曉得是出於偶然還是怎麼回事，見過那名男子幾次。他帶著原本從不與任何人共同行動的一刀，最近還把一個難以捉摸的紅髮獸人納為夥伴，可以說他才是真正摸不清底細的人物。

第一次見到他，是懷疑他冒充貴族的時候。聽說有名男子偽裝貴族身分，我衝進旅店一看，那裡只有如假包換的貴族……呃，雖然他不是貴族。

他第一次到城外執行委託的時候，看見他出城的守衛還跑來執勤據點確認：「那個人不是貴族嗎？」順帶一提，他們還懷疑一刀是綁架犯。

當我擔任子爵馬車的隨行護衛，在路上和劇團起了糾紛的時候，那個貴族一樣的男人竟然從劇團成員裡面走出來跟我搭話，這件事還記憶猶新。看見他已經理所當然地跟子爵大人彼此認識，我驚訝到愣在原地。還記得子爵大人似乎聊得很高興，一副將對方視為對等地位的態度，讓我相當錯愕——錯愕的不是子爵大人與冒險者這麼交談，而是自己竟然不覺得雙方這種態度有任何不對勁。

到了不久前，我還被他當作聯絡子爵的傳令人員使喚。

『執事長，我明天的行程呢！』

『早上進城開例行會議，憲兵的預算案也必須在明天之前提出。中午參加男爵主辦的午餐會，下午與某位大人聚會，接下來……』

『那就從下午開始吧！哎呀，我現在就開始期待了，為了利瑟爾閣下，我看預算案在今天之內就可以完成了！』

『那真是太好了，看您一個字都還沒動筆，在下原本還非常擔心呢。』

我沒有那麼大的膽子，不敢吐槽子爵大人直接捨棄了那場聚會。

子爵慷慨地展現他快活的笑容，執事長在一旁笑瞇瞇地旁觀，將我帶到子爵面前的憲兵總長也是同樣反應。回程，總長喃喃對我說：「感覺我們可以順利爭取到預算……」看他臉上一言難盡的表情，真是辛苦他了。

「那位旅店貴族做了什麼嗎？」

回想結束，我開口問她們怎麼會提到那名男子。

或許是我平常不曾主動加入對話，女士們一臉意外，不過隨後便心領神會地點點頭。她們恐怕也知道我曾經誤以為那名男子是冒牌貴族，還闖入旅店盤問的事情。

我不太希望別人提起這件事，但她們一臉「曾經有點牽連總是難免會在意嘛！」的表情看著這裡，我實在難以開口。

「聽說啊，那些冒險者好像跑去糾纏旅店貴族哦……」

少婦像在吐露什麼祕密似地起了個頭，主婦們「呀」地歡呼，彷彿接下來要講的是英雄史詩。

他們是現在王都最受討論的人物，這又是最新消息，故事恐怕會從這裡野火燎原般傳開來吧。

「我家老公不是在酒館當廚師嗎？昨天呀，聽說旅店貴族到他工作的酒館來光顧哦。」

「妳先生工作的地方不是有點高級嗎，不愧是貴族！」

「但我之前還看到他在普通的路邊攤吃串燒呢。他不知道該從哪邊開始咬，還是伊雷文那孩子教他的，有點可愛對吧！」

「如果我再年輕個二十歲就好了！哎呀，不過旅店貴族對我來說還是太難高攀了啦！」

立刻爆出一陣笑聲，她們以驚人的速度偏離主題，我試圖請她們別笑，努力將話題導回正軌。

他們在旁人口中的形象，和我所知道的簡直天差地遠。先前確實有一次，他託我帶口信給子爵大人，我到旅店去轉達子爵的回覆時，看見他高貴的眼神因睡意而顯得有點柔和。那副模樣的確出乎我的意料，但他清靜的氣質依然沒變。

看見那名男子居然覺得「可愛」，這些女士們真是太強大了。

「（今天他一定也還在睡吧。）」

真受不了，冒險者就是太沒紀律了。

「沒錯、沒錯，貴族他們正在喝酒的時候，那些傢伙就跑來了！」

聽見她們回到正題，我趕緊拉回注意力免得漏聽了重點。

「那些傢伙沾到酒哦，肯定沒有什麼好事……」

「沒錯，那些野蠻的傢伙喝醉了就會大鬧對吧？聽說他們越鬧越大聲，還跑去騷擾店員，根本為所欲為！妳們想，旅店貴族吃東西那麼優雅，那些傢伙當然就盯上他了。他們一隻手拿著啤酒杯走過去，打算把酒潑到他身上呢！」

那位女士比手畫腳地講得口沫橫飛，主婦們一聽立刻群起咒罵，對那些冒險者的厭惡、對沉穩男子帶點好奇的好感使得她們罵得更加起勁，那種駭人的氣勢讓我差點忍不住倒退。今後還是盡可能不要與女性為敵吧。

「就在下一秒！」

少婦看見周遭的反應滿足地笑了，她的故事也迎來最高潮。

「伊雷文那孩子就把他剛才正在喝的那瓶酒，整支砸到對方臉上！」

女士們瞬間爆出一陣歡聲，但我只覺得不敢置信，拚命壓抑住即將抽筋的表情。我記得她們一開始不是說那個酷似貴族的男人是被人糾纏的一方嗎？呃，聽起來是這樣沒有錯，但在還沒有人出手的狀況下，把對方砸得滿臉是血，這樣還可以斷定他們是受害者嗎？

「伊雷文那孩子也真調皮呢！」

「這不是一句調皮就能帶過的問題吧……」

「哎呀，你看他本來就有點痞痞的嘛，這也沒有辦法呀。」

「這也不是一句沒辦法就能帶過的問題吧……」

「不過伊雷文是很親人又討喜的小朋友呢，嘴巴又甜，我老是忍不住多送一點東西給他。」

太太妳說的是誰？

我認識的那名獸人，看人的眼神可是帶著發自內心的嘲諷。那男人脫口就是挑釁，蜿蜒爬過地面一般的殺氣深不可測。笑容更是嗜虐，看不出半點親切討喜。

看來他是表面功夫做得很好的那種人。也許是平時的所作所為使然，連著瓶子被打爛整張臉的冒險者被罵成自作自受，出手砸瓶子的犯人卻只被說是調皮的孩子。表現得親切討喜實在很吃香。

「後來呀，事情差點演變成亂鬥，幸好貴族跟他們說『這樣會給店家造成困擾』，所以伊雷文就和那些傢伙去外面解決，結果聽說伊雷文那孩子馬上就一個人回來了。」

「伊雷文的實力好強哦！」

「後來呢？那些冒險者怎麼了？」

「嗯……貴族他們就照樣喝酒用餐，結帳的時候好像還多付了銀幣，說是造成酒館困擾的賠禮，然後就回去了。也不知道那些冒險者後來怎麼了。」

「討厭，旅店貴族真的好紳士哦！造成困擾的明明就是那些冒險者！」

我是覺得紳士應該不會在發生糾紛（甚至有點像是他們「引發」了糾紛）的酒館若無其事地繼續用餐啦。

不過，我點點頭。八卦閒談果然是各路情報的寶庫，我今早從值夜憲兵那邊接獲的報告，內容正是有幾名冒險者滿身瘡痍地被人棄置在路邊。

憲兵巡邏的時候把他們撿回去，清晨就將那些人送到冒險者公會了。還不知道他們是跟誰起了爭執，公會那邊也說弄清事情原委之後會通知我們，沒想到這麼快就釐清真相了。

「感謝各位提供珍貴的情報，那麼我差不多該告辭了。」
「要是有什麼事情再麻煩你囉。不說這個了，你什麼時候才要討老婆呀？」
「像你這樣年紀輕輕就出人頭地的優良對象，竟然連個女朋友都沒有，太可惜了啦。」
我發自內心想說這真是多管閒事，而且她們為什麼連我沒有交往對象都知道？
「對了，你也學學旅店貴族呀！先前啊，我絆了一跤，蘋果滾到旁邊去了，他還幫我撿耶！」
只是幾個蘋果，我也是會幫忙撿的。
「而且還執起我的手問我：『妳沒事吧？』然後對我露出那個微笑！實在是！我瞬間都理解了公主愛上王子的心情！」
不，這我無法。光是執起手就能讓對方內心的公主覺醒，這世界上究竟有幾個人辦得到？至少我是沒有辦法。
「慢著，妳把妳家老公放到哪去啦！」
「哎喲，裝帥哥的是另外一個胃啦！」
我轉身背對她們毫無結束跡象的八卦閒談，朝著下個目的地邁開腳步。
「啊，憲兵長先生。」
「是道具商人啊。」
半路上，我遇到了正在準備開店的某位道具店店主。
他身材高䠷，從遠處也容易看見，臉上掛著內斂的笑容。這一帶距離中心街不遠，我常常親自過來，因此跟這位店主也見過幾次面。

尤其是最近，為了調查商業公會職員的醜聞事件，我時常找他問話。

「最近你店裡好像比較少看到莫名其妙的客人了？」

「是的，那個，平時受你們關照了。」

長得這麼高，店主的態度卻顯得畏畏縮縮，不過我知道他並不是怕我，只是個性使然。以前因為他這種性格和商店評價之間的落差，常有惡質的客人上門騷擾，當時我還滿替他擔心的。

但他畏畏縮縮地跑到執勤據點來，畏畏縮縮地帶我們到他店裡，然後畏畏縮縮地把動彈不得的強盜和恐嚇犯交給我們的次數，已經用一隻手也數不完了。我誇他能幹，道具商人卻說厲害的是他的商店，我不太懂這是什麼意思。

「最近，不知道是不是利瑟爾大哥和劫爾大哥常常在這裡出入的關係，莫名其妙的客人也減少了，生意做得很順利。」

道具商人高興地這麼說。又是那個名字，我抬頭看他。

偵訊的時候他總是臉色鐵青，迭聲說著「不好意思、不好意思」，一副快哭出來的樣子，這時候卻露出了陶醉的笑容，笑得軟綿綿的。

「你跟他很要好？」

「咦，像我這樣的人怎麼可能……！不過，那個，他確實是對我很溫柔……還會摸我的頭……」

道具商人害羞地紅著臉頰、遮著嘴巴，他做起這種動作卻一點也不彆扭，還真不簡單。

我無法想像那位沉穩男子隨便摸別人頭的模樣，他和道具商人應該算是相當熟稔吧。不過，這年紀的男人被摸頭還覺得開心真的好嗎？

無論如何，既然跟他很要好，應該會知道沉穩男子今天的行程安排才對。

「如果你跟他很熟的話，我有件事想要請教。我晚點打算去找他，但不確定他在不在旅店。」

「咦，去找利瑟爾大哥嗎……為什麼呢？」

「稍微有點事情需要問他。」

關於昨晚的事件，其實只要從蛇族獸人口中問出口供就可以了，但我不知道獸人的所在地。既然如此，還是先拜訪知道住宿地點的那一方比較快——我只是單純這麼想而已，道具商人卻不知所措地低頭看著我。

他看起來有點詫異，口中發出沉吟，是在猶豫要不要告訴我吧。難道是懷疑我想加害於那位沉穩男子？被這麼直率的青年提防，我有點受到打擊。

「昨晚，好像有幾個不太規矩的冒險者去糾纏他。他是被糾纏的那一方，這點我們已經掌握清楚了，只是想找他確認一下。」

「啊，原來是這樣呀……！」

到處提起這件事也不太恰當，所以我一開始才會隱瞞，但現在看起來直接告訴他比較快，我就坦白說了。道具商人聽了顯然安下心來，看來他真的很親近那位沉穩男子。

「那個，利瑟爾大哥嗎……昨天，他拿了幾個迷宮品過來鑑定……」

迷宮品啊。除非對那些東西特別有興趣，否則冒險者以外的人沒什麼機會接觸到，我不太熟悉。

「昨天和前天他好像都接了委託，我想今天應該不會去，他大概還在旅店吧……」

簡單說，他大概還在睡？那正好，萬一他出門就有點麻煩了，趁現在過去比較好。

我向道具商人道了謝，轉過身準備離開。「咦！」背後傳來不知所措的聲音，道具商人慌忙擋住了我的去路。

「那個，我想他應該還在睡……」

「？是啊，趁著還知道他人在哪裡的時候——」

「但是，他應該還在睡……！」

這是要我別叫醒他？

蛇族獸人也好，道具商人也罷，為什麼這樣慣著他？我也不是故意要打擾他睡覺，但必要的時候也只能請他起床啊。

「我只是稍微問他幾句話而已。」

「但是，還是要把他叫起來吧？」

「……你這樣太寵他了吧？」

「他也非常寵我，沒關係……！」

道具商人一直堅持說著「不行」，眼眶含淚，旁人看來一定覺得我是加害者。害他流眼淚的確實是我，但我絕對不是加害者……應該不是吧，真要說的話比較接近受害者才對。個性直率看起來又懦弱真是吃香，剛才我好像也有類似的想法。

「你、你能不能不要去？」

「不，這……」

「你不願意答應我不要去嗎……？」

含著淚水的眼眶逐漸乾涸，甚至失去光彩。人一旦陷入絕望就是這種表情吧，我忍不住面部抽搐。

「我都這樣拜託你……不要去了……」

再這樣下去不妙。

「我知道了，等到他醒來我再去拜訪吧，絕對不會把他叫醒的。」

「真的嗎……！太好了！」

道具商人立刻露出笑容，眼角浮現安心的淚水。這些舉動如果是故意的還真嚇人，我強自壓下加速的心跳。雖然在他即將絕望之前避免了最壞的結果，但一個人絕望的瞬間真是太可怕了……倒不如說，因為他這些反應都不是刻意的，所以才恐怖啊。

我準備離開，道具商人對我說了聲「辛苦了」，還目送我走遠，無疑是位好青年……雖然是位好青年，但短時間內我對他大概會有點陰影，下次見面感覺會很尷尬。這麼想是不是太不夠格當憲兵了？

我再次改變目的地，硬是挺直差點彎腰駝背的背脊，踏出腳步。

早上的冒險者公會人擠人，就連憲兵都知道。

「想也知道公會不可能一一管理所有的冒險者吧，我現在很忙。」

「真是非常抱歉。我是想問一下，昨天晚上憲兵交給公會的那些冒險者怎麼樣了。」

在這種時候佔用職員的時間真的很不好意思，但我這也是職務所需，沒有辦法。我說明來意之後，職員那張完全看不出情緒波動、不帶表情的臉淡淡轉了過來。

「現在應該不曉得跑到哪去了吧我沒興趣知道。」

「嗯?!」

「公會勒令禁止他們在王都活動，並且流放出城。」

不愧是冒險者公會，處分毫不留情，判決又迅速。即使那些冒險者以一副受害者的樣子被運到公會，如果是咎由自取就算他們活該，公會立刻給予處分。沒想到他們離開王都竟然是公會宣告的處罰。

但對我們憲兵來說，鬧事元凶離開王都，並不等同於事情就這麼解決了。根據值夜憲兵的說法，跟那些冒險者打鬥的人下手非常過火，也必須從他口中問出事情經過才行。公會已經習慣冒險者之間暴力相向，他們不可能告誡冒險者「不要打得太過火」。

「我可以警告一下跟他們鬥毆的冒險者嗎？」

「請自便。」

老實說在王都，憲兵的「不干涉冒險者公會」就是這點程度而已。

職員跟我交談的同時，手邊仍然一個接一個為冒險者辦理接取委託的手續，看來必須等一會兒才能繼續談下去了，於是我稍微退到旁邊。既然那些鬧事的冒險者已經離開了，也沒有必要趕時間。

「欸史塔德，這傢伙一直對委託費用有意見啦。」

「斷了他的性命。」

「啊，你終於決定接受了嗎？剛剛明明意見那麼多的說，謝啦。」

我懂了為什麼王都的冒險者災情相對比其他地方來得少。

來到第一線看看果然還是相當重要，我心領神會地點頭。這時，算準了冒險者隊伍中斷的時機，面無表情的公會職員把手邊的文件全部推給他隔壁的職員，然後朝這裡看了過來。

看來他願意聽我說了，我再次走近。

被塞了一堆文件的那位職員發出慘叫，真是非常抱歉。

「關於送到公會的那些冒險者，聽說他們今天早上確實離開了王都。」

「這樣啊。」

正如他剛才所說，職員看起來對他們的下落半點興趣也沒有。

「關於那些傢伙，其實之前憲兵這邊也收到過受害申訴，所以希望能跟公會拿個處分相關文件的副本。」

「我立刻幫你準備。」

職員立刻從座位上站起身，不知道消失到哪去了，是去準備文件吧。

在其他地方，冒險者公會和憲兵之間常發生摩擦，聽說連這種文件往來都常遭到拒絕。相較之下，我們這邊實在太順利了，甚至有點順利過頭，不過這也是這位職員的個性使然吧。

職員馬上就拿著文件回來了。

「至於勞煩到憲兵一事，我今天就會叫公會長過去拜訪。」

「好，我知道了。」

叫公會長過去……？

「那我先失陪了。」

「啊，我還有一件事想請教……」

職員一副事情都處理完了的樣子立刻準備離開，我連忙叫住他。

他明明面無表情，卻能把「麻煩死了」的情緒露骨地傳遞過來，到底是什麼原理？他淡漠的目光非常冰冷，但如果能在這裡打聽到獸人的所在地，我就不用大費周章跑到沉穩男子的旅店了。

「不好意思，我想知道某位冒險者的所在地。」

「不可能，公會沒有確認冒險者所在地的義務。不過如果是相當高階的冒險者，那就另當別論了。」

這麼說來，我還不知道他們的隊伍階級啊。

不過，他們一定是高階冒險者不會錯，畢竟有一刀在，還有跟獸人對峙時感受到的實力也不簡單。最重要的是，那個高貴的男人怎麼可能位居低階，開什麼玩笑。

當然，他一定也曾經是低階的冒險者吧，完全無法想像。

「是一位名叫伊雷文的獸人，他好像跟昨天晚上的騷亂有所關聯。」

「那個白癡做了什麼？」

周遭的溫度好像忽然降低了。

怎麼回事？我環顧周遭，看見冒險者和公會職員都速速退開，坐在旁邊的職員甚至拋下文件，像隻受驚的兔子一樣一溜煙逃跑了。

「我在問你，那個白癡又給那個人添了什麼麻煩？」

那個人，我一聽就明白了。這已經是今天第三次了，究竟怎麼回事？我對上職員降到冰點的視線，覺得頭好痛。

「……昨晚那些冒險者好像跑去找他們隊伍麻煩，他差點遭到危害，獸人為了保護他挺身出來迎擊。」

「這方面那個白癡值得誇獎吧。」

「但是，這個嘛，我剛才也說過，他下手太過火了。我打算找他確認事發經過，順便勸導他一下。」

「我知道了我們會吊銷那些冒險者的公會證明，順帶一提我不知道那個白癡人在哪裡也不想知道。」

「等一下。」

他知道了什麼？那些冒險者確實造成了旁人困擾，但吊銷公會證明太過分了吧。我對於冒險者不太熟悉，但仍然知道這是相當嚴厲的處分。

「公會職員不要憑著私情決定處分啊！」

「要是一開始知道他們對那個人出手我就會自己把他們處理掉了。」

「不要在憲兵面前公然放話說要動用私刑！」

「只是吊銷公會證明而已還留著他們一條小命就該感激我了。」

「不要讓人家在吊銷和喪命當中二選一啊！」

他的雙眼好清澈。不，清澈過頭了，裡面只有一如往常的「空無」。

「就算你說不行我也要動手我已經決定了。」

「不要明知不對還這麼理直氣壯！」

周遭不知為何向我投來敬佩的目光，憲兵的評價因為這種事情提升實在教人心情複雜。表示眼前這位職員就是這麼受人畏懼的人物嗎？

他本人大概覺得周遭怎麼看他都無所謂，只要唯一一人不要討厭他就好——他的一舉一動強烈傳達出這種想法。

能夠理直氣壯忠於自我的人還真是吃香。不曉得今天第幾次，我懷著這種絕對不是羨慕的想法，和其他公會職員一起拚命阻止立刻就要動手吊銷他們公會證明的那位職員。

今天第四次是他本人。

「昨天晚上的事情嗎？王都的憲兵工作真有效率。」

是我疏忽大意了，這句簡單明瞭的稱讚滲透進疲憊至極的心裡，我受到了療癒。

追根究柢，今天我會累成這樣都是因為眼前這男人的影子到處出沒，但罪魁禍首是那些現在已經離開這座王都的冒險者，我不會對他有所不滿。

我們在旅店的餐廳，與沉穩男子和一刀相對而坐。女主人端來了茶水，我以現在在執勤中為由婉拒，女主人卻舉起托盤說「我泡的茶不能喝是不是！」所以我就心懷感激地接受了。

「但是，我想我應該也沒有什麼新的情報可以提供了。」

「不，畢竟憲兵只發現了被丟棄在路邊的冒險者，也沒有機會問他們話，總不能完全靠著聽來的傳聞斷定事情經過。」

「這麼說也是。」

總不能在文件上寫說這起事件靠著主婦們的八卦閒聊順利解決，當事人的口供是很重要的，即使只是一句「事情就是這樣沒錯」也好。

「那麼，憲兵的工作到這邊就結束了吧。」

「不，我還有一件事想請教。」

「什麼事？」

他一臉不可思議地放下手中的杯子，沒有發出半點聲響。我親眼看見了早上主婦們口中「非常優雅」的用餐動作，忍不住不曉得第幾次懷疑：這人真的不是貴族嗎？會這麼想也沒有辦法。

「冒險者之間的糾紛我們盡量不插手，但這實在做得太過火了吧？」

「你是說伊雷文？」

「是的。」

昨天晚上憲兵發現的那些冒險者，聽說搬運到冒險者公會的路上，他們一直都沒有恢復意識。一看就知道他們滿身瘡痍，趴倒在路邊的模樣只能用慘不忍睹形容。

「已經確認過先來找碴的是對方，但未來萬一再發生類似的事件，憲兵就不能當作沒看見了。我想你身為隊長，應該要譴責他這次的行為才對。」

這時，忽然響起輕微的吐氣聲，原來是一旁無趣地聽著這段話的一刀嘆了口氣。

漆黑的服裝、銳利的眼光，一刀渾身散發的氣勢不論見過幾次都令人畏縮，但身為憲兵，我必須要維持剛毅的態度才行。話說回來，一刀坐在沉穩男子身邊看起來真不搭調，老實說我可以理解守衛為什麼把他當成綁架犯。

「這也不是什麼應該責備的事情吧？他還年輕，多少有點調皮，表示他精力旺盛呀。」

沉穩男子說出了跟聊八卦的那群主婦一樣的話。

「只要你開口糾正，他會稍微收斂一點吧，跟他講一下也沒什麼不好。」

一刀不知為何替我說話，我忍不住多看了他一眼。

「調皮也是伊雷文的個人特色呀。」

「如果砸爛對方的臉也算個人特色的話。」

「以伊雷文的作風來說已經很收斂了。」

「你不要把那傢伙當成判斷標準。」

聽起來一刀講話還比較有良知，是我的錯覺嗎？我不禁一手端著茶呆在原地。

「而且伊雷文打架打贏了，勝利的一方還遭到責備很不合理吧。」

這是哪來的支配者理論？那張輪廓柔和的臉說出這種話有夠突兀。

「現在就是叫他獲勝就好不要打過頭啊。」

「贏了就是贏了。而且劫爾，你還不是每一次被人糾纏都會還手打倒對方。」

「我打到他們還可以自己走回去的程度就停手了。」

「伊雷文還在學習怎麼拿捏這種分寸呀。」

「那傢伙才不會學。說到底他就是懂得拿捏，所以對方才沒死啊。」

為什麼我會旁聽這種像是教育方針發生歧見的父母的對話？寵孩子的母親和管教嚴厲的

父親嗎……不過一刀方面與其說是嚴厲，倒比較接近「不要把我扯進麻煩事」的態度。

「伊雷文那方面的管教一向是交給你負責。我認為他可以隨心所欲行動，真的發生什麼事的時候再出手幫忙就可以了。」

「哪時候交給我了？再說就是因為我講了他也不會聽，所以才叫你出面跟他講啊。在真的出事前先想點辦法吧。」

反了嗎，原來是放任不管的父親和希望父親幫忙管教的母親啊……

我該怎麼辦，雖然現場沒有任何劍拔弩張的氣氛，但這麼聽下去真的好嗎？誰來幫幫我啊，我看向從剛才開始就在偷看這裡的旅店女主人，她毫不掩飾臉上的笑意，看來無法期待她伸出援手。

「總之，我們家伊雷文沒做錯什麼事，獲勝的一方就是正義。」

「也是，這是冒險者的潛規則。」

衝突突然就化解了，這該不會是在耍我吧。

「……是這樣嗎……」

常常見到冒險者之間發生衝突，糾紛可能波及周遭的時候憲兵也會出手介入，但只要不連累周遭，幾乎都是放任當事人自己解決，也有不少人會開心地在一旁看好戲。

一旦演變成憲兵介入的事態，爭執總會以勝敗不明的狀態收場，所以我一直不知道……原來冒險者的規矩是這麼回事啊。不對，昨晚那場根本算不上衝突，說是蹂躪還比較貼切，錯是錯在蹂躪別人的那一方吧。但是一開始騷擾人家的又是被蹂躪那一方……

「話說回來，這些說法你從哪聽來的？」

「艾恩說的呀。」
我一面聽著正前方的對話一面默默思考，這時忽然有道活潑的聲音闖了進來。
「早安——！聽說昨天的事情好像有一些爭議喔，但反正我都把他們抹消了，隊長你們就不用再爭……哇靠，怎麼有憲兵在這啊。」
「等一下，你剛剛那話是什麼意思？」
「不要擅自偷聽啦雜魚，我才聽不懂你是什麼意思咧。」
奸詐狡猾，瞧不起人的笑容。這哪裡親切討喜了？
我想質問出真相，但得不到正經的答案。我看著他拖來椅子，在沉穩男子身邊坐下，仰頭灌了一口茶掩飾我的煩躁。真受不了，讓這種男人加入隊伍到底有什麼好處？就算有實力，這也是令人敬而遠之的類型才對。
「他很親近我呀，昨天那麼做也只是為了保護我而已。」
「要不是他反應過當，我對此並不會有任何意見……」
「這表示他很擔心我呀。而且，你不覺得他很可愛嗎？」
我無法理解為什麼有人會說這男的可愛。
「例如，在外人面前只有開玩笑的時候才會撒嬌，但是在房間裡卻會全力撒嬌這點。」
「隊長……！」
你說這傢伙？
獸人顏面抽搐，沉穩男子則惡作劇般對我微微一笑。這是他的訓斥嗎？或許是對獸人昨晚行徑的處罰吧，總之實在罰得太輕了。

但是，現在既然知道冒險者之間有這種潛規則，隊長又已經處罰過他，我也不好再說什麼。唯一能夠處罰這個獸人的是他，他說這件事這麼發落，那也只能這樣了。

「……打擾你們了。」

「已經沒事了嗎？」

「我的目的本來就只有確認事發經過而已。關於獸人別有深意的發言，我倒是很想現在立刻把他帶回去偵訊。」

「只是開個玩笑嘛，幹嘛當真，你腦袋是不是有問題啊？」

「伊雷文。」

獸人遭到責備閉上嘴。原來獸人真的會聽他的話啊，我看了不禁佩服。真希望沉穩男子就這樣好好教育他一番，除了這個獸人以外，冷淡的公會職員和怯懦的道具商人也教育一下吧。

我邊想邊走出旅店。今天早晨被這些人耍得暈頭轉向，比平常更焦頭爛額，折騰下來彷彿用光了接下來一整天的力氣，但這一天還很長。

「聽說你今天見到了利瑟爾閣下，我忍不住就把你叫來了！好了，快告訴我發生了什麼事吧！」

「……」

自從沉穩男子來到王都，我的日子常常充滿波折，差不多該把和平的一天還給我了吧。值勤結束後我被叫去問話，在豪華的房間裡面對著子爵大人，我開始認真擔心自己的胃。

閒談　十二歲時間接的「那件事」

那個傭兵團的名號廣為人知。

他們的人數並不是特別多，和各國的正規軍隊比起來只是小型集團，戰場上碰上他們的所有敵軍卻都膽戰心驚。

他們的破壞力有如疾風怒濤般席捲戰場，親眼見證他們的鬥爭心教人身體深處發顫，不論多麼優秀的戰略，面對這個傭兵團壓倒性的力量都只能無力地潰散。就連友軍都不寒而慄，可以說是暴虐的聚合體。

也有許多國家想盡辦法要馴養他們，但他們從來不隸屬於任何勢力。哪個國家出的錢多，他們在戰場上就跟誰合作，這個傭兵團一次也不曾違背過這個原則。

正因如此，鮮少有人知道他們會優先幫助自己中意的人——當然，該付的錢還是得付。

「…………」

一個男人佇立在平原上，舉目所及沒有任何障礙物遮蔽視野。

他的臉色像死人一樣沒有生氣，慘白毫無血色。混濁的雙眼仰望陰霾的天空，腥暖的風吹動他的頭髮。

「隊長，這一帶已經掃蕩完畢啦，敵兵全殲。」

「……我看也知道。」

「也是喔。」

沒有任何東西遮蔽視野，是因為敵兵都被他斬殺了。吹來的風腥暖黏膩，是因為他們正處於戰火當中。男人踩在數量駭人的屍體上，一手握著鮮血濡濕的劍佇立原地。

他瞥了前來報告的下屬一眼，以摻雜嘆息般乏力的聲音回答，然後接過下屬遞來的布，擦拭劍上黏稠的血糊，白色的布轉眼間染上鮮紅。

「不愧是咱們傭兵團的最強戰力，第四兵團的『死神』隊長，經過這場混戰竟然還毫髮無傷！」

傭兵團由數個部隊構成，人數不多卻都是精銳戰士，擔任隊長的更是其中萬中選一的佼佼者。即使在那些隊長當中，這男人仍然是大放異彩的人物。

他是這個傭兵團史上最年輕的隊長，在這整個大陸首屈一指的傭兵團當中，坐擁「最強戰力」的名譽，不過從他死者一般的臉色，難以想像他壓倒性的實力。

「那些稱號煩死人了……團長呢？」

「正在最前線突擊。咱們要去支援嗎？」

「…………」

每次有人要他判斷戰況的時候，有張臉孔一定會浮現在這男人的腦海。

為什麼？因為他知道那個人擁有最優秀的頭腦，無論面臨什麼狀況都能做出最好的判斷，一方面顧及戰場上的尊嚴，同時又能以不拘泥常識的點子打破僵局。

「那樣的人……卻突然……！」

他混濁到極點的雙眼忽然燃起光芒，下屬見狀臉頰抽搐，倒退一步。

「突然消失不見！誰會相信這種鬼話！」

「隊、隊長，你冷靜……」

「就連闖進那個國王的地盤他也說他不知道還反過來惱羞成怒！我才什麼都不知道咧他懂個屁有什麼資格生氣，那個天殺的傢伙開什麼玩笑!!」

被男人一腳踢開的屍骸在地面翻滾。縱然那是敵軍也不該如此，冒瀆亡者的行為會招致不必要的反感，平時上頭老是這麼耳提面命。「唉呀……」身為下屬的男人邊想邊望著自己完全喪失理性的隊長。

據說自從遇見某人之後，隊長這種行為已經大幅減少了，但大家都聽說過這個平時像幽鬼一樣有氣沒力的男人，以前在面對敵兵的時候常常像這樣性格丕變。即使如此他們還是願意跟隨這位隊長，除了因為他擁有所有習劍之人都不禁嚮往的強大實力之外，另一方面也是因為他雖然這副德行，平常其實還滿照顧下屬的。

「那傢伙還說，下次等我們到附近要一起吃飯！明明是那傢伙自己說的為什麼……，……唉……」

而且沒發作多久就會冷靜下來了，所以大家也不覺得有什麼問題。

男人的慟哭戛然而止，活力又立刻從他臉上消退，傭兵團裡面已經沒有看見他這種急遽的變化還會感到驚訝的人了。

「……採游擊戰擊潰伏兵，事後再會合就好。」

「好。」

下屬開始熟練地將四散的傭兵聚集起來，男人望著這一幕，呼出好長好長的一口氣，彷彿把命都吐了出來。他將劍刃明顯毀損的武器收回鞘中，喃喃說著該換了。

回想那個人的身影果然非常有效，只要假想他會做出什麼樣的判斷，男人就能想出好策略。按照過去經驗，他大致猜得到伏兵躲藏的地點；而且沒有人從旁介入戰局，在最前線享受的團長也會很高興吧。

「……哈哈。」

了無生氣的臉上浮現笑容。在他看來這是最佳戰略，但那個人一定可以輕易想出更好的妙策吧。男人垂下眼瞼瞇細雙眼，對著不在眼前的某人笑了。

「隊長，準備好啦。」

下屬轉著肩膀走近。

「啊，隊長在笑欸，真難得，你是想到宰相大人的事情嗎？你們感情真的很好欸，雖然宰相對我來說是很遙遠的人。」

「你太多話……好吵……」

「因為隊長都不說話啊，我多講一點剛好啦。話說回來，宰相大人真的很讓人擔心欸。」

雖然掛念，但男人並不擔心。以那個人的能耐，不論到了哪裡都能找到方法自保，他懂得用人，會為人們引領前路，讓人寄望於他。

他知道那個人用不著操心，只是自己擅自擔憂罷了。

「…………你到底，在哪裡？」

那個除了傭兵團團長以外，初次讓他懷抱敬意的友人，直到現在還下落不明。

擁有最強戰力之稱的男人一反他渾身散發的氛圍，以穩健的腳步離開腳下堆積成山的屍體。現在的第一要務是拿下戰果大賺一票，否則要被團長臭罵了。

必須指示傭兵們從現在開始小心不要暴露動向，前往伏兵躲藏的地點才行。雖然只是猜測，但大概八九不離十，他在戰場上的經驗已經豐富到足以如此確信。

「利瑟爾……」

仰頭一望，混濁的雙眼看見一片灰濛的天空，他想起兩人初次見面時的情景。

那個時候，他們傭兵團的名號才剛開始傳開。

在傭兵的圈子盛傳他們是一支猛將雲集的兵團，但是對雇主而言，也不過是眾多傭兵團當中的一個而已。他們和現在並無不同，滿足於奔赴戰場賺取酬金的日子。

當時，未來的第四兵團隊長才十二歲，已經隸屬於這個傭兵團了。他以令人屏息的劍術天分，毫不留情地斬殺那些看輕他只是個小孩的敵人，也是在這個時候，大家開始拿他那張死氣沉沉的臉開玩笑，稱他為「死神」。

「喂小傢伙，過來！」

「……」

那一天，傭兵團也和平常一樣在戰場上大鬧一番，到了晚上就拿這天賺的錢包下整間酒館。

團長握著酒瓶，悠然坐在沙發上叫他，當時還是個少年的他乖乖走近。團長收留了只剩最後一口氣的他，還把在世上生存的能力教給他，是他由衷尊敬的人。

少年依著團長的招呼，在他身邊坐下。團長是個肌肉結實的彪形大漢，一坐在他旁邊，整個傭兵團當中最矮小的少年看起來顯得更嬌小了。少年的身高符合這個年齡該有的水準，只是比較對象不太恰當。

「聽說你今天一個人擊潰了對方一整個小隊啊？」

「這點成績又沒什麼好炫耀的……」

「現在講話越來越囂張啦！」

大手使勁揉亂他的頭髮，少年看起來有點困擾，但並未反抗。

團長的笑聲符合他獅子般的外表，聽起來像野獸的咆哮，周遭其他傭兵聽了也跟著笑。「好啦，喝酒。」少年接過酒瓶，直接仰頭一灌。要是跑去找酒杯，傭兵們會笑他裝模作樣吧。

喉間一股灼熱感，他注意到這是烈酒，但還是回應周遭的歡聲一飲而盡。這對他來說沒什麼。

「你要是表現出一點示弱的樣子還比較可愛咧，結果臉色完全沒變！能喝酒的男人能成大器！」

「……我是不覺得好喝啦。」

看來你還是個小朋友，團長大笑道，少年皺著眉頭把空酒瓶扔到一邊。周遭的酒一瓶接著一瓶開，以前他常常納悶，明天還要接著上戰場，喝酒沒問題嗎？不只沒問題，這些人喝了酒反而還打得更起勁。

「不過，對方還沒有拿出實力啊。」

團長一口氣灌下盛在大啤酒杯裡送來的麥酒，愉快地說道。

對方——不是現在雇用他們的國家，而是敵方。只要有利可圖，他們傭兵可以幫助任何一方，根本無所謂敵我，不過也沒有更好的說法了。

「是在觀望吧。」

「但明天我們就離大本營很近囉。」

「男人嘛，有人邀請就勇敢赴約才夠有骨氣！」

速度還算不上快速進攻，不過形勢確實是我方較為有利，大本營已經近在眼前也是事實。今天，他們已經看見了進攻目標，也就是敵國主要都市的城牆。

但是他們沒心情為此歡騰喧鬧，疑點實在太多了。這是值得期待的對手，因此每位傭兵臉上都帶著樂在其中的笑容，同時不疏於警戒。

「對方是大陸首屈一指的大國。享受可以，但別掉以輕心啊。而且也不是不知道這次咱們金主瞄準的獵物有啥傳聞。」

敵國是這座大陸上最古老、最強盛的國家，位於它領土最邊陲的繁榮都市，在其他國家眼中是絕佳的獵物。

一旦將這個都市納入手中，等於將勢力伸進了原本無人能敵的大國當中。該都市本身相當繁榮，所擁有的豐富資源，令小國也可能藉此一躍成為大國。

「對那個『逆鱗都市』出手的國家，沒有一個全身而退。」

團長露出猙獰的笑容這麼說。少年聽了，混濁的雙眼轉向他。

從前，他們曾經到那個都市補給物資。城牆環繞之下的街區和平無爭，看不出軍事方面特別強大的跡象。

或許是傳聞中那個沉穩領主的影響，都市裡的居民全都溫和開朗。雖然傭兵裡面以粗莽的漢子居多，居民還是親切相待，在少年印象中，那是個待起來很自在的地方。

「……『逆鱗都市』？」

印象中的都市，和這個駭人聽聞的別名完全連結不起來，少年忍不住喃喃重複了一次。團長一聽毫不客氣地笑了，周遭的傭兵也紛紛露出「原來你不知道」的意外眼神，看來這在傭兵之間是常識。

「在我們傭兵的圈子，『不要跟那個都市敵對』是大家的默契。」

「……」

現在不就敵對了？但少年沒有這麼吐槽。

正因為有所警戒，他們才會在酒場一邊歡快喝酒，一邊討論明天以後的行動方針。假如對方只是雜兵，他們哪會討論什麼方針，只會用一句「反正殺進去就對了」帶過。

「那座都市看起來好像和平日子過太久，疏於防備，其實一有人對他們動手，他們可是很不客氣的。」

「大概兩年前吧？忘了哪個小國想了個餿主意要動他們，結果派去的間諜一個晚上就全滅啦！那次還真是精彩！」

「還不是因為他們用了那種愚蠢的戰略，竟然想拿居民當人質。只要沒有實際出手，逆鱗都市也不會有所動作……表面上。」

團長揚起一道意味深長的笑容。換言之，檯面下發生什麼事沒人知道。

不曉得那座都市是哪個貴族的領地？印象中居民相當尊敬領主，應該不是冷血殘酷的人才對。

「……領主是什麼樣的人？」

「是率領那個大國的要人之一，公爵大爺。老子見過他一次，只看外表就是個溫文儒雅的小白臉。」

由那個小白臉所統治的，和平的「逆鱗都市」……聽起來實在不像棘手的強敵。

所有人都這麼想，因此明知這個都市駭人的別名還是照樣出手侵犯，卻在每一次吃虧之後領略到這個別名真正的涵義。既然團長這麼說，這肯定是事實不會錯。少年接受了這個說法，不情願地喝光旁人接二連三塞過來的酒。

「……幹嘛跟那個都市作對……」

「付錢不手軟的好客戶難得啊！」

沒錯、沒錯，其他傭兵紛紛大笑。聽著他們的笑聲，少年仍舊維持著了無生氣的表情，深深呼出一口氣。笑得這麼輕鬆也是當然的，一旦情勢對我方不利，他們早就決定二話不說開溜。

「這樣不是會赤字嗎……」

「每次都是這樣啦！領日薪的好處就是虧錢之前天天都能享樂啊！」

雇用傭兵，每日支薪是常識。傭兵並非國家的正規士兵，就連付錢雇用的國家本身都不信任他們，所有人都知道傭兵會視情勢輕易倒戈。

即便如此，傭兵實戰能力優秀，願意為錢積極立下戰功，因此還是有許多國家經常雇用他們。

「你們都給我準備好了，苗頭不對咱們馬上撤退！但是能打下的戰果也不要客氣！」

眾人以氣勢雄壯的吶喊回應，團長放聲大笑，砰地靠到沙發上，撞得體積龐大的沙發搖晃晃，少年不悅地站起身。

「……？」

這時，他忽然察覺酒館門板的另一側有人的氣息。

似乎不是埋伏，也不是來刺探什麼，那個人完全沒有藏身的打算，只是站在門口，就像附近的小孩子出於好奇，跑來看看傭兵團長什麼樣子而已。

放著不管他就會自己離開吧。但是周遭大聲喧鬧的其他傭兵好像沒注意到，還是跟大家說一聲好了，少年低頭看向正仰頭灌酒的團長。

「……門口有人。」

「啊？誰啊？」

「大概是小鬼吧……」

「你自己也是小鬼啊，小傢伙！」

團長笑著這麼說，正打算叫少年放著別管，但他剛說出口的話卻被敲門聲打斷了。

「天底下還有這麼帶種的小鬼啊。」

團長一副看好戲的態度這麼說道。他該不會不相信自己說的話吧，少年聽了將那雙混濁的眼瞳轉向他。酒館裡的男人們開始起鬨著猜測來人是誰，興致高昂得簡直要開始下注。

團長抬了抬下顎要他去開門，少年於是走向門口。如果是囂張的小頑童，稍微嚇唬一下就好；如果是有事找酒館老闆，那就趕快讓他把事情辦完，沒什麼大不了。反正來人看見眼前這群莽漢，自然就會嚇得逃跑了。

把幼小的孩童嚇到大哭這種事，自己也不只遇過兩三次了，少年邊想邊扶上門把，往外側推開。不出所料，門前的人影是個孩子。

「晚上來打擾你們不好意思，我不知道能不能擅自進去……」

但那孩子的反應卻出乎意料。

對方的年紀看起來跟他差不多，不過身高比他矮。那人影摘下兜帽，露出一張神情柔和的臉，一眼就看得出是在和平的環境長大。

正因如此，見到人多勢眾的傭兵團，他的態度還如此自然反而更顯得奇怪。少年死氣沉沉的雙眼閃過一絲警戒。

「……這酒館我們包下了，你放棄吧。」

「不是的，我不是為了這間酒館而來的。」

對方原本筆直望著這裡，這時忽然興味盎然地將店內情景也映入眼中。這群粗魯的男人長得實在不算平易近人，不但在裡頭大聲歡鬧，還朝著門口這裡揶揄取笑，但那孩子眼中卻沒有浮現半點怯色。

反正立刻就要關上門了，少年的手一直扶在門邊沒有放下，就這麼目不轉睛地俯視著對方。

「我有事情想要拜託各位。能不能讓我見團長一面？」

「…………」

少年放出了足以搖撼夜晚樹影的威壓。

其他傭兵到了這時候也發現狀況不太尋常，所有人的視線都集中到門口對峙的二人身上。「喂，這樣太過火了吧？」看著站在門口的夥伴，他們紛紛勸阻。

「………滾。」

少年用飽含氣音，沒殘存半點稚氣的聲音說道。

「果然應該先派人來打個招呼嗎？」

少年的雙眼更混濁了幾分，但那孩子面不改色，細軟的髮絲輕輕飄動，只見他苦惱地偏著頭，沉吟著說出有點脫線的想法。

足以把成年人嚇得逃之夭夭的威嚇，這孩子卻一點也不介意。態度感覺也不像是小看了傭兵團的小朋友在胡說八道，反而像是理解了一切才到這裡造訪一樣。

「喂，小傢伙，讓他進來。」

聽見團長的聲音，他忍不住回頭。看見團長臉上興味盎然的笑容，少年隨即收斂了威壓，退後一步示意對方進門。

那孩子大概也聽見了團長那句話，安心的表情好像在說太好了，從容不迫地走過他身邊，踏進酒館。

「……」

少年關上門，目送孩子的背影往內走去。年紀看起來差不多，但兩人的體格完全不同，那孩子看起來很弱小。

「有事找我啊，小鬼？」

「是的。我可以坐下嗎？」

「坐、坐！來，要不要喝酒啊？」

團長大聲笑著說，那孩子朝他微微一笑，道了謝後，輕輕坐到團長正前方的沙發上。他在這個場合看起來實在太過突兀，完全無法融入這片光景。

但那孩子絲毫不介意，他沐浴在周遭好奇的視線當中，婉拒了團長遞來的酒。

「團長基本上很喜歡小朋友喔。」

「雖然小朋友都怕他。」

「你們吵死啦！」

傭兵們露骨地交頭接耳，團長笑著朝他們怒吼，一邊打量坐在面前的孩子。他冷靜的態度一點也不像小孩，但環視周遭、對傭兵團感到新奇的模樣確實是這年紀該有的舉止。當然，一般這個年紀的小孩早就嚇得發抖了，眼前這孩子要不是異常遲鈍，就是膽子特別大。

無論如何，看就知道這孩子不尋常。

「小鬼，你是貴族吧。」

「是的。」

那孩子直截了當地肯定道，周遭的傭兵聽了都啞口無言。

「陪小鬼玩耍不是咱們的專長啊。」

「我看了各位今天作戰的模樣，想說這件事一定要拜託你們。」

「喔，要喝果汁嗎？」

「謝謝。」

大手遞來一個裝著果實水的玻璃杯，那孩子毫不猶豫接了過去，就這麼喝了一口。一點也不像貴族，在場所有人都這麼想。傭兵們想像中的貴族，應該會覺得這種東西不能喝而拒絕，要不然就是笑著接過杯子卻不就口才對。

也許這孩子是在百般放任的環境下長大的？但如果真是如此，該怎麼解釋他冷靜穩重的態度？

「（無法捉摸的傢伙……）」

少年繞到團長身後，望著那個小孩。

只要以敵人的身分對峙，他就能看清對方的實力，也能輕易察覺對方的敵意，但他卻摸不清眼前這孩子的底細。團長一臉游刃有餘地摸著自己的鬍渣，肯定也想著同一件事吧。

「你今天好厲害哦。」

那孩子忽然對上少年的視線，微微一笑。這話什麼意思？少年皺起眉頭。

「你的年紀跟我差不多吧？」

「十二歲。」

「啊，那我們同年耶。」

那孩子聽了興高采烈地繼續說下去。

「明明跟我同樣年紀，卻能使出那種奪取魂魄一樣的劍術，難怪擁有『死神』的名號，我忍不住看得入迷呢。」

「……你從哪看見的？」

「從很遠的地方，用望遠鏡。」

即使使用望遠鏡，普通的孩童根本不可能來到能俯瞰戰場的地方。

而且這孩子還是貴族，家人不可能允許他到戰場上閒晃，看樣子他應該也不是這間酒館所在村莊的領主之子。那他究竟是打哪來的？

看起來也不像在說謊，少年俯視著邊說好甜邊喝著果實水的孩子想道。

「然後呢，你說要拜託的是啥事啊？」

團長咚地將兩條手臂擱到沙發椅背上這麼問。這彪形大漢光是坐在原處就足以形成壓迫感，那孩子卻低頭看著玻璃杯裡喀啦喀啦轉動的冰塊。

他偏著頭，好像在想該怎麼開口比較好，接著立刻點了一下頭，抬起臉來。

「我想拜託你們殺一個人。」

周遭不約而同把酒噴了出來，團長則露出牙齒笑了。

「喂小傢伙，別亂來。」

唯有少年拔劍出鞘，劍尖直指著那孩子的臉。

「這傢伙……在耍我們吧……」

「住手，小傢伙。」

「跑來找傭兵卻叫我們做刺客的工作……明明只是個沒見過世面的小鬼，還敢這樣瞧不起人！看不順眼就想殺人，為了這種莫名其妙的任性要求耍著我們玩！你不要太瞧不起人了死小鬼!!」

「叫你住手你是沒聽見啊!!」

團長咆哮般的怒吼伴著拳頭揮下，少年勉強耐住這一擊，差點沒弄掉指著那孩子的劍。

經過數秒的沉默，少年緩緩收回劍。

「…………我冷靜下來了。」

「真是的，要是真覺得這小鬼只是在玩，你就不要發飆啊。」

嘴上這麼說，但團長看向那孩子的目光卻十分鋒利。

「沒想到你的情緒這麼豐富，好意外哦。」

「哪裡意外……」

聽見少年這麼說，旁觀的傭兵們紛紛在心裡吐槽：這小子頂著一張死人一樣的臉說什麼呢。

那孩子佩服地說，態度一點也不像幾秒前才被人拿劍指著鼻尖的樣子。剛才他毫不動搖，筆直望著對方，彷彿眼前那把劍根本不存在，在場所有人見過那一幕都對這孩子刮目相看。

這一定不是在和平當中成長，天真單純、不諳世事的孩子，少年也凝神俯視他。

「你為什麼選擇找咱們辦這件事？」

「啊，團長願意聽我說？」

「老子喜歡有膽量的傢伙。」

團長也已經不覺得這是兒戲，開始展現出正視對方要求的態度。

「因為我今天第一次看到戰場，覺得你們是全場最厲害的。」

「這還真教人高興，要是你能喝酒我就請客啦！」

沒有人注意到，孩子聽了這句話一瞬間瞄了果實水一眼，心想：該不會這飲料不是免費請客的？

「就算是小鬼，你好歹也是貴族吧？有的是人手，哪用得著特地跑來拜託我們？」
「因為對方的身分有點棘手，可以的話讓他自然戰死是最好的。」
「喂，這小少爺好可怕啊！」
想請這個傭兵團在戰爭中殺死對方，表示他的目標隸屬於現在與傭兵團敵對的大國那一方。既然如此，眼前的孩子想必跟傭兵團屬於同一勢力——這是當然的，他人都在這個地方了。
「我願意支付你們現在受雇報酬兩倍的價碼。」
孩子從斗篷中拿出一個布袋，動作看起來有點吃重。他在整個酒館的注視之下將布袋放上桌，袋中隨之響起錢幣的摩擦聲。
「事前我會先付同樣價碼，事後再加上成功報酬，加起來一共兩倍。」
「這應該不是小朋友拿零用錢付得出來的金額才對啊。」
「我拜託過父親大人了。」
孩子露出燦爛的笑容這麼說。他笑起來只是再尋常不過的小孩，但從剛才開始逐漸增強的氣場到底是怎麼回事？
比起他們想像中的貴族更加絕對，就連見過世面的傭兵一不小心都會被他的氣勢壓過。這是與上位者對峙的感覺，教人下意識認同他是真正的高貴之人。
到了這時候，在場已經沒有人斥之為兒戲而感到不快，所有人都靜靜旁觀這場交易。
「咱們沒有權力拒絕？」
「不是的，各位當然有權拒絕。」

那孩子有點驚訝似地搖搖頭。
「如果你們聽了委託內容不感興趣，那就拒絕也沒有關係。拒絕的話，我會給你們跟事前同樣的金額當作封口費。」
孩子悠然微笑說道，團長聽了開始思考。
踏遍無數戰場的直覺告訴他，這的確不是陷阱，就算聽完直接拒絕也穩賺不賠。只不過他有股強烈的預感：應該跟眼前這孩子打好關係。
這預感已經近似於確信。
「目標是什麼人？」
「副指揮官，他負責率領國家派遣的正規軍隊，就在明天跟你們對峙的軍隊當中。」
團長用拇指摸了摸自己的鬍渣。
「不是指揮官，而是副指揮官啊……他對你來說很礙事？」
「比起對我來說，比較像是……啊，不對。這個嘛，確實沒有錯，是我個人很討厭他。」
孩子說著有趣地笑了，好像有點不好意思。團長看了也露出極為愉快的笑容，總覺得自從這孩子踏進這間酒館以來，這是第一次窺見他真正的想法。
好了，被這麼穩重的孩子討厭的男人究竟幹了什麼好事？團長晃著壯碩的肩膀大笑，少年則目不轉睛地望著那道身影。團長是自己生平第一次，也是唯一尊敬的人物，而這孩子竟然能以對等的身分跟團長交易。他到底是什麼人？
「既然是討厭的人，那也沒辦法啊！」

「是呀，沒辦法。」

孩子點點頭，團長意味深長地笑著探出身子。

「所以呢，你為什麼討厭他啊，小少爺？」

「因為……」

孩子握緊了玻璃杯，緩緩低下頭。

下一秒，一股氣勢支配全場，所有人不禁屏住氣息。那跟少年釋放的威壓完全不同，和戰場上再怎麼強大的戰士對峙的感覺都不一樣。雖然只是一瞬間，但他們確實窺見了令萬物俯首稱臣的威光。

「因為他想殺死我重要的人。」

響起的嗓音裡壓抑著錯綜複雜的感情。

少年睜大了那雙混濁的眼睛。這種感情和眼前這孩子真不相稱，他下意識這麼想。在一片靜默的酒館當中，少年喃喃開口。

「……那該殺。」

「對吧？」

感受到氣場倏然消散，所有人都垂下肩膀鬆了一口氣。看見兩個小朋友彷彿有了什麼共識似地相視點頭，傭兵們也放鬆心情，甚至還有餘力去想：從剛才開始，這兩個小鬼好像就滿合得來的嘛。

「這理由合理！」

團長一笑置之，那孩子則說這一點也不好笑，看起來有點不滿。

「怎麼啦，事情聽起來非同小可啊。」

「他是絕對的傳統主義者，堅持只有長子可以繼承王位，否則等於擾亂國家的秩序，而且說什麼都不肯改變意見。」

「愛講就讓他去講啊，不行嗎？」

「只是嘴上談論的話當然沒有關係，反正目前殿下也無意繼承王位。」

他們突然覺得某些地方不對勁，這話聽起來非常突兀。既然這孩子要他們殺的人隸屬於敵軍，眼前的小孩當然就屬於我軍了——在場所有人原本都這麼以為。

「但是，即使殿下的魔術實力太過強大，他也不應該主張叛亂的種子應該盡早剷除，還擬定暗殺計畫，做到這種地步我也會生氣的。」

為什麼？因為他們想也沒想過年紀這麼小的孩子會跑到交戰中的敵國，不會在今天才剛殺死自己國家無數士兵的傭兵團當中神態自若地喝著果實水，不會像這樣沒有半點戒心，即使劍尖指著自己也毫無懼色，還露出孩子氣的笑容。不可能。

「把這種沒辦法羅織罪名、找不到破綻的自己人丟給你們處理，有點抱歉就是了。」

他們一心這麼以為。

「……………你——」

「小傢伙，別這樣。」

少年伸手探向劍柄，卻被團長制止了。

「現在是我和小少爺在談話。」

少年別開視線，仰頭望向天花板，藏起自己忍不住扭曲的表情。

團長果然沒把對方當成區區的小孩子，雖然帶著點玩心，這仍然是對等的正式交易。同年的自己對於團長只能在遠處憧憬，這個突然冒出來的小孩憑什麼跟團長並肩？那孩子確實出身高貴，但他本身又沒什麼能力。

少年虛無的雙眼看著天花板上的木紋，手背抵在嘴邊深深呼出一口氣。

「小少爺這個稱呼，聽起來好難為情哦。」

「你不就是貴族的小少爺嗎，都一樣啦。」

孩子一瞬間瞥了少年一眼，但少年沒有注意到。

「我記得你們那國的王子有兩個是吧，所以你屬於第二王子派囉。」

「如果殿下不願意繼承王位，我也不會干涉，但目前還不知道。」

那孩子乾脆地這麼說道。

他接受、也理解了貴族的黑暗面，但絕不會為了自己的利益運用那些計謀，他的這些知識只為了唯一一人而存在。團長吊起一邊嘴角。

「你這麼做就是為了那傢伙啊。」

「不，不是的。」

「啊？」

團長是佩服他的忠誠心才這麼誇獎，沒想到那孩子立刻否認。

「為了某人這麼做，也就代表這是那個人的錯，對吧？我並不打算讓殿下為了這麼卑鄙的行為負責。」

孩子露出了沉穩幸福的微笑。

「所以這只是我的任性，想殺他只是因為我討厭他而已。」

「哈、哈哈哈哈哈！」

團長忍不住迸出發自丹田的渾厚笑聲，周遭的傭兵們也不例外。

笑聲吵鬧得令人受不了，全場沒跟著笑的就只有眨著眼睛一臉不可思議的孩子，還有睜著混濁的雙眼凝視著他的少年而已。

「這實在沒辦法啦！雖然對金主不好意思，咱們這場仗是打不贏啦！」

所有人聽了紛紛表示贊同，有這種小孩在的國家，他們怎麼可能打贏？

相較之下，他們的雇主為了短視近利的欲望而動輒侵犯的行為，顯得如此滑稽可笑。金主付錢雇用他們確實教人感激，但既然對方展現出格調上的差距，除了錢以外，他們就再也沒有理由支持原本的金主了。雖說傭兵本來就是為錢行動，但現在這種感受又分外強烈。

「我說小少爺啊，你爸媽應該是很高層的傢伙吧？」

站在近處的一名傭兵，把手肘撐在那孩子坐的沙發上問道。肯定是一國的要人，能夠左右國家動向的那種，傭兵在心裡猜測。這種大國的高官顯要，個個都是光憑武力無法對抗的怪物。

那位傭兵遞出瓶子幫他倒果實水，那孩子捧著玻璃杯，露出輕飄飄的笑容。

「是各位正在前往的那座都市的領主。」

傭兵聽了，手臂僵在原地，那孩子看見果實水倒得快滿出來了，連忙抓著瓶子往上轉正，然後低頭看著裝得滿滿的飲料。喝到肚子快要發脹了，他漫不經心地想道，一邊繼續說下去。

「順帶一提，明天戰爭的指揮官是我。」

「小少爺居然是指揮官啊，你還真敢一個人闖進來！」

「因為我只是來掛名的，他們派我當指揮官只是為了讓我多一個經歷抬高身價，順便領個軍銜而已。」

意想不到的自白聽得在場大多數傭兵又噴出酒來。

「你不覺得咱們會把你交給金主？」

「各位不喜歡損失利益吧？」

「哈哈哈！你說得沒錯，我只是說萬一啦。」

「如果真的發生這種事，那也只是表示我沒有看人的眼光而已。」

那孩子說到這裡露出苦笑。

「要是能坦然這麼說確實很帥氣，但其實我還是準備了預防措施。」

少年聽了忽地探測周遭的氣息。

團長大笑著說這孩子真是不可愛，傭兵們露骨地交頭接耳說，團長看起來相當中意這小傢伙喔。確實有幾道氣息隱藏在這些熱鬧的對話之下，或許是刻意讓人察覺的，意思是牽制他們不許出手。

「所以，明天的戰略我全部都知道。」

那孩子把玻璃杯放在金幣旁邊，好像在表示他再也喝不下了。

「如果願意接受我的委託，我會提供手上所有的情報，幫助你們安全擊殺目標。當然，也會避免我方軍隊受到不必要的損傷。」

團長對上那孩子的視線，揚起猙獰的笑容。他的笑法給人一種即將被猛獸吞噬的錯覺，但那孩子一刻也不曾移開目光。

接著，團長深吸一口氣大喊。

「咱們要接受這委託，有意見的傢伙現在說!!」

下一秒，傭兵之間爆出一陣歡聲。

不僅可以賺到大筆金錢，還能擊殺敵軍的副指揮官這種大人物。打下如此輝煌的戰果，雇主想必也會致贈不少酬金以示感謝。

那孩子一次也沒叫他們倒戈，他這項提議考量得相當周全，維護了傭兵團的名譽，這種雙贏的交易實在不像是一個小孩子想得出來的。

「交易成立了，對吧？」

「好久沒碰上這麼愉快的交易啦！」

平常傭兵團和雇主之間的交涉過程相當悲慘，為了壓低價碼，雇主總是拚命挑他們的毛病，要是挑不到就硬是自己編造。所以傭兵必須拿出不容置喙的實力，為自己爭一口氣。

但這次不一樣，對方肯定他們的實力，以達成目的為前提，提出相應的酬勞。受到信任而戰——在場誰也沒想過，身為傭兵竟然有締結這種契約的一天。

「而且雙方還是敵對關係，太好笑啦。」

「咦？」

「沒事。喂，開作戰會議啦！把桌子給我清空！」

「小少爺，你還要不要喝果汁啊？要換別的口味嗎？」

「不用了，謝謝。話說回來，那個『小少爺』的稱呼實在是……」

他平常不會接觸到這種態度的人，這群壯漢卻把他團團包圍，逗著他玩，那孩子面對這種距離感有點不知所措，看起來很困擾的樣子。少年在一旁不發一語凝視著他。

到了接近深夜的時間，談話終於結束。

「喂小傢伙，你送他回去吧，你去比較不容易引人注意。」

「……」

聽見團長的話，少年俯視著那孩子一邊撥好亂掉的頭髮，一邊小步朝他走近。

談話過程少年也在一旁聆聽，他自己也密切參與這次的作戰計畫。眼前這孩子帶來的情報與提案，並不只是把聽到的訊息重述一次而已，從話題的鋪展方式聽得出他深入的理解。

「馬車在郊區等我，我可以一個人回去。」

「沒差……」

少年別開死氣沉沉的臉邁開腳步，那孩子也跟了上去。

踏出喧鬧的酒館一步，便是夜晚刺痛耳膜般的寂靜。與前一秒身處的酒場隔絕，感覺彷彿闖入了另一個世界。有別於原本充滿酒味的空間，外頭的空氣好像特別澄淨透明，那孩子的腳步聲緊緊跟在後頭。

「……要怎麼做才能到達那裡？」

少年忽然停下腳步回過頭。

那個正在重新披好斗篷的孩子，正以看透一切的雙眼望著他。撇除那雙眼睛，他就和尋常孩子沒兩樣，卻能和自己只能在遠處嚮往的團長登上對等的地位。縱然態度上把他當小孩對待，但是在那場交易的瞬間，他們二人確實是對等的。

「你明明這麼弱小……！」

少年揪著領口將他扯過來，那孩子的身體好輕。

無論再怎麼成為傭兵團的戰力，再怎麼磨練劍術，自己還是無法和那位偉大的團長並肩。被他扯到近處的臉龐沒有驚愕，也沒有焦躁，只是凝神看著他，這表情反而更加激怒少年。

「你憑什麼跟他平起平坐?!你根本不懂我有多想站在那個人身邊！為什麼你今天就能爬上跟那個人對等的地位?!為什麼——」

孩子的兜帽掉了下來，同時少年的嘴唇碰到了什麼東西。

那孩子伸手掩住了他的嘴巴。孩子紫色的雙眸緊盯著少年那雙亡者般的眼睛，不論是誰只要看了一眼彷彿都要被扯進深淵一樣的眼睛。

「因為你不打算跟他站上對等的地位吧。」

少年瞠大雙眼，他無法反駁。

「太大聲我會很傷腦筋的。」

少年忽地放鬆了抓著他領口的手，茫然看著那孩子拍著斗篷整理衣著。

「……抱歉，拿你遷怒。」

「不會。」

少年邁開腳步，好像什麼事也沒發生一樣，那孩子也毫不介意地跟了上去。

不知為何，孩子沒有跟在他身後，而是並肩走在他身邊。少年俯視他一眼，深深吁了一口長氣，抬起頭仰望夜空。雲霧遮掩之下，月光也昏沉幽微。

團長收留了他，把生存所需的技術教給了他，而他想成為跟團長對等的人——這種想法分明沒有任何虛假，為什麼他一個字也無法回嘴？少年目送那孩子搭上在村外森林中等候的馬車，一直思考著這個問題。

「利瑟爾大人，您準備好了嗎？」

隔天早上，利瑟爾忍住一個呵欠，回頭望向呼喚自己的男人，露出安心的笑容，彷彿從不安當中獲得了解脫。

「有你擔任副指揮官真是太可靠了。」

「您這麼說，在下深感榮幸。」

那男人將手放在胸前，跪著這麼說，利瑟爾低頭看著他。

男人對他行禮如儀，是因為利瑟爾出身於自古支撐這個王國的公爵世家，又是正當的嫡子。假如他是無法繼承爵位的孩子，這人的態度一定天差地遠——就像他對待利瑟爾主君的那種態度。

這人沒什麼足以拿來打擊地位的弊端，也不會輕易洩漏心懷不軌的計畫，就是因為他優秀所以才棘手。利瑟爾之所以知道他檯面下的企圖，正是因為假裝贊同他的想法才得以獲知。

「現在我方略居劣勢，期待你們快速進攻扳回一城。」

「是，請您放心交給在下。」

到了這男人將計畫付諸實行的時候，深得王族信賴的公爵家嫡子將會扮演相當關鍵的角色。或許是出於志同道合的同志之間的信任，男人最後給了利瑟爾一個堅定的眼神便離開了。

「真討厭……」

「利瑟爾大人？」

利瑟爾忍不住喃喃說道，這時後面忽然有人叫他。

他悠然回頭看去，一身全白的軍服映入眼簾，證明這位軍人效忠的對象並非國家，而是公爵家。他們是「逆鱗都市」真正的守護者，不過現在在前線作戰的是國家的正規軍隊，身為私兵的他們則在正規軍隊的後方待命。

「沒什麼。」

「這樣啊。」

雖然這麼說，但他從利瑟爾還更小的時候就一直陪在他身側，一定已經看穿了一切。看見那道守護自己的柔和笑臉，利瑟爾的臉上也恢復了笑容。

「對了，先前您說很好吃的那家麵包工坊的老婆婆，說要把這個送給您。是剛出爐的哦。」

「哇，我好高興！」

軍人遞出一個籃子，聞到籃中飄出的麵包香，利瑟爾綻開笑容伸手去拿。

麵包多得利瑟爾一個人吃不完，反正周遭只有自己人，身穿白軍服的青年也拿起麵包放進自己嘴裡。

「流程你們都知道了吧？」

聽見利瑟爾忽然這麼說，青年也點點頭。

「當然，我們會全力守護利瑟爾大人。」

「謝謝你，但我說的不是這個。」

「啊，您是說昨晚的……」

前往傭兵團據點的時候，這位青年也是與利瑟爾同行的其中一人。事態發展他全都知情，也知道利瑟爾做出了這種可說是背叛母國的決定。包括他打算利用受雇於敵方的傭兵團，排除我方軍隊其中一位高層的事情，青年全都知道得一清二楚。

「如果可以盡早消除您的憂患就太好了。」

但是身穿白軍服的他們對公爵家宣示效忠，絕不會反對這項決定。看見青年露出高興的笑容，利瑟爾也粲然一笑。

「『死神』出現了！」

「……我不喜歡那個綽號。」

自己也變有名了嘛，少年邊將劍刃刺進敵人的心臟邊想，鮮血纏在他抽出的劍上。也不曉得是誰先起的頭，說他劍尖引出血液的模樣，彷彿從體內抽出了魂魄。

「集中單點突破，別走散啦！」

團長一聲吆喝，所有人高聲呼應，傭兵團衝進敵兵之間。

他們的行動果斷迅速，爆發性的破壞力完全不將敵方的守備放在眼裡，一路突破敵陣衝向目的地。他們的目標是副指揮官，是在士兵的隊列正中央，騎在馬背上的男人。

「左邊有敵軍打算繞進來！往右邊脫身！」

「哎呀，話說敵軍的動向還真的跟那個小少爺說的一樣啊！」

在狀況瞬息萬變的戰場上，傭兵團卻完全按照原先的計畫行動。

『他喜歡按照戰略行動，動向都有跡可循，容易預測，但不容易突破。』

『不過以你們的破壞力，可以抵達陣型中心沒有問題。』

指揮軍隊行動的時間點、下達的指令，全部都和那孩子說的一模一樣。目標已經逃不過這一劫了，打從與那孩子為敵的瞬間開始，他的人生已是一盤死棋。

少年偶然抬頭仰望逐漸接近的城牆，在成排架著弓箭的士兵當中，他找到那個嬌小的人影，在耀眼的日光下瞇起眼仔細一看。

「他在吃什麼啊……」

那孩子正嚼著圓麵包。

「敵方的防禦陣線崩潰啦！咱們跟著金主的士兵衝進去，混在裡面擊殺目標！」

少年聽著團長的怒吼，將擋在眼前的士兵斬倒在地之後，他終於看見了目標。那男人一臉無法置信地向周遭大吼著下令，少年看了微微瞇起混濁的雙眼。

那也算是貴族，真可笑。或許是因為見過了真正的貴族，這種感覺更加強烈。

「小傢伙，衝進去！」

隨著團長一聲令下，少年登時停下腳步。

見他在戰場中央像幽鬼一樣佇立原地，一雙混濁虛無的眼睛仰望天空，所有敵兵都在一時困惑之下停止了攻擊。這一瞬間已經足夠，少年的身體虛晃一下，緊接著消失不見。

「什……！」

連一句「什麼」都來不及說完，站在近處的士兵已經喪命。

那名士兵後方又一人倒下，接著又是另一人——突然喪命的人一個接一個往深處增加，誰也看不清是什麼人引發了這一連串的死亡，戰場頓時陷入恐慌。

他們說，「死神」出現了。

「小傢伙的劍術，我已經比不上啦！」

少年聽見遠處傳來團長大笑的聲音。他希望團長不要說這種話，自己還沒有追上團長，一旦受到他肯定，就不知道該怎麼做才能追上他了。

「讓他做做看副團長啊！」

少年聽見其中一個傭兵打趣的笑聲，在心裡低喃了一句「別說了」。如果自己當上了副團長還是無法並肩站在團長身邊，那就一輩子追不上他了。

『因為你不打算跟他站上對等的地位吧。』

「…………說得沒錯。」

其實少年早就注意到了。

嘴上說想要並肩站在他身邊，但同時也想要繼續尊敬他、憧憬他，害怕一旦站在同等的位置就會失去這些權利。只是因為現在的距離對於憧憬來說恰到好處，所以他才停在原地裹足不前。

他害怕追上自己尊敬的團長，擔心站在他身邊就再也不能依靠他。自己終歸是個只會撒嬌的小傢伙。

「但那傢伙……不一樣。」

即使沒有武力，那孩子還是用上自己擁有的一切迎接挑戰。

少年穿過人與人之間的空隙反手揮劍，越過對手之後才刺出的劍刃快得目光追不上，又有一名士兵的心臟從後方遭到貫穿，倒落地面。

這時通往目標的障礙終於全數消失，男人的全貌暴露在他眼前，少年和目標之間再也沒有任何東西遮擋。看見男人忿忿地望著這裡，少年毫不猶豫地舉劍奔跑。

「小傢伙——！」

那一瞬間，團長險峻的聲音在戰場上響起。

少年滑行般停下腳步，一股惡寒竄上背脊，他回過頭，看見巨大的光彈正朝這裡逼近。那是他們雇主那一國準備的超級魔術，打算將敵軍連同友軍一併葬送。

自己所在之處會遭到直擊，躲不掉了。幸好團長他們不會有事，這麼一炸目標想必也難逃一死，少年深深呼了一口氣，垂下手中的劍。這時，他卻聽見一道嗓音。

「覆蓋到敵軍也沒有關係，展開吧。」

戰場上充滿人們臨死前的慟哭，那道聲音卻清楚傳入他耳中，清澈得不可思議。

下一秒，魔力牆覆蓋了周遭一帶，彷彿守護著戰場上的一切。撼動地面的爆炸聲緊接著響起，少年不禁皺起臉，儘管在震耳欲聾的爆音中失去方向感，他仍然四下張望，尋找那道帶點稚氣的聲音的主人。

在魔術的光芒已然消失無蹤的天空底下，他找到了俯瞰著這裡的一對紫水晶眼瞳。

那孩子可以靠著剛才那道魔術殺死目標，而且死因還比傭兵動手來得自然太多了。當然，他這麼做想必也是為了防止自己國家的士兵大量傷亡，但是……

「沒事吧？」

那句話確實是朝著少年說的。

彷彿為朋友打氣一樣尋常的微笑。少年忘記了當下的狀況，露出一點也不適合他的笑容跨出步伐，那雙混濁的眼中點起了光芒，牢牢鎖定目標。

「沒有大礙！全軍，重整態勢！」

目標以為那是對自己說的話，朝著城牆上方高聲喊道，接著向周遭的士兵發下指令。少年走在亂了隊形的士兵之間，咚地朝地面一蹬。

「向那種不懂傳統為何物的小國，宣示吾等的權威！」

「……你惹到的不是小國吧。」

他舉劍朝著騎在馬背上高聲吶喊的男人刺去，連著鎧甲貫穿了他的心臟。

傭兵們繞過森林，發現了企圖從背後進攻的伏兵，於是拔劍砍殺那些行進中的敵軍。

「話說回來，像隊長你們這些在傭兵團待很久的人啊，不是都叫宰相大人『小少爺』嗎，這樣跟他講話沒問題喔？」

「沒問題啦………」

「還有啊，隊長，你跟宰相大人講話為什麼有時候會用敬語啊？」

「……因為我心情好，你吵死了。」

假裝忽然想起這件事似地用敬語跟他講話的時候，利瑟爾那種有點不滿的表情真是一絕，但男人可不打算告訴他。伏兵很快就解決了，男人把依舊說個沒完的下屬扔在一邊。

剛才回想到哪裡了？對了，那之後在利瑟爾的安排下，傭兵團迅速撤出了早已深入過頭的前線。後來他們也一如往常在戰場上大鬧了一番，拿了雇主和利瑟爾雙方的酬金就離開了戰線。

雇主雖然頗有微詞，但他們並沒有違背契約，對方也知道傭兵的作風就是如此，並未多加刁難。考量到當時的戰況，也可能只是雇主根本無暇顧及他們而已。

「…………跟團長會合。」

「知道啦。」

之後又經過幾次邂逅，他和利瑟爾漸漸熟稔起來。好像被那個人的冷靜感染一樣，男人喪失理性的激動也沉潛了不少。不過到了最近，這種情形又稍微增加了。

所以，你快點回來啊。男人勉強維持住差點又要再次消散的理性。

「團長他們也在找你啊…………」

曾經被叫做小傢伙的男人睜著一雙混濁的眼睛喃喃說道，揮去纏裹在劍上的魂魄渣滓。

「那時候還年輕，也做了不少離譜的事情呢。」

「很難想像你會做出什麼離譜的事。」

「我的運氣不錯。」

利瑟爾笑著說道。聽起來是個不太可愛的小孩，劫爾嘆了口氣這麼想，沒考慮到自己有沒有資格批評。利瑟爾偶爾隨口提及的往事即使與他敬愛的國王無關，也常常出現有點危險的內容。尤其是要求某傭兵團協助的事更是如此，劫爾聽了都忍不住佩服地想，那些粗暴魯莽的傢伙竟然願意答應眼前這位沉穩男子的提議。

主要原因還是報酬等等利益上的考量，但想必不僅如此。關於這一點，劫爾自己也是如此，沒有資格說他們。

「希望他們現在也精神抖擻地在打仗。」

「這種期許沒問題？」

眼前的男子溫煦地笑了，劫爾不禁同情起傭兵團當中，利瑟爾最常提起的那位「死神」。不過先撇開這些不提，還真想跟他交手一次看看，劫爾心想。

不過是適才適所而已

一個人為誰傾倒，並不需要特別的理由。

世上也存在「一見傾心」的說法。在此之前共度的光陰、彼此傾訴的話語，甚至是足以編織出羈絆的共同回憶都沒有必要。因為，即使連當事人都不明白自己為什麼無法自拔地受到對方吸引，也沒有任何人能夠否定這分思慕。

利瑟爾遇見自己應當效命的君王時，也是同樣的情形。

利瑟爾和第一王子年紀相近，打從懂事以來就有深厚的交情。

畢竟利瑟爾是在王子的父親，也就是當時即將即位的國王指導之下學習魔術。由於利瑟爾意外展現了王族特有魔術的資質，能夠指導他的人相當有限；話雖如此，利瑟爾的傳送魔術資質也只有非常非常少的一點點，只能傳送魔力而已。

不同於利瑟爾，第一王子不負自己繼承的血脈，順利修習了傳送物品和自身的方法。不過王子本人只是草草學習傳送魔術，並未特別深入鑽研，因為他對各式各樣的魔術都感興趣。不僅止於魔術，在他們兩人獨處的時候，王子會悄悄興高采烈地跟他討論魔力該如何應用在各個領域。旁人聽來只是童言童語，但是未來，轉眼間成為眾人口中的魔術研究權威的他，將會把這些構想全部實現。

王子深受周遭信任，雖然談起魔術相關的事有時會隨著自己的興致行動，但他才德過人，就連這一點也成了吸引旁人的魅力。將來，自己一定會在這位王子手下為他效命吧。縱然幼小的利瑟爾還不太明白這件事的涵義，還是理所當然地這麼想。

他第一次看見那個人，是在新生王子初次公開亮相的儀式上。

城堡寬廣的陽臺上，王國的政要齊聚一堂，聽著國王宣告第二王子誕生。這時，他從陽臺深處看見王妃悠然漫步的身影。

王妃懷中抱著一個裹在白布裡的小小孩，布料遮掩下看不太清楚他的模樣。

「利瑟爾。」

他差點下意識把頭偏向一邊，聽見父親悄聲叫他，利瑟爾才猛地端正姿勢。他抬頭看向站在身旁的父親，父親露出笑容低頭看著他，不知何時擺在利瑟爾肩上的大手撫過他單薄的背脊。

他將視線轉回前方，這時王妃與皇子在人前現身，國民看見期待已久的小王子高聲歡呼。但小嬰兒或許是睡得正沉，只在王妃懷裡翻了個身而已。

第二王子還是個出生不滿十天的嬰孩。今天是利瑟爾第一次拜謁尊容，但他知道父親這段時間為了王子誕生的各種典禮儀式連日奔波，也就是說，那個小小孩這幾天也忙得不可開交吧。

「（是不是很累呀？）」

利瑟爾漫不經心地想道，在他的視線另一端，熟悉的第一王子正把自己的弟弟抱在懷裡，高興得眉開眼笑。

第二次邂逅是在兩年之後，事出突然。

利瑟爾依舊在王宮裡，過著讀書學習、同時和第一王子一同修習魔術的日子。即位之後，國王陛下仍會抽空教他魔術，還說反正本來就要指導自家兒子，要利瑟爾不必客氣。

這位國王在其他國家有「霸王」之稱，但他摸頭的粗糙大手卻比想像中溫柔，利瑟爾很喜歡。

「沒錯，就這樣把魔力……」

那天，利瑟爾也一樣坐在位子上，和第一王子一起學習掌控魔力。

「國王陛下，打擾了。」

突然有人敲響了房門。

從門後現身的男人獲得許可之後，便踏著流利的步伐走進室內，在國王耳邊悄聲說了幾句。利瑟爾豎起耳朵也聽不見他們說了什麼，只看見國王聽了微微挑起一邊眉毛。

「你們在這裡等我。」

國王只說了這句話便站起身，領著剛才進門的男人走了出去。二人目送國王寬闊的背影離開，這並不是什麼少見的事，利瑟爾他們毫不介意地繼續自主學習。

他們二人對於魔力的控制方式都不是靠感覺，而是壓倒性地傾向理論派，修習魔術的時候也是討論多於實戰。二人並肩坐著，談論應該將魔力資源分配到這裡，還是該從那裡開始構築魔力，超出這個年紀的高深談論內容，雙方都聊得興高采烈。

就在這時——

「……咦？」

一股什麼東西竄上背脊的感覺使得利瑟爾回過頭。

那絕不是令人不快的感受，反而是深深吸引人的強烈存在感。他和第一王子一同回頭看去，映入眼簾的是個坐在地上的幼童。

「——……？」

第一王子愣愣地呢喃出他弟弟的名字。這意思是……利瑟爾也緩緩眨了一次眼睛，來回看著第一王子和那個幼童。

還是去知會國王陛下一聲比較好吧。利瑟爾才剛這麼想，那幼童便在他眼前動了起來。只見他用鼻子喘著氣，兩隻小手往前一撐，伸直雙腿，擺出準備翻跟斗的姿勢，接著猛地站了起來，朝天高舉雙臂。

看見那孩子維持著萬歲姿勢，得意洋洋地挺起胸膛，利瑟爾忍不住為他鼓掌。

「嗄……?!」

這時往旁邊一看，第一王子正滿臉錯愕。

利瑟爾這才想到他為什麼會是這種反應：一個幼童是怎麼來到這裡的？不對，他是直接「出現」在這裡的。自身的傳送可說是傳送魔術的精髓，必須擁有王族龐大的魔力，以及確切的魔術資質，才有可能實現瞬間移動。

沒有在第一時間注意到這件事，表示自己腦中也是一片混亂吧。利瑟爾我行我素地這麼想著，看見第一王子正要跑到幼童身邊，就在這時——

「啊——！」

幼童不知怎地興奮地叫出聲來，同時，魔力從他小小的身體迸發而出。

起初感受到的，是足以撼動體內深處的魔力奔流，那是位於人類生命根源的脈流。不僅是魔術當中可以使用的「保有魔力」，彷彿就連維持生命所需的「生命魔力」都受到震撼。

絕對的魔力，吶喊著要他把自己的存在銘刻在本能之上。

「（不行……）」

不是發呆的時候了，這該不會是魔力暴走吧？利瑟爾終於回過神來，準備走向門口找人來幫忙。這時——

「誰？」

高漲的魔力點亮了月色的眼瞳，那對視線貫穿了利瑟爾。徹徹底底，教他措手不及。

「啊……」

「誰？」

幼童轟然波動的魔力，像是受到他興趣的標的吸引一般流向利瑟爾。

那只是整體魔力的一部分，但已經令人無法違抗。他寒毛倒豎，腳下一軟，砰一聲將身體抵在背後的桌子上，硬撐著不讓自己跌坐下去。

還是個孩子的利瑟爾還沒有喝過酒，但這與喝醉酒的感覺類似。他無法從那雙月色的眼瞳移開視線，唯有意識搖撼不定。

「……是誰？」

利瑟爾呼出一口氣，努力佯裝冷靜。但幼童平時沒見過哥哥以外的小孩，大概對利瑟爾非常好奇；他往前一步，魔力在距離縮短的瞬間隨之增強，壓迫感逼得利瑟爾屏住呼吸，佯裝冷靜也以失敗告終。

必須回答些什麼才行，利瑟爾慢慢張開雙唇。或許他感到害怕……不，是感到敬畏吧。當他注意到那是自己渴求的感受，一切已經太遲，他早已深受吸引，無法自拔。

「……！」

忽然有人從旁握住他下意識撐在桌上的手臂。

「利瑟爾，不要讓它熄滅了。」

聽見身邊傳來的聲音，利瑟爾終於得以從那雙月色的眼睛移開視線。視線另一端，第一王子正目光炯炯地望著他。

「不要讓你現在的感覺熄滅。」

眼前的他微微發顫，激動得壓抑不住顫抖。

言下之意，是告訴利瑟爾沒有必要扼殺自己現在的心情。那雙眼眸裡蘊藏著些微焦躁和嫉妒，以及巨大的歡喜，清清楚楚勸著將來應該為自己效命的利瑟爾，要他維持著受到自己弟弟吸引的心情。

「你可以輕視我沒有關係。」

王子勾勒出笑弧的雙唇喃喃吐出這句話，利瑟爾瞠大眼睛搖搖頭。

「呃哥？」

「什麼嘛。嗯……該拿你那種個性怎麼辦呢？」

看了利瑟爾的反應，他露出苦笑，走到弟弟身邊。他眼角帶著高興的笑意略微泛紅，自己是否給出了他想要的答案呢？利瑟爾茫然想道。雖然這是他發自內心的否定，王子比他稍稍年長一些，從小教會了他許多事情，要他輕視這個人完全不可能。

「我去跟國王陛下稟告一聲。」

「拜託你了。」

走廊外面有點吵雜，應該是小王子突然消失而引發了騷動吧。

國王陛下想必也是為了這件事情離開，必須快點告知陛下才行，利瑟爾打開門，叫住匆匆走過的女僕。他正準備請她轉告國王陛下，第二王子在這裡——

「喂，等一下！好快……」

聽見這道聲音回過頭的瞬間，一個小小的身影刷地衝過利瑟爾身邊跑掉了。

緊接著，第一王子也追著那道身影衝出走廊。一切發生得太過突然，利瑟爾來不及反應，只能目送兩人跑遠。他抬頭望向同樣只能看著這一切發生的女僕，訂正了自己的口信。

「請轉告陛下，第二王子在城堡某處。」

「遵命。」

那孩子一定不會跑出城的，利瑟爾點點頭，女僕也點頭答應。

後來，國王聽了決定置之不理，反正兄弟倆待在一起也不會有什麼問題。最後，直到第一王子使出瞬間移動把弟弟逼到無處可逃，然後扛著他回來之前，利瑟爾就和國王陛下兩個人繼續練習魔術。

那時候的事情，利瑟爾的學生當然不記得。

「話說，我跟利茲第一次見面是在那時候吧？」

到了念書時間，他的學生總會心不甘情不願坐到桌前。利瑟爾坐在他身邊，聽見這突如其來的話題不禁眨了眨眼睛。他的意思是，在典禮之類的場合只見過一面不算吧。殿下說的是他逃離那些煩人的導師，在祕密基地遇見利瑟爾的時候。

現在，他的學生已經比起初次見面時成長了不少，但仍然是個孩子。看著他一個人胸有成竹的模樣，利瑟爾露出微笑，沒有肯定也沒有否認。其實早就在不同的瞬間深深被你吸引了——特意這麼訂正，也教人有點害臊。

「你那時候不覺得排斥之類的喔？」

「不會呀。」

利瑟爾正確理解了愛徒這句話的意思，有趣地瞇起眼笑了。

言下之意是，一般而言第二王子的王位繼承權劣於兄長，要他擔任第二王子的導師，他不會排斥嗎？還不如準備成為第一王子的親信比較實際吧？

殿下這麼說絕不是妄自菲薄，看他用的是過去式就知道了。愛徒早已知道利瑟爾是屬於自己的人，也知道這點再過多久都不會改變。所以他才會問利瑟爾在與自己相遇之前是否有過這種想法，只是好奇心使然。

「當然，我並不會說自己對於權力沒有執著。畢竟要繼承父親大人的爵位，完成公爵家的職責，權力都是不可或缺的。」

「嗯。」

為了維持利瑟爾這個人的生活和身分，有許多人從旁支持他。為了報答他們，也為了輔佐眼前的愛徒，他並不打算放棄自己的義務，也從不排斥這些。

「除非您命令我拋棄這一切。」

「我才不會命令你幹那種事。」

利瑟爾說得乾脆，他的學生也理所當然地回應。這就是利瑟爾的答案——他的第一優先順位不會動搖，即使為此蒙受不利，那也不過是不足掛齒的小事。

當然，他並不打算讓不利的情勢就這麼延續下去。自己也還有好多事情該學習，利瑟爾這麼想著，闔起擺在腿上的書本。

「還是擁有那些最適合你。」

「這樣呀。」

喜悅打從心底溫柔地湧了上來，利瑟爾那雙紫水晶般的眼眸柔和地漾開。

「所以……」

他的學生以還在發育中的手指敲了敲攤在桌上的教科書。

那對蘊著月光的琥珀色眼瞳和從前一樣，色彩溫和，卻予人強勢凌厲的印象。眼底若隱若現的強烈意志甚至帶有苛烈之感，與他對視的人都不得不屈膝效命。

「我現在才沒偷懶嘛。」

學生哼笑道，利瑟爾也綻開笑容，表達自己的喜悅。

接受王族的教育，也就是獲取為王的資格。利瑟爾一次也不曾要求他的愛徒成為君王。凡是與這位學生對峙過的人，無不親身體認到他是生來就要為王的人物，但如果他本人不願意坐上王位，利瑟爾覺得那也無所謂。

利瑟爾仍然是屬於他的人，這項事實無論如何都不會減損一絲一毫。但是，如果讓利瑟爾任性要求，他還是希望名義上、實質上效命的君王都是他。

「哎，不過這方面是不太需要操心啦。」

那位學生向後仰伸了個懶腰，他才剛說完，房門便隨著輕輕的敲門聲打開了。

「哎呀，書念得很順利喲？」

「你來幹嘛啊，臭人妖。」

「呵呵，叫人家哥哥大人啦。」

現身的是學生的哥哥，也就是第一王子。

他的外貌看不出任何女性化特質，也沒有多加打扮，但動作優雅柔美，舉手投足之間有種淑女般的氣質。明明五官並不陰柔，這種舉止卻不可思議地適合他，應該是他本身王族特有的領導魅力使然吧。

「小利瑟爾也是，好久不見了喲。」

「殿下，好久不見。」

第一王子露出親暱的微笑，利瑟爾也回以一笑。打從好久以前開始，這一直是他應當尊敬的人。

「學業還順利嗎？」

「是的。只要願意用功，殿下是很優秀的。」

「不可以再逃跑了喲！」

「你吵死啦。」

愛徒正是對親生哥哥有點叛逆的年紀，利瑟爾微笑看著這一幕。別看他們這樣，其實兄弟倆的感情並不差，對於與雙方都有交情的利瑟爾來說真是太放心了。

「你快點即位啦，不然麻煩事好多，好討厭喲。」

「還有臉說什麼『好討厭喲』，這個老早就拍拍屁股走人的傢伙。」

「有個優秀過頭的弟弟，人家好幸福喲！快點讓人家再更輕鬆一點呀。」

第一王子胡亂揉著利瑟爾愛徒的頭髮。印象中他將說話語氣改成現在這樣，是從他興高采烈地宣告放棄王位繼承權的時候開始的。

他有所自覺，知道自己為了欲求而放棄應該背負的責任有多麼愚蠢，知道利用弟弟的自己有多麼醜惡，也知道驚動周遭的自己是多麼任性。正因如此，他才必須拿出足以抵銷這些的功績。

他擁有年紀輕輕就被稱作魔術研究權威的實力，事實上，他的研究確實為國家帶來了超乎尋常的利益。位於王城一角的魔術研究所當中，聚集了萬中選一的菁英魔術師，這些成員都對於第一王子信任有加，甚至有傳聞說第一王子是最被看好的下屆所長候補。魔術研究所的所長，可是有權向國王提出意見的大人物。

正式宣告放棄繼承權的時候，他吃了父王全力揮來的一記拳頭，臉頰腫得要命，卻帶著一臉神清氣爽的表情宣告自己要往鑽研魔術的路上邁進，那模樣利瑟爾還記憶猶新。從以前開始，第一王子對於魔術總是相當熱中，從不在意旁人的目光，因此他的宣言實在很有說服力。

不過這個決定能夠極為和平地受到接納，也是因為有利瑟爾的學生存在使然。

「老子接下王位不是為了你啦。」

「人家知道呀。」

第一王子放開逗著弟弟玩的手，看向利瑟爾。

「謝謝你，小利瑟爾。」

「我沒有做任何值得您道謝的事呀。」

和那時候一樣，利瑟爾緩緩搖頭。

「打擾了。」

「有什麼事嗎？」

忽然又響起敲門聲，兄弟二人目送利瑟爾走向門口。

望著利瑟爾透過微微打開的門板與誰交談的背影，哥哥偶然低頭，看見弟弟把手臂擱在椅背上的坐姿。這姿勢真沒規矩，是因為利瑟爾認為他只要在公眾場合舉止得宜就可以了吧。

這樣一不小心不會露餡？第一王子雖然這麼想，不過這方面弟弟跟他的導師一樣精明，他並不怎麼擔心。

「把所有責任都交給你背負，人家一點也不後悔喲。」

「老子哪時候從你手上接過什麼東西了？」

哥哥呵呵笑了，這點他也心知肚明。

他知道是因為有利瑟爾在，弟弟才憑著自己的意志選擇成為君王。假如沒有利瑟爾這個人，自己一定會乾脆地放棄鑽研魔術，心甘情願接下王位。那種現實以現在的眼光看來沒半點樂趣，但若不是有利瑟爾在，他現在過的就是那樣的生活了。這些他都明白。

「但是呀……」

但是，他偶爾還是會想。

「假如照著從前那樣過下去，小利瑟爾就是人家的人了呢……」

「怎麼可能啦，臭人妖。」

聽見弟弟傻眼到了極點的聲音，哥哥也大笑出聲。說得也是。

小利瑟爾一定可以成為人家非常優秀的副手，太可惜了。第一王子打趣地想著，雖然他從沒認真這麼覺得。怎麼了嗎？聽見笑聲，那張沉穩的臉龐回望過來，第一王子於是朝他擺了擺手。

後記

獸耳長在成年的大哥哥大姊姊頭上很香吧。

當然，小孩子的獸耳也很可愛，超級可愛，理所當然的可愛，可愛得理所當然。太棒了。但成年大哥哥大姊姊的獸耳又不同於那種可愛，擁有另一種境界的香。

貓雙子大姊姊大量注入了我這方面的癖好，大家覺得怎麼樣呢！現階段我還無法親眼確認，不過相信sando老師一定為我們催生出了美妙絕倫的大姊姊。而且還是女僕裝，這不是所向無敵了嗎，女僕裝耶。

曾經透過作者感言欄位，得知sando老師的喜好是女僕裝以及和服……第五集得以實現其中一項，實在是非常感動。我本來還認真地想，與其讓利瑟爾他們穿上和服導致世界觀產生混亂，還不如穿上女僕裝，挫挫他們身為男性的自尊……不過這一集登場的雙胞胎讓我靈光一閃！她們一定可以隨心所欲地駕馭女僕裝吧！

我就這麼早早擊出了今年最成功的安打。大家好，我是作者岬，承蒙各位關照了。

利瑟爾的休假之旅，也終於要擴展到王都以外的地方了。一行人輕鬆決定前往阿斯塔尼亞，颯爽啟程離開王都。

利瑟爾「休假」的標準，是嘗試在原本世界沒辦法進行的活動。與國家交涉斡旋，讓敵國從內部崩壞，國政、陰謀、勢力爭奪……這些事情在原本的世界就能辦到了，所以利瑟爾在這一邊會打撲克牌、比腕力，全力享受觀光生活。當然，如果產生興趣，或是有其必要，他也會在空閒時出手干涉。

因此即使前往阿斯塔尼亞，三人也沒有什麼特別的改變。利瑟爾一行人還是一樣一邊以成為厲害的冒險者為目標，一邊享受假期，希望大家往後也繼續看著他們的放假生活。

這一集也受到許多人的支持，我才能將利瑟爾他們的旅程呈現在大家面前。

謝謝sando老師不嫌棄我囉嗦的要求，畫出了陛下和利瑟爾同時入鏡的美麗封面。「另一方面我也有點希望陛下把臉遮起來」，儘管我碎念了這種莫名其妙的話，sando老師還是把他們呈現得這麼美好。

一直以來非常感謝TO BOOKS出版社的關照，還有我的責任編輯大人，最近只要讓她開心，我對她的信仰就越來越虔誠。還有，不論是書籍版還是網路連載，陪著利瑟爾一行人一起放假的各位讀者們。

請讓我向各位致上由衷的感謝。非常謝謝你們！

二〇一九年六月　岬

國家圖書館出版品預行編目資料

優雅貴族的休假指南。5 / 岬著；簡捷譯. -- 初版. --
臺北市：皇冠, 2020.10　面；　公分. -- (皇冠叢書；
第4886種)(YA！；64)
譯自：穏やか貴族の休暇のすすめ。5
ISBN 978-957-33-3596-2 (平裝)

861.57　　　　　　　　　　109003968

皇冠叢書第4886種
YA！064

優雅貴族的休假指南。5

穏やか貴族の休暇のすすめ。5

作　　者—岬
譯　　者—簡捷
發 行 人—平雲
出版發行—皇冠文化出版有限公司
台北市敦化北路120巷50號
電話◎02-27168888
郵撥帳號◎15261516號
皇冠出版社(香港)有限公司
香港上環文咸東街50號寶恒商業中心
23樓2301-3室
電話◎2529-1778　傳真◎2527-0904
總 編 輯—許婷婷
責任編輯—謝恩臨
美術設計—嚴昱琳
著作完成日期—2019年
初版一刷日期—2020年10月

法律顧問—王惠光律師

讀者服務傳真專線◎02-27150507
電腦編號◎515064
ISBN◎978-957-33-3596-2
Printed in Taiwan
本書定價◎新台幣320元/港幣107元